——赵殿君通讯集

君闻声涯

JUNWEN SHENGYA

赵殿君 著

黑龙江人民出版社

图书在版编目（CIP）数据

君闻声涯：赵殿君通讯集／赵殿君著. —哈尔滨：
黑龙江人民出版社，2017.10
ISBN 978 - 7 - 207 - 11189 - 0

Ⅰ.①君… Ⅱ.①赵… Ⅲ.①新闻报道—作品集—中
国—当代 Ⅳ.①I253.3

中国版本图书馆 CIP 数据核字（2017）第 267197 号

责任编辑:孙国志　崔　冉
封面设计:张　涛
责任校对:秋云平

君闻声涯
——赵殿君通讯集

赵殿君　著

出版发行　黑龙江人民出版社
地　　址　哈尔滨市南岗区宣庆小区 1 号楼
邮　　编　150008
网　　址　www. longpress. com
电子邮箱　hljrmcbs@ yeah. net
印　　刷　永清县晔盛亚胶印有限公司
开　　本　787×1092　1/16
印　　张　16. 75　　插页 8
字　　数　210 千字
版　　次　2017 年 10 月第 1 版　2021 年 6 月第 2 次印刷
书　　号　ISBN 978 - 7 - 207 - 11189 - 0
定　　价　52. 00 元

作者介绍

赵殿君,1936年生,黑龙江人,中共党员,终身专家记者,高级记者(正高级职称)。

还是初中生的时候,就对自己的未来萌生过两种规划:一是新闻战线记者;二是公安战线侦查员。

建国十周年前夕——1959年5月,如愿以偿地提起了记者的笔,先是在伊春日报社,夜以继日,跋山涉水;继而转入东北林业日报社,马不停蹄,南征北战;最后,于而立之年根植于黑龙江日报社,继往开来,不辍笔耕……

在40多年的新闻记者生涯中,在黑龙江省党的建设、政权建设及文教、卫生、政法、共青团等宽泛的上层建筑领域,描述了各方面、各阶层精英代表,写出了不计其数的篇章,留下了采访的足迹。

1990年红叶满山之时,在平面新闻这块"沃土"中,经历了31个春秋的勤奋耕耘之后,终于喜获丰硕之果,黑龙江人民出版社出版了43万字的赵殿君通讯集《足迹》。

《足迹》的出版,一直在鼓舞、激励着他,"为更好地履行记者的光荣使命而继续延伸足迹,续写新的篇章……"

高端采访

作者（右一）与黑龙江省委书记孙维本在亚布力滑雪场

在一次采访活动中，作者（左一）与好友原省委常委、省人大主任戚贵元（左五），同随行的中央和省新闻单位的记者合影

▲在第七届黑龙江省人民代表大会第一次会议期间举行的记者招待会上，作者（前排右一）在进行采访提问，左一为戚泥莲，左二为刘恒，后排右一为省电视台记者姜德荣

◀1993 年 3 月，在第八届全国人大一次会议期间，作者与好友全国人大代表、省委副书记单荣范在一起

1995 年 10 月 6 日，作者（中间）与随行记者董时（左一）、刘淑缤（右一）赴北京出差前在哈尔滨机场合影

访 日 纪 行

赴日本采访团在北海道期间，作者与北海道新闻社的同行们进行业务交流

在日本采访期间，北海道新闻社为黑龙江日报访日团举行了别具一格、地域气息浓郁的晚宴，左三为作者，左二为王福林，左四为李惠东

访日团抵达北海道第二大城市旭川后，旭川市长营原功一设晚宴款待，图为作者（中）与我国留学生王晓燕（右二）、程艳春（左二）等在晚宴上

1995 年 6 月，作者在日本北海道采访期间，摄于札幌市北郊旭山公园

1995 年 6 月 22 日，采访团在札幌市一家大商场内的长廊中驻足留影，左为李惠东，中为作者，右为翻译，后面摄影者为王福林

一座风格迥异的红砖墙体教学楼流露出浓郁的历史气息

东京街角风光，车辆井然有序，道路整洁如洗，建筑错落有致

在枝繁叶茂的绿树下，一群身着鲜艳服饰的傣家少女，如同正在绽放的花朵一样，点缀着这片充满无限生机的绿园……

手持羽羚，头戴大沿帽，身着红黑色连衣裙的女青年已成澜沧江畔一幅极吸引人眼球的美的"图画"

这位头戴大沿草帽的傣家"红衣女"，不辞劳苦，热情满怀地把刚刚从澜沧江畔采摘的新鲜蔬菜送往节日的集市……

▲过新年了，头戴大沿草帽的傣家少妇用自行车驮着女儿，喜气满怀地来到热闹非凡的农贸集市……

◀兴旺繁茂的集市……

家人合影

▲爱人姚凤霞1986年在北戴河疗养时留影

◀20世纪80年代初，作者与家人合影，前左为父亲赵振堂，右为母亲王凤云，后排左为作者，右为爱人姚凤霞

20 世纪 80 年代初，在自家合影，左为爱人姚凤霞

20 世纪 90 年代中期，作者在北京参会期间留影于某干休所

作者与上海下乡知青张国娟一家在上海相见时的合影

与长子摄于伊春五营自然保护区

20 世纪 90 年代初期，爱人姚凤霞与在纺织厂工作的二女儿赵黎英合影

奉献于我国老年群体新闻传播与报道领域的次子，现任老年日报社副社长

爱人姚凤霞（前左）与外孙女宋睿（前右）、三女儿赵黎玲（后右）、女婿宋玉（后左）合影于哈尔滨太阳岛公园

20世纪80年代末,作者与幼孙赵路在黑龙江日报社门前合影

学生时代的青涩少年——次子赵春明,富有朝气与活力

天真活泼的孙子藏在花盆后,在镜头聚焦时露出洋溢的笑容

作者与外孙女宋睿留影于湖畔

正处于影视剧拍摄中，若有所思的孙子赵路

正在伏案工作的长子，现任北京天使智慧投资有限公司董事长，某管理集团副主席

作者与孙子赵路在家用餐时的合影

赵家第三代血脉，共同沐浴阳光茁壮成长的三兄弟，左边为大外孙严宁，中间为孙子赵路，左边为小外孙赵亮

开 篇 语

《足迹》出版至今,已满27年。

现在,黑龙江人民出版社已为我出版赵殿君通讯集《足迹》的续集《君闻声涯》。对于我来说,这确实是一件十分令人兴奋、令人鼓舞的事。

此刻,我最想说的一句话是:"我很荣幸,做新闻记者40余年。"

40余年的实践,使我感受最深的一点是,记者是历史发展的"推动者"和"见证人",是时代变革的"观察家"和"记录者"。在这一伟大的发展与变革中,他旗帜鲜明地鼓励先进,他毫不掩饰地抨击落后,为历史的发展,为社会的进步,付出了他能付出的一切……

这是一个多么值得自豪,多么值得热爱,又多么值得为之奋斗的职业啊!

事业是永恒的,一个人的生命却是有限的。作为一个久经磨炼,并无限热爱新闻事业的老记者——我,将在未尽的人生旅途中,自由自在地延伸我的足迹……

序　言

　　一本著作的序言,本应是由社会阅历丰富、行业素养兼备、德高望重的人士来写为好。同时应在书籍创作落笔完成后书稿材料理顺中撰写序言。可是,《君闻声涯》的序言略显"不合乎常理",但内容却真切与质朴。

　　首先,我要向本书作者及读者朋友们报以歉意并加以感谢。因为赵殿君通讯集第一部《足迹》序言由声誉显赫的时任黑龙江省委常委、黑龙江省人大常委会主任、黑龙江省委宣传部部长戚贵元代写。而本书的序言却由后生晚学、才疏学浅、年辈低微的我代写,实属惭愧。我报以严谨与敬畏的心态,怀以激动与多虑相交织的心情并且在深读完《君闻声涯》所有史料,细心构思本序言架构后,鼓足勇气、情致高涨、信心满满地拿起了笔……其实我很感激并珍惜这次代写序言的机会,不仅可以吐露对作者的高度评价与赞扬,还可表达品读作者作品后的深切感受,更深一层是为了抒发我对作者深厚的情谊。

　　作者赵殿君——我可敬可爱的爷爷,他将大半生精力奉献于我省的新闻事业。他始终饱含激情地投身于工作,不辞辛劳、默默耕耘、日出而作、日落而归,跋山涉水、南辕北辙,在职业生涯中为党的建设、社会改革与经济发展等方面做出了非凡的新闻宣传贡献;他是时代变迁、人文进步的"见证人"与"推动者"。在与社会不同群体、不同阶层、不同领域的采访对象的接触中,以人物通讯为题材方式创作了不计其数的文章及新闻稿件。其中诸多作品获得省级乃至国家级不同新闻奖项的殊荣,他本人曾多次被相关政府机构和行业组织聘为特别通讯员、专家顾问等职务。1998 年 3 月,鉴于作者赵殿君对新闻事业、文化事业贡献卓著,被列入中华权威人物辞海并担任该机构特邀编委。赵殿君通讯集共有《足迹》与《君闻声涯》两部著作,均以人物采访通讯纪实和人物事迹讲述的方式创作,以人物思想、情感及所言所行为写作基础,以人物非凡事迹贯穿其中,侧重反映出经济体制的顺势转变与稳步发展,社会主义市场中生产运作的高效资源配置与产业架构的不断转型升级,尤其彰显了党的正确领导及党的廉政建设在精神文明、政法、教育、文化、卫生、农业等方面所起到的举足轻重的作用。《足迹》创作始于党的"十四大",如今《君闻声涯》的出版恰逢党的"十九大"隆重召开。从两本著作的内容上看,所涉及时间正是我国计划经济向市场经济转型的过渡期,由于此经济发展阶段为当今的共享经济奠定了衍变基础,因而本书中"高端采访"和"参政议政"两部分对党政的顶层谋划、推行导向、深入贯彻与落地执行的精准纪实可谓珍贵。与此,两部分所报道内容涵盖了我国政治的平衡化发展及法制的健全化、完善化发展举措。"人民公仆""情满人间"等部分中那些感人肺腑,并让读者怀有钦敬之意的故事更是着重体现了党始终如一坚持反腐倡廉、深化改革的决心。

他是曾在朔风呼啸、霜雪严寒的冬日里不顾寒冷,抱着体弱多病的我穿梭于车水马龙的街道上看病求医的老头;他是曾在风雨交加、冷风习习的夏夜里,在校门外苦等接我放学回家的家长;他是为满足我儿时味蕾需求,带我品尝各种美食却毫不吝啬金钱的亲人;他是在我学生时代给我普及文学知识,灌输伦理道德思想,孜孜不倦辅导我功课的老师;他是为提高我眼界,开阔我视野,增长我见识,培养我个性,让我儿时就有宝贵机会与省市领导共同交流的引路人;他是在我成长过程中,每遇到困难或心境低落时,为我清扫障碍,给我坚定信念与安慰并加以鼓励的守护伞;他是自幼就溺爱我,只顾付出而不求所取的至亲的人——我敬爱的优秀的爷爷。

他在工作和生活中为党、社会、家人所留下的足迹早已在我的脑海与内心中留下深深的烙印,永不磨灭。或许,我没能追随他的足迹,续走他的足迹,没能像他一样奋斗在新闻战线上,但我想我在其他领域发挥我的光芒,走出并留下属于我夯实的足迹,并努力成为知识、创新、独立、个性和理想并存的时代新人,想必这是给他最好的回馈吧!

最后,望读者朋友喜爱这部情文并茂的创作,并领悟作者呕心沥血创作的真谛。至此,我也祝愿我的爷爷晚年安康,笑口常开。

赵　路

2017 年 10 月 18 日 凌晨

目　录

高层采访

参政议政

高层采访

GAOCENGCAIFANG

江总书记来到黑龙江团

1993 年 3 月 26 日下午,2 时刚过,来自昔日北大荒今日北大仓的黑龙江代表团的各族人大代表,匆匆离开房间,陆续来到空军招待所大院北楼门口,有的翘首企望着门外,有的兴奋不已地交谈着……

他们在迎接江总书记的到来。

春阳下,和风吹拂,花香四溢。

下午 3 时整,一辆黑色轿车驶入空招大院。在一片热烈的掌声中,江泽民总书记走出车门,同迎候在那里的孙维本、邵奇惠等一一握手,然后微笑着来到黑龙江人大代表中间。

黑龙江代表团团长孙维本说:"这些天来,江总书记很忙,先后去了不少代表团。今天又抽出时间到我们团看望大家,并和大家一起座谈,这是对我们黑龙江 3 600 万人民的关怀。现在,请大家发言。"

接着,代表们争先恐后地讲了起来。钱棣华、索长友、杨守文、赵培星、常宝泉、孙丕文、刘文举、沈翠华、张心愿、顾守信、王英林、张正清、杨应銮、苏再兴、梁凤颖等代表分别就大中型企业转换经营机制、老工业基地改造、农业基础地位和粮食生产、能源运输、对外开放和发育市场等问题发了言,既向总书记汇报了各方面的大好形势,也谈了问题和建议。

对代表们的发言,江总书记听得很认真,并不时地做笔记,有时还插话。

来自华安厂的代表常宝泉向江总书记汇报了军工企业的困难境况。

江总书记问:"你们厂有多少人?"

常宝泉说:"在职职工 13 000 人,退休职工 4 000 人,还有 8 000 子弟是大集体。"他接着提出了希望和建议。

江总书记认真地把常宝泉的建议和希望记在了笔记本上。

孙丕文代表讲了林业的"两危"问题，并提出了一些建议，他说："希望江总书记能有机会到黑龙江林区视察指导。"

江总书记笑了："我再到黑龙江时，一定到林区看看。"会场里立刻响起一片掌声。王英林代表是鹤岗矿务局富力煤矿采煤工人，他好不容易在众多竞相发言者中被点了名。他说："我是井下一线的采煤工人。我想，我在这里直接向总书记汇报问题，一定能够得到解决。"

江总书记向他点点头，并把他提的问题记在了笔记本上。

当第13位发言者说完后，孙维本看了看表说："还有一位村支书要发言也没排上号，时间已经不早了，我们还是留点时间给总书记吧！"

江总书记听说还有一位村支书，于是对孙维本说："还是请这位村支书说说吧！"

这位来自依安县向前乡新合村的党支部书记苏再兴，被请到江总书记身旁坐下，讲了农村当前的情况。

这时，养鸡大王梁凤颖早已等在麦克风前要说话。孙维本同志说："时间实在不够用了……"

江总书记说："还是请她说说吧。"

已经是下午5时30分了。江总书记高兴地讲了话，他说："刚才大庆的同志发了言。我们说大庆油田为我们国家立下了汗马功劳。所以，请你们给王铁人的家属问好，我上次去，头一天就到他家了。这个人是了不起的人。大庆显示了我们中华民族的硬骨头精神。"

在谈到发展速度时，江总书记说："你们黑龙江去年国民经济总产值增长6%。也可能有人会说，黑龙江的速度不够高啊！我到甘肃，他们也有这种看法，给省委书记、省长的压力很大。我表了态，我在广东省讲了64个字，其实那64个字最主要的是前面那一句，就是解放思想，实事求是。光有解放思想，没有事实求是是不行的。当然，只有实事求是，没有解放思想也是不行的。我们要站得高，看得远。我们要脚踏实地，扎扎实实地去干。我相信你们这 6% 没有水分,是实打实的。如果有水分,说 8% ,又有什么意思呀!我们不要自欺欺人,自欺欺人最后还是欺了自己。"江总书记又说:"黑龙江省的人总觉得人家都那么快了。我还是赞成不搞一刀切,也不要搞一哄而起。要根据每个地方的现实条件,能搞多快的速度就搞多快的速度。我这样说,不是要你们安于现状,而是要立足于现实条件,并创造条件向前迈进。"

江总书记说:"刚才林业部门的同志讲了,我认为森林工业对全国的贡献是很大的,我向广大林业职工和家属表示亲切的问候。"江总书记还说:"应该说黑龙江对国家做出了历史性的贡献。整个黑龙江的潜力是很大的,既是很大的动力工业基地,又是石油基地。"

江总书记接着又深入地谈了要建立社会主义市场经济体制问题。

江总书记在谈到国有企业问题时强调,要下大力气探索国有企业优越性的体现形式,要有经济立法,要有一定的法律约束。

江总书记最后说:"我认为黑龙江为国家做了很大贡献,前景还是很广阔的。"

这时,会场里又一次响起热烈的掌声。

合作者:姜德荣

1993.3

用市场经济的新思路
解决龙江发展中的老问题

——访全国人大代表、黑龙江省委书记孙维本

初春的北京，到处是一派生机。

1993 年 3 月 13 日晚，记者在代表团驻地空招大院里见到了黑龙江省代表团团长、省委书记、省人大常委会主任孙维本和代表团副团长、省委副书记单荣范。

"维本书记，在这次会议期间，我们想请您对家乡人民谈点什么……"在轻松的交谈中，记者见缝插针，提出了早已酝酿好的问题。

维本书记："我都说不少了，还说吗？让代表们多谈谈吧。"

荣范同志："不，代表得谈，你也得谈。"

记者接着说道："是呀，您是我们省的主要负责人，您的思路对龙江今后的发展是起着举足轻重作用的。"

维本书记笑了："看来，你们是搞统一战线啊，那就让我考虑考虑吧。"

3 月 16 日早饭后，我们又见面了。维本同志欣然接受了记者的采访。

他说："我完全赞同和拥护李鹏总理在政府工作报告中关于加快建立社会主义市场经济体制改革步伐的意见，它不仅符合全国形势发展的要求，也符合我们黑龙江的实际。"

维本同志说："你们不是让我谈谈思路吗？我就谈谈用市场经济的

新思路解决龙江发展中的老问题吧。"

　　他说,黑龙江省是国家的老工业基地和商品粮基地。虽然 1992 年人均国民经济生产总值和人均国民收入仍比全国平均水平高 15.1% 和 25%,外贸出口居内陆省区之首,石油、木材产量和粮食定购、专储比重全国第一,国家统计局对 1991 年全国各省、市、区经济社会发展的十大领域 130 项指标测算黑龙江居第 10 位,但自 70 年代以来,重工业基地日趋老化,资源型产业日趋危困,指令性调出的"原字号"产品亏损加剧,粮食包袱越背越沉,国有经济活力不足和经济条块分割的问题也日渐突出,工业增长速度一直低于全国平均水平。在计划经济体制的框架下,我们也一直在努力和探索,试图走出困境,但有些深层次的矛盾和长期困扰我们的难题却一直没能得到解决。党的十四大提出建立社会主义市场经济体制,给我们指出了解决这些老大难问题的新思路,也为我们这样的计划经济特征最显著的省份带来了新的发展机遇。

　　维本书记接着谈了他的基本思路。

　　逐步减少指令性计划,摆脱扭曲的价格体制的困扰,发挥市场对资源配置的基础作用。长期以来,我省一直是指令性计划比重最高的省份。按照社会主义市场经济的要求,今后国家将逐步减少指令性计划比重,理顺扭曲的价格关系,扩大企业自主经营、自主定价、自主销售、自我发展的自主权。作为地方,我们将加快市场取向的改革,在抓好统一、开放、多层次、可调整、规则健全的市场体系建设的同时,着重抓好市场机制的引入和完善工作,充分发挥市场对资源配置的基础作用,促进我省经济尽快走向良性循环。

　　——突破官办、国有的局限,积极走民办民营的路子。国有经济产权不明晰、机制不活,非国有经济比重过小是我省经济发展不快的一个重要原因。我省经济要实现超常规发展,就必须突破"大一统"的官办,国有国营的局限,实行多轮驱动,多轨运行,更多地走民办的路子。今后 5 年,力争有 1/2 的国有大中型企业实行股份制改造,1/3 的国有大中型企业进行中外合资的"嫁接"改造。对国有小企业,大面积实行股份合作式公有民营、租赁式国有私营,或拍卖式私有私营。另一方面,要大力发展乡镇企业和个体、私营、"三资"企业,使乡镇工业的比重到 1995 年达到20%,2000 年达至40%。

——突破"原字号"产品的格局,走资源精深加工的路子。我省油、煤、木等采掘业"原字号"产品在全国占有相当重要的地位,但本省对其加工利用程度只相当于全国平均水平的23%,农副产品的加工程度只相当于全国平均水平的46%。搞活这个"死面"的根本出路,除了按价格规律办事,逐步实行价格并轨,实行市场定价制外,最重要的就是要适应市场需求,做好资源综合利用、精深加工这篇大文章。一是做好发展石化工业的文章,努力建成全国最大的石油化工基地、石化产品市场和石化产业集团;二是做好煤化工和煤电轻化的文章,把黑龙江建成供应东北的燃料和电力工业基地;三是做好林产加工和造纸工业的文章,把龙江建成全国最大的家具和纸制品基地;四是做好食品工业的文章,使龙江成为全国最大的乳、糖、肉、豆制品和方便食品基地。

——打破条块分割局面,实现生产要素的合理流动与优化组合。我省一些地方政企分条块分割的现象仍较严重,这种体制割断了经济的内在联系,阻碍生产要素的合理流动,影响资源的立体开发和综合利用,不利于经济、社会、生态协调发展,大中型企业受"婆婆"行政干预多,负担重,缺乏市场竞争能力。为此,必须按照市场经济的原则,正确处理地方、部门和企业的关系,无论是地方还是部门,都应同企业分开。地方政府负责一个地区经济社会发展的统筹规划、协调服务、依法管理,部门负责行业管理,企业完全自主经营,并在此基础上发展横向联合,走集团化、股份化、国际化的路子。引进竞争和优胜劣汰机制,加快技术进步和老工业基地改造步伐。我省是国家老工业基地之一,设备陈旧、工艺落后、产品老化问题严重,近年来由于资金紧缺,更新改造又较全国滞后,致使工业竞争能力下降。问题的根源就在于社会和企业缺乏技术进步、技术改造的压力。为此,必须按市场经济规律,对企业明确产权,使其自负盈亏,实行优胜劣汰,扭亏无望的不再"输血";对职工优奖劣罚,双向选择,优化组合;对发明创造者高薪重奖,破格使用,从而真正形成一种推进科技进步的动力机制和积累机制,使老工业基地加快改造,重振雄风。

——进一步打破封闭,实施以沿边开放为重点的全方位开放。我省由于长期封闭,内向发展,开放度较低。为此,我们应该不失时机地推进对外开放战略升级,使之由计划经济体制下的互通有无发展为市场经济下的跨国合作,用外向型经济牵动全省经济的增长、结构的调整和效益的提高。为此,要实施国际贸易大通道战略,使我省成为东北亚国际合作的战略通道;实施南联北开、产业对接战略,使我省经济与国际市场接轨;实施跨国合作,双向展开战略,到俄罗斯远东地区搞开发区、办商业街,搞合作工厂、农场,发展跨国性区域合作,进而东向日、韩、美拓展,西向俄腹地和东欧扩展。今后 8 年,全省外贸总额力争翻两番,达到 100 亿美元,占国民生产总值的比重要达到40%以上。

在采访结束时,维本书记说:"我谈的这些,只是听了李鹏总理政府工作报告后初步想到的,只能供省委参考,供省政府参考,供龙江 3 600 万人民参考……"

1993.3

抓住机遇　加大改革开放力度

——访全国人大代表、黑龙江省省长邵奇惠

全国人大代表邵奇惠同志,作为一省之长,虽然置身于这庄严的会议中,却仍难摆脱省务与外事等工作。在他的房间,可谓电话不断,来访不绝。

3月22日下午3时,记者如约来到奇惠同志的房间。一见面,奇惠同志就说:"实在抱歉,上次本应如期践约,怎奈⋯⋯"

"您实在是太忙了,我们很理解⋯⋯"记者颇为同情地说,"一省之长,真是难得有一点清静。"

"我该说点啥呢?有关我们省的一些事情,该在省里说的都说了,该在小组会上谈的,也谈了。"奇惠同志思索着说,"那我就谈谈现在大家都谈的机遇问题吧。"

奇惠同志接着说,机遇问题是这一二年来我们国家发展中,大家都在集中考虑的问题。首先把"机遇"提出来的是小平同志。小平同志去年南行谈话时提出,抓住机遇,发展自己。去年党的十四大根据小平同志南行谈话的思想,明确提出了中国经济体制改革的目标就是建立社会主义市场经济体制。

这个目标提出后,就开始了抓机遇的行动。今年春节,小平同志在上海又提起这个话题,语重心长地讲了这么几句话:"希望你们不要丧失机遇,对中国来说,大发展的机遇不多。"这次人代会上,李鹏总理的政府工作报告,主题是抓住机遇,加快发展。

奇惠同志说,大家谈机遇时都谈到一个共同点,也是一个基本点,就是现在国际形势对我们有利,国内发展的形势也很有利。可以说,几十年来从来没有这么好的有利时机。这是个事实,没有这么好的国际国内形势,不会有这么快的发展。

"这次人代会期间,我在发言中也讲了,到底什么是机遇,怎么看待机遇? 我觉得这是当前一个至关重要的问题。机遇,我觉得既是客观条件的反映,也是一个主观认识。主观如何跟上客观的发展,掌握客观的规律,并且由此提出正确解决矛盾的方法? 所以,机遇既有客观的一方面,也有主观的一方面。只有客观存在构不成机遇,只有主观一厢情愿的想法也不会成为机遇。所以,机遇不是对谁都有同样意义的客观存在。对于掌握了客观规律的人,就可能是个好机遇;对不能正确掌握客观情况,不能采取有效措施的人,那就不是机遇。"

奇惠同志说,我们的改革已进行 14 年了。14 年改革的成就很大,但也有失误和挫折的教训。一直到十四大,我们的经济改革目标才明确了。在此之前,基本上是摸着石头过河。奇惠同志觉得,十四大系统地总结了小平同志关于建设有中国特色的社会主义的理论,因此提出了社会主义市场经济的目标模式。这就是今天中国改革开放的最大机遇。有了这个目标模式,我们就可以放心大胆地干;没有这个目标模式,走一步得回头看几下。

那么有人说,早几年提出建立社会主义市场经济体制不更好吗? 这种说法也不够客观。社会主义市场经济,也是根据客观条件的变化提出的。从我省情况看,提出社会主义市场经济的客观条件是,基本上克服了供不应求的短缺经济情况。社会需求的许多方面已经是供略大于求,这种基本格局就为从卖方经济到买方经济奠定了经济基础,解决了供需之间的矛盾。从主观上看,我们解决了一个非常大的问题,就是计划经济不等于社会主义,市场经济不等于资本主义。明确了这么个理论,计划和市场都是调节经济的手段。这样一种客观条件,这样一种理论认识的飞跃,主观和客观相一致的条件,产生了加速发展市场经济的极好机遇。比如说大中型企业,在我们黑龙江是个主体部分,基础较雄厚,人员素质高,装备也很强,又有多年经营历史,这是极大的优势。但在搞市场经济中,它暴露了长期以来一直存在的问题,即在计划经济体制下形成的吃大锅饭的经营体制、行政式的管理方式、平均主义的分配形式。现在,在市场经济条件下,它就过不了日子。这些问题,早已制约着大中型企业的发展,带来很大的压力,但也为其发展带来一个最大的机遇。这个机遇就是国家已制定了转换大中型企业经营机制的条例。大中型企业有可能利用这种转折时期的政策,真正摆脱计划经济给它带来的种种束缚,通过转换经营机制和技术改造,真正焕发青春活力。也许有的企业在转折过程中坚持不住垮了台,但垮台毕竟是个别的。

奇惠同志说,现在中央一再强调抓好农业,这对我省抓好农业又是个机遇。农业问题,还不仅仅是重视不重视的问题,也包括如何适应市场需要,加快发展的问题。我们应该看到,在商品经济情况下,产量高不一定效益高,要根据市场需要,既要高产,又需优质,又要高效。粮食生产也得进入市场,根据市场需要发展粮食生产。现在,市场机制已明显地发挥着作用,我们应抓住这样的机遇来发展农业。

奇惠同志说,中国人世世代代都盼兴旺。机遇难得,不是机遇少,而在于能否认识客观变化的本质,并且能够抓住它,这是不太容易的。机遇,实际上对每个人来说都是经常存在的。

奇惠同志说:"抓住机遇的关键是什么?抓住机遇的关键就在于加大改革的力度。"

我们正谈得兴浓,门忽然被拉开,来人不顾记者的采访,竟然坐着不走了。我们的采访也只好至此为止。记者看了表,全部采访只有40分钟。然而,就在这短暂的40分钟里,也曾好多次响起敲门声……

合作者:姜德荣

1993.3

发展市场经济更需加强精神文明建设

——访全国人大代表、黑龙江省委副书记单荣范

北京3月的夜晚色彩缤纷,空招大院更是灯火辉煌。灯光下,树丛中,我省人大代表三三两两地在一起议论着李鹏总理的政府工作报告,交谈着各自的想法和感受……

这时,记者看到黑龙江省代表团副团长、省委副书记单荣范正在和几位代表交谈着,于是,也加入了他们的谈话圈。"荣范同志,您是第一次出席全国人代会,您听了李鹏总理的政府工作报告后有什么感受和体会?"

其他代表见记者要采访了,也就悄然散去。我的采访,就这样开始了。

荣范同志说,李鹏总理的报告,以邓小平同志建设有中国特色的社会主义理论和党的十四大精神为指导,全面地总结了过去的5年,科学地规划了未来,令人鼓舞,催人奋进。

荣范同志感到,报告有这样几个鲜明的特点:一是通篇闪耀着邓小平同志建设有中国特色社会主义理论的光辉。无论是对过去的总结,还是对未来的规划,都贯穿着这一理论红线。在政府工作的实践形态上把这一理论具体化,我们清晰地看到了我国未来5年改革和发展的光辉前景。二是突出了抓住机遇、加快发展这一小平南行谈话和十四大精神的基调。对于我们中国来说,大发展的机遇并不多。现在国内发展条件具备,国际环境有利,我们切不可丧失发展的机遇。这充分反映了全国人民的意愿。三是贯穿着实事求是、一切从实际出发的思想路线。对5年的回顾,既充

分肯定了举世瞩目的伟大成就,又如实地指明了工作中的缺点和失误,指明了社会经济发展中存在的困难和问题。对今后 5 年经济和社会发展任务的规定,既强调要加快改革开放和现代化建设的步伐,又指出不搞一刀切,不要攀比速度;既强调加快建立社会主义市场经济体制的改革步伐,又要求我们在实践中探索前进。如此等等,都体现了从现阶段我国国情出发这一科学态度。四是充分体现了两手抓、两手都要硬的战略方针。这是过去的基本经验,也是做好今后工作必须遵循的。报告强调,适应市场经济的发展和对外开放的扩大,必须切实加强精神文明建设。这既是小平同志的一贯思想,又是新形势下新的要求,对我们是莫大的鼓舞。

"荣范同志,李鹏总理在政府工作报告中提到'市场经济的发展和对外开放的扩大,对精神文明建设提出了新的要求'。我们省将怎样贯彻实施?"

荣范同志说,自己较长时间在宣传思想文化战线工作,深深感到我们党关于精神文明建设的指导方针是正确的,也取得了很大的成绩。现在的问题是,如何紧紧围绕经济建设这个中心,特别是适应市场经济的发展和对外开放的扩大,切切实实地把精神文明建设加强起来。

荣范同志接着谈了一些想法:第一,要进一步解决思想认识,特别是各级领导干部要进一步提高对精神文明建设重要性的认识。从我们省来看,省委、省政府和大多数市地县及省直党政部门的领导同志对精神文明建设是重视的,他们亲自抓,经常抓,使我省精神文明建设有了明显进步。但也确有一些同志不那么重视或根本不重视,"无用论""无效论"的影响仍然存在。还有的同志认为经济工作和日常工作太忙,顾不过来。这都是不对的。关于精神文明建设的重要性,邓小平同志、江泽民同志和中央其他领导同志多次做了深刻的论述。这次李鹏总理在政府工作报告中又做了进一步的阐述,指出:精神文明既是有中国特色社会主义的重要内容,也是改革和建设顺利进行的重要保证。精神文明建设渗透在物质文明建设和社会生活的各个领域,贯穿于社会主义现代化建设的整个进程。可以说,没有精神文明建设,就没有真正的有中国特色的社会主义。如果我们不是这样认识和对待精神文明的重要地位和作用,就不是一个清醒的、合格的领导者。

第二,要抓好经常性的宣传教育和思想政治工作。这是我们的传统,是我们的优势。在建立和发展社会主义市场经济的过程中,在对外开放不断扩大的过程中,这个传统和优势不仅不能丢,而且要进一步发扬。因为在市场经济条件下,由于某些消极东西的影响,人们的人生观、价值观、伦理道德观有可能发生扭曲,"拜金主义"有可能滋生;人与人之间、部门与部门之间以及地方与地方之间,在利益关系上有可能发生摩擦和碰撞;随着对外开放的扩大,西方的腐朽思想和生活方式可能乘隙而入,新情况、新问题层出不穷,许多新的思想理论问题需要向人们回答和阐释。这都需要强有力的宣传教育工作和思想政治工作。工作的重点是各级领导干部和广大青少年。关于教育的内容,李鹏总理的报告已经提出了明确的要求,我们省也已做了部署。关键是要扎扎实实地抓好落实。要像哈尔滨铁路局实行"一岗双包两制"那样,通过目标责任制把精神文明建设的各项任务落到实处,收到实效。

第三,要严格社会管理,健全精神文明建设的法制、规章,依法规范人们的思想和行为。培养"四有"的社会主义劳动者和接班人,形成良好的社会风尚,要靠舆论的力量、道德的力量、行政手段的力量,还要靠法制的力量。一个真正文明的国家,必须是法制的国家。对青少年的教育,一是家庭,二是学校,三是社会。现在,人们感到棘手的是社会这一大块。这里,我觉得主要有两方面的工作需要加强。一是从事精神产品生产的工作者,要以对子孙后代负责,对国家和民族的前途命运负责的态度和良心,给青少年提供更多健康有益、生动活泼、丰富多彩的精神食粮;二是要健全和完善必要的法律、规章,比如各类文化娱乐场所、饮食服务场所、公共活动场所等,都要有一些明文硬性规定,并严格照章办事,以此来约束、规范人们的行为。依法严管和其他手段配套进行,这样才能给青少年的健康成长创造良好的环境。

第四,增加必要的投入,加强文化教育等基础设施的建设。在这方面,近些年我们省虽然财力紧张,投入还是逐年有所增加,文、博、图和基层文化活动网点建设也有所改善。但总的来说,还比较薄弱,远远不适应人们日益增长的精神文化生活的需要。这还有待于各级政府随着经济的发展,逐步增加对这方面的投入。当然,只靠政府投入不行,重要的还要靠深化文化管理体制的改革,完善并落实好各项文化经济政策。

荣范同志说:"我说的这些,只是听了李鹏总理的政府工作报告后一些初步的想法。回去后,还要与有关领导和部门商量,以便依靠方方面面的力量,把总理报告中关于精神文明建设的各项任务在我省落实好。"

1993.3

为抓住机遇加快经济发展出力

——访全国政协委员、黑龙江省政协主席周文华

1993 年 3 月 24 日,记者在京采访了正在这里参加全国政协八届一次会议的全国政协委员、黑龙江省政协主席周文华。

在交谈中,文华同志首先谈了对政府工作报告的理解和认识。他说,李鹏总理的政府工作报告,是一个解放思想、实事求是的报告。它体现了邓小平同志关于建设有中国特色社会主义的理论和十四大精神,体现了广大人民群众的意愿和要求。这是一个鼓舞人心,增长斗志,具有强大号召力和凝聚力的报告,他完全拥护和赞同。

记者问:"李鹏总理在政府工作报告中提出'抓住机遇,加快改革开放和现代化建设步伐'。文华同志,政协在这方面应该怎样发挥作用?"

文华同志说,李鹏总理在政府工作报告中强调抓住机遇,加快发展,是非常符合实际的。这是总结了历史和现实的经验教训做出的正确抉择,是历史的启示和现实的需要。我们应该从国际国内环境和社会经济发展过程中,正确认识机遇问题。从国际形势上看,对我们搞社会主义现代化建设和发展经济十分有利;从国内形势来说,党的十一届三中全会以来,改革开放促进了经济的发展,稳定的政局、稳定的社会、繁荣的经济,给改革和建设创造了良好的条件。

机遇难得。历史上我们利用了不少的机遇,但也失掉了不少机遇,这次决不能再失掉了。机不可失,时不我待。各行各业都要在建立社会主义市场经济体制的新形势下,善于抓住机遇,把握机遇,发展自己。

文华同志说,抓住机遇,加快发展,政协在这方面可以发挥其他组织不可替代的作用。接着,他谈了他的一些想法。

——我们还应该进一步解放思想,更新观念。这是为经济建设服务,特别是为发展社会主义市场经济服务的思想基础。这不仅是摆在党委面前的重要任务,也是摆在政协面前的重要任务。要发挥政协广泛联系、广泛团结的优势,进一步做好解放思想换脑筋的工作,以增强机遇意识和参与意识,拓宽服务领域,探索服务路子。只要党委同意,政府支持,群众满意,又符合"三个有利于"的标准,就应当去干,就应当大干,就应干好。

——我们要"围绕中心转,按照职能办"。坚持想全局、抓大事、议大事的原则,充分发挥政协的职能作用,围绕党和政府的中心工作,搞好政治协商、民主监督。当前应着重围绕建立社会主义市场经济体制等重点和关键问题,深入搞好调查研究,拿出有情况、有分析、有见地、有措施的建议,为省委、省政府在加速黑龙江经济和社会发展的重大决策中做出新贡献。

——我们要充分发挥人才优势,动员和支持政协委员及各界人士积极投入我省经济建设的主战场,开展咨询服务,培养人才,传播知识,提供信息活动,为经济建设提供智力支持。

——我们要充分发挥广泛联系的优势,加强海外联谊工作,利用龙江这个欧亚大陆桥的地理优势,抓住时机,为台港澳同胞、海外侨胞来我省投资开发、建厂牵线搭桥,切实做好"三引进"工作,为加速发展我省经济服务。

1993.3

加快市场立法　建立良好经济秩序

——访全国人大代表、省人大常委会副主任谢勇

1993 年 3 月 17 日,记者利用代表休息时间,采访了我省代表团副团长、省人大常委会副主任谢勇。

记者问:"李鹏总理在报告中提到,要尽快提出规范市场运行的法律草案,抓紧制定有关的行政法规,更好地运用法律手段调节经济关系。请就这一点谈谈您的想法。"

谢勇说:"我认为李鹏总理讲得非常好。小平同志南行谈话后,特别是党的十四大确定了建立社会主义市场经济体制以后,一个发展市场经济的大潮正在涌动。形势迅猛发展,要求用法律来全面规范社会经济各个主体的权利、义务和行动规则,规范政府的行为。因此,加快与社会主义市场经济相适应的法律的修改和制定,保障和引导市场经济健康发展,已成为当前法制建设亟待解决的重大课题。"

他说,从目前来看,应首先解决三个方面的问题:

其一,尽快制定一些调整和规范市场经济的重要法律。从一定意义上说,市场经济就是法制经济。市场经济的发展,引起了政治、经济和社会生活的深刻变化,出现了许多新情况、新问题,没有法律的同步建设与保障,新的市场经济体制就无从得到确立和完善。特别是当前我国市场立法还比较薄弱和滞后,与建立社会主义市场经济的要求很不适应。这就从客观上对我们提出了要求,凡是有利于市场经济体制建立与完善的法律,能出台则快出台,能多出台则多出台。当前急需制定《质量法》《计量法》《商法》《证券交易法》《消费者权益保护法》《银行法》《保险法》

《信贷法》《票据法》等等,用法律来规范市场行为,保证公平竞争,促进市场经济健康发展。

其二,进一步清理不适应建立市场经济体制的法律和法规。随着市场经济的建立,有一些在计划经济体制下制定的法律、法规,有些方面已不相适应,甚至制约市场经济的发展,必须进一步清理废除和修改完善。比如,现在针对宪法中一些与市场经济不相适应的条款已提出修正案,经这次会议审议通过后,与宪法中修改的内容相对应,涉及其他部门的法律、法规及国务院部委的规章应尽快修改,以保证宪法中的规定顺利贯彻执行;对过去一些法律、法规互相矛盾的地方,特别是有些部委颁布的行政规章,为了维护本部门的权力和利益,所规定的与其他法规相矛盾、抵触的内容,应尽快修改;由于建立市场经济,使过去一些法律、法规已失去执行的对象或执行的手段,更应尽快废除。

其三,应强化法律监督。当前,具有中国特色的社会主义法律体系已基本形成,改变了过去无法可依的状况。但是,有法不依,执法不严,违法不究,以言代法,甚至徇私枉法的问题还严重地存在着,直接妨碍市场经济的发展,干扰了改革开放和现代化建设的顺利进行。因此,必须强化法律监督工作。要建立健全部门执法责任制,为依法治理创造更加具体、有效的制度保证。这就是要把各种法律、法规分门别类,将学习、宣传、贯彻执行的任务具体分解、落实到各个职能部门,明确执法责任。并确定主管上级部门牵头组织指导,加强检查,严格考核,奖优罚劣,不断增强职能部门执法责任感,努力提高执法水平。各级人大要肩负起宪法和法律赋予人大及其常委会的监督本级"一府两院"的职权,加强执法监督,采取有力措施,自上而下地纠正各种违法现象。当前,监督工作仍然是一个薄弱环节。其原因是多方面的,但其中很重要一个原因就是缺少一个监督法。加之有些部门对权力机关的监督性质、地位、作用缺乏了解,甚至认为人大的监督是多了一个"婆婆"。因此,必须制定《监督法》,明确监督、检查的依据、程序和方法,使人大行使监督权有法可依,"一府两院"也有所遵循,切实保证各项法律、法规得到贯彻执行。

1993.3

邵奇惠省长在京答中外记者问

3月29日上午,"两会"新闻中心在北京国际饭店举行记者招待会,黑龙江省省长邵奇惠及哈尔滨市人大常委会主任王人生、齐齐哈尔市市长迟建福应邀回答了中外记者提出的问题。

在备有200多座位的会场里,容下了近300位中外记者。招待会开始后,中外记者竞相提问。

俄通社—塔斯社记者:目前,俄罗斯政局动荡,您认为会不会影响俄中两国的边境贸易?

邵奇惠:我国钱其琛外长曾说过,不管俄罗斯发生什么变化,我们都愿以和平共处五项原则发展我国同俄罗斯的睦邻友好关系。我想,不管俄罗斯发生什么变化,我们同俄罗斯之间的贸易关系仍然会继续发展。前5年,我省同俄罗斯等独联体国家的边境地方贸易增长60多倍,正是在苏联动荡以至解体的情况下实现的。原因在于这种贸易的基础是经济互补,互惠互利。就最近情况看,我们黑龙江省今年头两个月边境贸易额比去年同期增长了87%,所以没有什么影响。

《经济日报》记者:黑龙江是我国沿边开放的重要省份,现在黑龙江提出沿边开放战略升级的具体内容是什么?

邵奇惠:我们提出战略升级的含义,就是中俄之间从计划经济下的互相补充,升级为国家之间的跨国跨区合作。具体内容包括:一是尽快地把黑龙江变成东北亚地区经济合作的国际大通道,极大地提高贸易、通信往来的能力。二是把目前以贸易为主的交往,演变成既有贸易又有经济合作的格局。三是要积极组织跨地区、对应地区的长期友好合作关系。目前黑龙江省已经同独联体及其他国家之间的对应城市达成了很多长期的经济合作协定。我们要促进我省与俄罗斯远东地区的跨国性区域合作，同时向俄罗斯腹地以至东西欧拓展，向韩、日、美、加拿大等国家拓展，积极参与东北亚国际合作。最后一个就是进一步扩展南联北开的战略，用黑龙江的重化工业、资源的优势，来吸引西方的和南方的资金和技术，共同发展黑龙江的轻化工业、轻纺织产品，进一步增强扩展同独联体的合作能力。同时，用与俄罗斯的合作成果，进一步发挥我们的重工业优势，扩大向南方和西方的辐射能力。

《金融时报》记者：在这次人代会议上，代表们反映了经济开发区过热的问题。黑龙江的情况怎么样？

邵奇惠：我看什么事情都不能一阵风。全国开发区有过热的情况，而黑龙江省没有过热的情况。全省共搞了 22 个开发区，有 4 个是国家批准的，这些开发区规划面积只有 232 平方公里，实际现在启动的是 32 平方公里。就黑龙江省 46 万平方公里土地来说，这只是一个很少部分。而且，黑龙江省处在东北亚开放的前沿，所以开发区建设还应加速进行。

中国国际广播电台记者：请问黑龙江边贸发展情况及口岸治安状况如何，还有伪劣商品进入俄罗斯的情况吗？

邵奇惠：黑龙江省边贸和地方贸易近两年有了长足的发展，去年又增长 120%，贸易额达到 21.2 亿瑞士法郎。这个贸易额已占全国边境贸易额的 2/3，占整个国家对独联体贸易的 1/3。所以，已经成为我国对独联体和边境贸易的一支主力军。我省边境贸易会越来越好。同时，我们两国边境地区的经济合作也蓬勃发展。到现在，我们同独联体国家的经济合作项目已达 318 个，总金额已超过 21 亿瑞士法郎。特别值得提出的是，其中有 71 个合作项目是在俄罗斯境内的。所以，我们整个边境是近百年来最为和睦、最为友好的边境，没有发生不愉快的事情。至于你提到的有极少数伪劣商品在俄罗斯造成不良影响这一点，我们已经引起高度重视。但是，这些伪劣商品流入俄罗斯等国市场，主要是双方旅游者，即你们所说的国际倒爷们，通过旅游途径弄出去的，数量很少，但影响很坏。

我们黑龙江省海关、工商、边检 7 个部门做出了详细规定,严格控制假冒伪劣商品流入俄罗斯市场。

中央电视台记者:黑龙江是如何搞活大中型企业的? 如何转换企业经营机制的?

邵奇惠:这个问题,请齐齐哈尔市市长迟建福来回答。齐齐哈尔也是大企业较集中的地方,他还当过哈尔滨锅炉厂的厂长。

迟建福:从黑龙江的实际出发,我觉得要搞好大中型企业,需突出一条主线,从两个方面展开,重点抓好三项工作。一条主线就是突出加快向社会主义市场经济体制过渡,把企业推向市场。两个展开,一是改善企业的外部经营环境,二是提高企业的经营管理水平。重点抓好三项工作:一个是加快政府职能转变,完善宏观调控体系;第二是深化企业内部的配套改革,提高企业管理水平;第三要大力推进企业的技术进步。

我们省今后 5 年,要对 1/3 国有大中型企业进行"嫁接"改造。

《南华早报》记者:省长讲边境是祥和的。能否讲讲那里的治安状况?

邵奇惠:像黑河这样一个边境小镇,过去是不为人所知的。一下子变为开放城市,全国各地和其他国家、地区的人都涌到这里,去年光到黑河考察的团组就有 4 400 个,3.8 万多人,加上一日游、三日游,人数超过 10 万。这么多的流动人口,涌入一个边境小镇,无疑会给社会治安带来一些问题。但从去年看,并没有发生重大恶性事件。尽管这样,我们还是采取了许多安全措施的。我相信,大家去黑河是安全的。

《中国体育报》记者:哈尔滨申办冬亚会有哪些优势,都做了哪些准备?

邵奇惠:这个问题,请哈尔滨市人大常委会主任王人生来回答。

王人生:哈尔滨是东北亚的重要城市,是我国十个特大城市和"十佳卫生城市"之一。交通便捷,形成了水陆空立体交通网络,国内外航线已达 30 多条,并正在开辟一批新的国际航线。通信设施良好。冰雪比赛设施比较完备,有两座比赛用滑冰馆、两座滑冰训练馆和一个标准人工制冷滑冰场,有3座供身体训练的训练馆,还有符合国际比赛标准的亚布力滑雪场。除此,我们具有组织接待大型国际活动的能力,曾成功地举办3届经贸洽谈会及全国第七届冬运会、亚洲杯短跑道速滑赛,积累了较为丰富的经验。所有各项准备工作,我们都在加紧进行着。

《香港经济导报》记者:东北亚国际经济合作中心都有哪些国家参加? 黑龙江省在这个区域起什么作用?

邵奇惠:东北亚经济圈包括俄罗斯的远东地区、中国的东北地区、韩国、朝鲜和日本。黑龙江省处在东北亚中心地位,在历史上,黑龙江省就被称为"欧亚大陆桥"。目前,黑龙江省已成为东北亚地区交通枢纽。1992年,在黑龙江省召开了东北亚经济研讨会,大家都同意密切互相之间的经济合作。

邵奇惠还对法新社记者、《新加坡联合早报》记者、《香港联合报》记者、《中国人才报》记者、北京经济台记者、《金融时报》记者等提出的问题一一做了回答。

合作者:姜德荣

1993.3

进入八十年代后"沿海开放了, 黑龙江怎么办?"在六届全国人大 二次会议期间,陈雷省长疾呼: 要开发黑龙江,建设黑龙江, 就必须开放黑龙江

"沿海开放,黑龙江怎么办?"

这已成为 1984 年 5 月出席第六届全国人大二次会议的黑龙江代表团的议论中心。

记者专就这一问题访问了全国人大代表、黑龙江省省长陈雷。

"沿海开放,我们黑龙江也绝不能闭关自守。"陈雷说,"要开发黑龙江,建设黑龙江,就必须开放黑龙江。"

他说,黑龙江实行对外开放包括两个方面:

一是对国内各省、市开放。我们要同各省、市进行经济合作、经济交流。过去,我们不敢对兄弟省、市开放,主要是怕外省商品大量涌入我省,挤垮我们的轻工业。特别是实行财政包干后,有 30 几个县需要省里给予财政补贴,万一省内商品滞销,货币外流,我们的财政就得不到保证。所以,就对兄弟省、市商品进入我省实行了限制,力求保护自己的产品和自己的财政。实质上,这是害怕竞争,保护了落后。这种不求进取的思想不克服,是没有希望的。

今后,我们要解放思想,对兄弟省、市不封锁,同兄弟省、市搞经济合

作和商品交流。对内不护短,对外不排斥。在联合与竞争中争生存、赶先进。在竞争中,我们要准备好有一些后进的工厂被挤垮,被淘汰。有这种思想准备,立志改革,不甘落后,就可以使它置之死地而后生。我们要在坚持计划收购的原则下,打破有些产品全靠国家包销的做法,让它们上市场,参与市场竞争,在竞争中上进。这样,有无管理企业的本领,将受到竞争的考验。要使企业感到有压力,再靠吃国家的"大锅饭"过日子已经不行了。

二是对国外开放。这几年,我们在对外贸易、经济合作方面有一些发展,和我们有经济交往的国家有六七十个,出口产品的收购额增长很快。我们要在互惠互利的原则下,实行对外开放,发展对外贸易。

我们省和哈尔滨市已经和一些国家的省、市建立了友好省、市关系。我们要通过这种友好关系,发展经济贸易关系,进行经济、技术交流,引进外资,允许外国人来办工厂,也可以同他们合作办厂。总之,我们要通过各种渠道引进外资,引进技术设备,引进人才,有重点地对老企业进行技术改造,发展先进产品,丰富我们的市场,争取把我们的产品打入国际市场。

"那么,在对内、对外开放上,我们采取一些什么措施呢?"

陈雷向记者说,我们黑龙江省虽然不是沿海省份,但中央提出的开放政策,也适用于我们省。沿海开放,我们也开放,这对国家有利。为此,准备根据黑龙江省的情况和特点采取一些措施。

我们已经在香港同有关单位合作,建立了滨港咨询有限公司。还准备在深圳建立一所贸易大楼,与上述公司结成一体,形成一个面向香港、东南亚,洽谈贸易、推销商品以及联系经济合作的窗口。我们也准备坚持在哈尔滨同外商、港商洽谈贸易,即在深圳、哈尔滨两个窗口同时洽谈对外贸易和发展与外国的经济往来。

我们准备积极支持和充分利用大连、秦皇岛这两个就近的开放港口,与辽宁、河北结成对外开放伙伴。

我们要搞好与加拿大、日本、美国的几个省、县、州的友好关系,发展经济贸易合作。

我们还要根据情况利用我省地理位置的有利条件,开展对外贸易,吸引来更多的外商和游人。

陈雷还向记者介绍说,除上述措施外,还要坚持搞好劳务出口和设备出口。

陈雷最后说:"出路在于改革,在于开放。只要我们抓好改革,抓好开放,我们黑龙江的经济工作就会开创一个新的局面。"

1984.5

侯捷再次当选省长后
在记者招待会上说：
绝不辜负全省人民期望，
为振兴黑龙江努力工作

"在这次省级国家机关领导人的换届选举中，我和 6 位副省长的当选，表明了全省各族人民对我们的信任和期望。我们决不辜负全省人民的厚望，要继往开来，深化改革，艰苦创业，为进一步开发黑龙江、建设黑龙江、振兴黑龙江而努力工作。"

这是在省七届人大一次会议上，再次当选为省长的侯捷，在 1 月 23 日的记者招待会上所表述的心愿。

《黑龙江日报》、黑龙江人民广播电台、黑龙江电视台等省级新闻单位和中央新闻单位派驻我省的记者参加了这次记者招待会。

侯捷省长及陈云林、安振东、杜显忠、邵奇惠、戴谟安副省长回答了记者们提出的问题。

记者：侯捷同志，您再次担任省长后，在解放思想、深化改革方面有哪些打算？

侯捷：我感到我们黑龙江的工作还有很多不足，尤其在解放思想方面。在这次会议期间，代表们对我们的工作提出了很多中肯的批评和建议，我十分感激。我们不能认为黑龙江地处东北、气候寒冷就应该落后。应该看到，我们有我们的优势条件，也有我们的基础，这是我们振兴黑龙江的有利条件。我们新班子的成员准备到沿海地区考察一下，进一步开阔眼界，解放思想，把我省经济搞活，变资源优势为经济优势，使我省的各项工作登上一个新台阶。

记者：我们省去年物价上涨，物价失控到底是什么原因？新的一届政府准备采取哪些措施？

侯捷：物价问题是个敏感问题。说到物价，大家都很激动。前一段，我省物价上涨是比较厉害的。大家要看到，这里有多种因素，比如生产资料实行双轨制后，价格失控，还有国营企业带头涨价问题，还有其他一些因素。最近，我们狠抓了一下，物价上涨指数已经下降。我们将继续采取措施，进一步稳定物价。

记者：今后的6年，是我省经济体制由旧模式向新模式转换的重要时期。本届政府有哪些构想，怎样推进这一转换？

侯捷：新旧模式的转换，对我省是个很重要的问题。我们已经着手进行。前一段，我们搞了企业内部分配制度的改革，并搞了各种承包、租赁以及管理方式的转变。当然，这还不够。今后，我们准备从省政府的管理方式改革做起，更好地发挥服务于基层的职能作用，并制定相应的有效的措施，推进这一转换。陈云林副省长负责体制改革，正在专门研究这个问题，我们还要进一步讨论。现在我们黑龙江在经济体制改革中所遇到的问题是"原料省份"的问题，最近中央在研究，要采取一些特殊政策，推进"资源型省份"的经济改革。

这对我们，无疑将是十分有益的。

记者：我们省是粮食基地，多发展生猪生产，我们有良好的条件。但目前猪肉供应紧张，影响生猪生产的主要原因是什么？准备采取哪些政策发展生猪生产？

侯捷：现在看来，猪肉供应紧张，既有我们工作上的问题，也有客观上的因素。我们省的肉食供应，目前单靠本省解决还不行，还需要一个过程。我们城市人口比较多，平均1.6个农民养活1个城市（包括其他非农业）人口，供应量是比较大的。

我们省生猪生产上不去，还有饲料和价格问题。农民养1头猪不如养 10 只鸡,养猪积极性下降了。我们将在适当的时机把猪的收购价格提高,销售价格不动。当然,这还是老办法,需要国家补贴。究竟怎么补,是按人头补,还是按工资补,我们还要进一步商量。关于优惠政策、鼓励政策,还要坚持。我们准备采取一些措施,鼓励发展生猪生产,最近将通过文件下发。

记者:关于住房改革问题,大家都很关心。我们省将在什么时候推行?

侯捷:过去我们省对住房改革的形势估计不足。典型出来后,大家感到难度还挺大。最近,赵紫阳总书记指出,全国住房改革将在今后 3 年内解决。我们省将按照中央的这个要求办,在今后 3 年内解决这一问题。我们准备分几种类型搞好试点。现在住房改革的模式很多,有烟台式的、辽宁式的,我们准备试试看,哪一种模式在我省比较合适,就推行哪种模式。

当然,我们全省不一定只搞同一种模式。

记者:侯捷同志,您刚才谈到,准备在本届任期内为全省人民办几件实事。请您就此再深入地谈谈。

侯捷:我想,要为人民办点实事,首先需要把经济搞活,多增加财政收入,财力雄厚了我们才能为人民办点实实在在的事。我们省比较落后,科技、教育、文化以及公用事业都比较落后,特别是教育。这次,我们提出教育为立省之本。但教育投资紧张,我们很着急。如何加快发展呢?前提在于有经济实力做后盾。我们提出了要建立"6 大支柱产业",就是为了增强我省的经济实力,以及为人民办更多的实事。

记者:侯捷同志,您能不能向我们透露一下几位副省长的分工?

侯捷:这个我们还没研究。不过我可以这么说,陈云林副省长过去就管常务,并协助我管财政和计划;刘仲藜副省长中央另有任用,他那一摊看来就得由陈副省长管了;安振东副省长比较熟悉工业,过去就管工业,基本建设等很多方面也还要多抓一下,老副省长了嘛;杜显忠副省长过去管财贸和政法方面的工作比较多;邵奇惠副省长很熟悉工业,但他做党务工作时间也很长，他是昨天下午才从齐齐哈尔赶到的，我们还未来得及跟他谈，我们也得民主啊（全场一片笑声）；戴谟安副省长原是教委主任，但他是学农的，搞农业经济的，我想，他的命运就定了吧（全场一片笑声）；黄枫同志还没有回来，他是多年从事文化、宣传工作的，适于做文化、教育、卫生方面的工作，看来这些方面的工作就得靠他了。不过，我们还要商量商量。（全场笑声）

记者：怎样把新的一届政府建设成精干的、高效率的、多功能的，很少官僚主义，热心为基层服务、为群众办事的人民政府？

侯捷：这个问题很重要。看来现在省政府机构臃肿，人员过多，效率不高是个很大的问题。每年我们都砍掉一些，可第二年又上来了。这次，我们将按实际需要设置机构，消除臃肿，精减人员，特别是要增强政府工作人员的公仆意识，提高素质，热心为基层服务，为群众办事。希望记者批评、帮助政府工作。

记者：对黑龙江人才流失问题，新的一届政府有什么想法？

侯捷：这是两方面的问题。一方面，我们要为知识分子、科技人员努力创造良好的工作条件和生活条件；另一方面，我们衷心希望有志者扎根黑龙江，建设黑龙江。

记者：据了解，我省现在指令性计划在50%左右，这对我们发展商品经济是否有影响？

侯捷：从全国看，指令性计划占20%左右，而我省占52%。因为咱们国家原料生产价格是稳定的，而深加工产业产品的价格是浮动的。这是我们省经济发展缓慢的一个因素。前两天，我和国家体改委的同志谈，原材料价格改革能否提前一些？我们黑龙江省，只要原材料价格上去一点，日子就好过多了，经济发展就快一些。比如白糖，30年前出厂价就是0.60元一斤，现在还是0.60元一斤，市场零售价0.8元一斤。现在有的老太太都有意见了，说过去是二斤苹果换一斤白糖，现在是二斤白糖换一斤苹果。但糖的价格一动，全国就有3000个品种都得动，这样物价就不稳定了。现在我们黑龙江糖业工业还亏损，但还得服从大局。

记者:您是连选连任,说明群众还很信任您,您对此有何感想?

侯捷:首先感谢群众的信任。作为我来讲,生在黑龙江,长在黑龙江,我准备把全部精力献给黑龙江人民。这一届政府,我们将竭尽全力做好工作,把我省经济建设和科学、文化、教育事业搞上去。

记者:如何解决中小学教师住房问题?

侯捷:一些中小学教师房子小,几代人挤在一起,这一点我已看到了。我们准备分期解决。

记者:最近几年,人大一开会,教育就成了议论的中心。怎样才能使这个问题有个突破?

侯捷:你这番话给我打下的烙印很深。我们一定要发动群众,依靠群众,认真把这件事情抓好。一下子要我说拿出多少钱办教育,不好说。

记者:听说今年支农总预算要比去年农业总投入少1亿4千3百万元,在这种情况下,农业还要上新台阶,有什么办法?

侯捷:最近,国家决定对我省开发三江平原给予特殊政策,如开放式的开发、农业投入方面免税、不征购自己出售等政策。另外,国家新增了税种,如土地占用税,在正常情况下,我们可以搞到9 000万到1亿元,这是专款专用的。这些增加之后,我们省的农业投入是增加的。所以,我们敢提农业上新台阶。戴谟安同志将专门研究这个问题。

记者:关于妇女的问题,合同制女职工哺乳期结束后,就业问题能不能保证?

侯捷:当然可以保证。这是我们计划生育政策的一个重要内容。如果谁在这个问题上弄些手法,不给关照,采取一些不合理措施,就要受到严肃批评,严重的要受到处分。

记者:家务劳动社会化问题,是当前很大的一个社会问题,如何解决?

侯捷:这是社会发展的必然规律。人们从家庭走向社会,家务事没人管了。这需要搞家庭服务队,把退休人员组织起来,搞好家庭服务。

记者:女知识分子在退休年龄、晋升职称、进修、住房分配等方面,和男知识分子有一定的差距。对于这些问题,您是怎样认识的?

侯捷:除了你说的第一个内容外,我和你的认识一致。退休年龄问题,我说了不算。(笑声)

陈云林:退了可以再聘。

记者:当前,入托难仍是老大难问题。各家都是独生子女,但托儿所奇缺,幼儿园很少,新的一届政府有何打算?

侯捷:你既然说到了,我就得有打算了。(全场笑声)因为群众有这个要求,政府就应该有所考虑。除增办一些正规院、所,还要动员一些老教师办一些家庭院所,这是中国人多的好处。你这个问题提得很好,我们新政府准备把它作为一个重要问题来研究解决。

记者:我想知道,21 日选举后这两天,新当选的领导心情如何? 想什么问题最多?

侯捷:一是很高兴,二是感到压力很大。3 000 多万人口的一个大省,担子很重,怎么才能把这个担子担好,这是我想得最多的。

记者:有这么一种议论,"南方搞得活,北方管得死"。我们在采访中也感到了。您是否感到黑龙江也有这个问题? 如果有,您有什么想法和打算?

侯捷:南方和北方是不大一样,中央给他们一些特殊政策,我们不好比。但是有些我们能办到的,我们没办到,不懂得搞双轨制,这一点我承认。新的一届政府准备搞得活一些,给群众创造条件,给企业创造条件,让他们能有更大的活动余地。

记者:大庆在黑龙江,我们支援大庆有贡献,如何利用大庆的资源优势带动我省经济发展?

侯捷:这个问题,过去我们一直认识不到。大庆是在黑龙江,我们利用得不够。今后,我们要利用石油开发增加财源,多搞些合作项目,搞好了,黑龙江的产值能增加几十亿。黑龙江今后能不能富得更快,我看一是靠石油,二是靠乡镇企业。

记者:现在我省水稻价格低,农民意见很大,准备怎样解决?

侯捷:现在最严重的是小麦,价格最低。玉米高产,大豆高价。我们准备调整产品结构,并对小麦提价,水稻也提一些。

记者:我省人才流失、浪费问题很大,新的一届政府将制定哪些优惠政策,这些政策何时出台?

侯捷:第一位是把省内人才稳定住,我们准备有计划地改善他们的工作环境。所以,在省内工作多年的如何稳定好,这是我们优先考虑的问题。

记者:一些企业反映,各种乱摊派不少,企业负担很重,对此有何对策?

侯捷:这确实是令人头痛的问题。当然,有些是正常的,有些是不正常的。企业法通过后,我们要坚决贯彻。我们省也要制定具体条例,保护企业的利益。

合作者:武从端

1988.1

新当选省长邵奇惠
在记者招待会上表示：
我将竭尽全力把黑龙江
的事情办得更好

"我在这次省七届人大二次会议上被选为黑龙江省政府省长，这是全省人民对我的信任和重托。我深知，广大人民对政府领导者的期望值，远远高于我本身所具有的实际能力。因此，我只能义无反顾，勇敢地去承担责任。我不能凭空做出什么许诺，有一点我是可以向全省人民保证的：我将竭尽全力担起省长的工作，忠实地履行自己的职责，努力把黑龙江的事情办得更好。"

这是在省七届人大二次会议上新当选的省长邵奇惠，在3月10日下午举行的记者招待会上向全省人民所表达的心愿。

黑龙江日报社、黑龙江人民广播电台、黑龙江电视台等新闻单位以及中央新闻单位在我省工作的记者参加了这次招待会。

邵奇惠省长回答了记者们提出的问题。

记者：人民对您的当选，期望很大。您打算在任期内为黑龙江人民办几件什么事？

邵奇惠：这个问题对于我是个很严肃的问题。一个省长到底能做多少事情，我不是一无所知，但心里也不是很有数。目前对我来说，就是要把这次会议所通过的各项工作，扎扎实实地贯彻落实下去。除此之外，作为省长，要改变人民政府的形象，使其工作作风和工作方法有个明显的转变,进而提高政府在群众中的威信和凝聚力。

记者:您的当选意味着什么? 您将怎样行使人民所给予的权力?

邵奇惠:当选省长,对于我个人来说,这是我一生中最光荣,也是最艰难时刻的开始。我今年55岁,在已经过去的年月里,我曾有过很丰富的经历。但我从未感到有今天这样光荣,也从未感到有今天这样艰难。因为我承担了一项很重要的责任。我的能力、水平和修养,与一个省长的要求相差很大。但党和人民做出了选择,我只能承担起来。从组织上来说,意味着党的意志和人民的意志的结合。由于我当领导的时间较短,任副省长只有一年,现在由我来任省长,出乎我的意料。所以,我不能把当省长看成自己能力的必然结果。我要在今后的各项工作中,把党的意志和人民的意志更好地结合起来。感谢人民代表和同志们的支持,我将不把它看成是对我个人的支持,而是人民群众对某种希望的支持。

当了省长,处在一个非常重要的位置,掌握着非常大的权力。我将时刻不忘这是人民给予我的权力。任职期间,我将不计较个人可能受到的反对,要坚持把人民利益放在第一位。在选举前,我曾就某些问题发表过强烈的意见。有人认为我在这个时候发表这样的意见是不明智的,会得罪很多人。我认为,从人民的利益出发,就不应计较个人的得失。何况几张选票?

当了省长,就更应坚定不移地为党和人民利益服务。所以,这次代表大会给了我很深刻的教育,使我知道怎样更好地对待一些事情。希望大家给我帮助和支持。

记者:目前,朝鲜族农民种水田面积是全省的16%,却承担着全省水稻征购任务的56%,他们意见很大。

邵奇惠:我们应该感谢全省朝鲜族同志为全省人民吃大米所做的贡献。在粮食征购中,确实存在着局部的不合理,比如说新水田和老水田的不平衡。我们不会看着这种不平衡总不做调整。但粮食征购问题不是一日就可定下来的,我们准备进行微调。

记者:您在报告中谈到今年的粮食征购,取消"议转平"任务。但许多农民反映,今年的征购任务没有变⋯⋯

邵奇惠:今年国家规定取消"议转平"任务。这就带来一个问题:既要完成国家的征购任务,又要考虑到每年都有些地方发生程度不同的自然灾害。每年大约有 10% 的地方不能按计划完成征购任务。所以,省里决定把这 10% 也作为规定的征购任务布置下去。这样,征购任务并没有增加。但各地把原来的"议转平"部分变到征购任务内。过去,对"议转平"部分,国家给 1 亿多元财政补贴。今年,这 1 亿多元也要拨到农民手里。如果不够,各地要支付一部分。这对农民来说,和往年的任务是一样的,各地不应在这个基础上再层层加码了。

记者:在优化组合中,有许多女工被组合下来。这里有女性自身素质问题,也有观念问题。省长对女性自身生产的价值是怎样认识的,对这部分女工将怎样安排?

邵奇惠:在优化组合过程中,占相当大比例的女工被组合下去,这应当引起我们的重视。优化组合这个大方向是对的。但有许多不完善的地方,而且也不一定完全是优化。优化组合的目的,是为了充分发挥每个人的聪明才智,并非简单的"优胜劣汰"。把一部分人排斥在工作之外不管的做法背离了优化组合的原则。女同志体力差些,承担家务劳动和人类生育的任务重些,如果因为这些自然原因把她们排斥在外,是错误的。这是企业的短期行为。妇女承担了比男同志更繁重的责任,应得到我们的尊重。

记者:您在报告中提出,今年全省零售物价上涨幅度力争比去年降低 4~5 个百分点。有没有把握实现这一目标?

邵奇惠:今年到底能把物价控制到什么程度,这是大家一直在关心的问题。如果只提降低幅度明显低于去年,含义不清,我们提降低 4~5 个百分点,是有依据的,是可以做到的。如果这次会议通过了我作的政府工作报告,通过各方面的共同努力,我有决心实现这一目标。至于采取什么措施,我不想在这里占用更多的时间。

记者:我省有许多地方土地承包制度得不到巩固,农民有肥不愿上,人心不稳,省长对此有什么考虑?

邵奇惠:从长远看,我们要推进的制度,在经营体制上是家庭承包。现在有些地方借所谓规模经营,在农民不自愿的情况下,强行收回土地,重新划分。这是错误的,省政府不但反对,而且坚决制止这种错误行为。什么地方错了,什么地方纠正。据说,有些地方农民已经把粪撒下地,又要重新划分土地,让农民把粪拾回去,而且只准拾粪,不准拾土。这纯粹是给农民出难题,各级干部要从当地农民根本利益出发,不能搞一刀切。我们吃"乱刮风"的苦头够大了,不能再"乱刮风"了,请新闻单位帮助省政府宣传一下,越快越好。这个问题我还有点不放心,请农村报把农民来信赶快送到办公厅副主任那里,以省政府名义发个紧急通知下去。

记者:有许多有作为的中年科技人员,应该得到其相应的职称,但却未得到,而有些不应得到的却得到了,政府对此怎样看?

邵奇惠:我们省职称评定,在全国来说搞的是比较好的。但在评定过程中确实存在不少问题,有的应该评上的没评上,不该评上的却评上了。有些掌握了一定权力的干部或没有从事技术工作的人,却是削着脑袋挤了进去,占了别人的位置。人数虽然不多,影响却很坏。今年,我们要进行整顿,总结原来的问题,把我省职称评定工作转入正常化。

记者:关于生猪收购问题,将采取怎样改进的措施?

邵奇惠:生猪问题是非常敏感的问题。近几年,我们的政策一直不很稳定。一个问题是,养猪如何规模经营,提高养猪效益;另一个是,生猪收购采取怎样的办法。养猪问题,要当作课题来研究。去年,关于生猪收购年初说了,到下半年又变了,在工作上引起混乱。在没慎重考虑之前,我不能说出什么具体措施。

不要把养猪问题和食品公司问题混为一谈。现在养猪,得到好处的既不是国家,也不是农民,而是食品公司。食品公司在过去的年代里,为老百姓能吃上猪肉做了很多工作。但在新的情况下,食品公司这个庞大的机构,把他们的人员费用加在了我们猪肉的供销上,所以国家拿了很多钱,农民也没得到好处。现在,我们能做的是如何减少中间环节,让农村养猪的和城市吃肉的人都能得到好处。最近,省政府正在研究这件事。

记者:您在报告中提到每年净增人口不得超出 45 万人。您将采取什么措施实现这个控制目标?

邵奇惠:报告中讲的数字,我对其可靠程度没有底。最近,有份刊物登了我省计划生育数字弄虚作假。所以,我实在没有准确数字讲,只能根据他们统计出来的数字。计划生育这个问题,是我们现在经济贫困最主要的原因之一。这个是个长远问题,也是个现实问题,不要等到长大了吃三五斤粮时才感到有负担。从怀孕出生开始,就背上这个包袱了。我感到最不托底的数字,就是计划生育数字。今后要组织调查,以便采取有力措施。

合作者:戚泥莲

1989.3

胡启立来我省考察期间
——深入基层同群众对话

1988 年 7 月胡启立在我省考察期间,广泛地接触了各级干部和各方面群众,就一些群众关心的问题同干部和群众协商对话,这在加强党和人民群众的联系、密切党和人民群众的关系方面,为我省人民留下了深刻的印象。

同个体户交谈

7 月 4 日上午,胡启立来到哈尔滨市南岗地下商业街。

他同卖鞋的个体户、建成机械厂退休工人刘双吉谈起来。

孙维本问刘双吉:"你认识这是谁吗?"

老刘哈哈大笑:"认识。我年轻时是团员,经常看报、听广播。"他指着胡启立幽默地说:"你是当时团中央'三胡'中的一胡——胡启立,是我们的老书记了,怎么能不认识!"

老刘很健谈。他向胡启立介绍说:"我不但这里有个床子,还开了一个食杂店,每月的收入多着呢!"

接着,话题转移到改革上来。

胡启立问:"你对改革有什么看法?"

他坦诚地说:"我认为,现在的竞争机制实际是个风险的机制。不管是国营的、集体的还是个体的,在竞争中都担着风险,不是生存下来,就是垮台下去。它逼着我们在竞争中生存,在生存中竞争。这样,谁都不想垮台,谁也都不想在那儿睡安稳觉,谁都想挺着胸脯生存下去,而且要生存得好。"

他看了看胡启立继续说:"若是从这个观点上看,我看这竞争机制是催人前进的机制。咱们的国家到了现在这个阶段,不改革不行。我拥护改革!"

胡启立对他的这番谈话很感兴趣:"你对改革中的竞争有了切身的感受和认识,这是好事。希望你成为竞争中的优胜者!"

"谢谢我们的老书记!"

访问棚户区居民

胡启立离开地下商业街,来到太平区新乐小区。这里,到处都是直不起腰的小草房,挤不下几个人的小院子,只能通过一个人的小胡同。一根火柴,可以毁掉一片。人们称这里是"火烧连营"的棚户区。

在哈尔滨,像这样的棚户区有 35 片,草房面积近 120 万平方米。它已成为哈尔滨在居民住房上一笔巨大的历史欠账。

胡启立在这里访问了 3 家。太安 17 道街 32 号陈树祥家,需要侧着身才能挤进院门,低着头才能钻进居室。胡启立与这家主人谈了很长时间。

胡启立:"你家几口人啊?"

陈树祥:"9 口人。"

"这 9 口人怎么个住法?"

"分两处住。这是一间小屋,住不下,又租了一间 15 平方米的小草房,一个月房租 50 元。"

"那么,你们收入怎么样?""全家每月 280 多元,平均每人 30 多元。我们的收入虽然不算高,可是生活还是不错的。"

"你这里下雨进不进水?"

"我们这儿地势高,水进不来。"

"有上水吗?"

"上水每家都有。"

"下水呢？"

"住户家没有下水道，可是马路上有。"

在询问了这些情况后，胡启立说："你们这里的房子已经需要改建了。若盖高楼需要很多钱，现在国家财力不足，一时拿不出。不改造，就容易火烧连营，是很危险的。你有什么好主意、好办法呀？"

陈老汉说："眼下的状况确实就是这样。你这一来，又这么一说，心里有怨气的人也就都消了，就理解了，也就体谅了。要叫我看，就得单位集点资，个人出点钱，国家再给点。现在也只能用这个办法了。"

胡启立听了陈老汉的一番话，又进一步问："若是个人出点，你能拿得出吗？"

"盖造价高的，拿的多，就拿不出。若是盖造价低的，拿的少，哪一家都能掏出点。"

胡启立高兴地感谢这位老人："好，你为我们出了个好主意。"

与大学生对话

当天，已近中午，胡启立仍然兴致勃勃地来到哈尔滨医科大学的校园。

这时，学生们正在吃中饭。当他们听说胡启立来了，立刻从校园的各方围拢过来。胡启立同他们一一握手问好。

他先被同学领到女宿舍，后被一些男同学邀请到他们的宿舍里。

"你们关心一些什么问题？"胡启立和同学们谈起来。

"我们关心的是生活问题、学费问题。"

"每月伙食费多少钱？"

"男女同学平均也要四五十元。"同学们反映，主要是菜太贵。

"这个问题应该解决。"胡启立随即又问，"你们最感兴趣的是什么？"

有人答："医学讨论会，还有辩论会。"

"辩论什么题目呢？"

"比如说,强调纪律并不影响个性的发展。"

"政治课愿意听吗?"

"讲得乏味就没人愿意听。"

胡启立还特意问到了学校有没有公安派出所,流氓进不进校。

胡启立把话题转移到改革上来:"你们对改革开放政策怎么看?"

"我们对社会了解得太少。"

"你们应该多接触社会。一旦了解了社会,你们就会受到鼓舞,对改革开放的政策就会更加理解,更加拥护和支持。"

"我们也认为是这样。"

一个同学说:"我是北京顺义县的,听说家乡的改革搞得不错。"

胡启立高兴地介绍道:"你的家乡搞得确实很好。80%的农民已经转入乡办工业,只有20%的人经营原来100%的人经营的土地。农民的收入大大地提高了。你家的收入怎么样啊?"

"富起来了。"

胡启立语重心长地说:"改革若搞不好,我们的生产力水平就不能提高,我们的经济就不能发展,国家就不能富强,人民的生活也就不能改善。所以,我们要把改革坚决搞下去。你们赞不赞成啊?"满屋的同学异口同声地回答:"赞成!"

和校长、厂长座谈

7月5日上午,在花园邨宾馆一栋会议室,胡启立向来自哈尔滨、齐齐哈尔、牡丹江、佳木斯的10位厂长、经理了解了他们的改革情况。

佳木斯三江浴池经理薛坤说:"我是三江浴池的租赁人,这个企业被我租活了。'合理分配、民主管理、关心职工'是我的治店之本。"

胡启立很感兴趣。他插话道:"这三条很重要。我们的企业必须解决工人的铁饭碗、干部的铁交椅、工人和干部的铁工资问题,积极地为社会创造财富。政府的财源来于企业。企业搞不好,不能创造财富,国家把票子印得再多也没用。"

哈尔滨轴承厂的王洪淳谈了全厂中层以上干部投入生产力标准讨论,观念以及生产形势都发生了深刻的变化。

胡启立听了非常感兴趣。他说:"这个讨论,省委组织得非常好。过去,我们没有把注意力放到生产力的发展上,我们没有极其丰富的物质生产,怎么能叫社会主义?贫穷不是社会主义。我们搞共产主义,不就是要最大限度地满足人们对物质文化生活的需要吗!你们的这个经验很重要。"

胡启立说:"我们可以绕过资本主义的发展阶段,但绕不过商品经济的发展阶段。我们原来是搞产品经济的,大权集中在中央。现在放开了,发展商品经济了,在这种形势下,一些意志薄弱者收受贿赂,这是不可避免的。问题是我们能不能警觉,出现了,能不能纠正、制止。我们要发展生产力就得付出一定的代价。包括目前社会上出现的大家所反感的不正常现象。但这决不是为不正之风做辩护。只要生产力发展上去了,出了一些问题也是难免的。当然,我们要解决这些问题。"

这天下午,胡启立又邀请了4个大学的校长、党委书记,在这里进行了座谈。

哈尔滨船舶学院党委书记黄绍说:"现在,在课堂上一讲共产主义、马列主义,学生就哄堂大笑……"

胡启立问:"老黄讲的,在你们学校(哈工大、黑大)是不是普遍现象?"

工大回答:"是个别的。"

黑大回答:"程度不同。"

胡启立说:"看来学生哄堂大笑,是你讲得过于概念化、抽象化了,或照本宣科,学生才笑的。这不能说明他们不要共产主义理想,或不要马列主义。"

几个学校的校长说:"是这样的。"

几个学校都谈了学生的思想教育工作。

胡启立说:"发动教师做学生的思想政治工作是条重要途径。只靠几个辅导员去做不行,校长、系主任也应做学生的思想政治工作。学生的思想工作,主要靠平时去做,不能等有了问题才去堵窟窿。"

这时,胡启立问:"你们学校有派出所没有?"他说:"社会治安问题,最容易引起突发事件。我到处宣传学校要设派出所,它的主要任务就是维护学校的治安,保护师生的安全。它不要干预学校的事,要和师生搞好关系。"

黑龙江大学校长徐兰许谈了学生最感兴趣的是参加社会实践,也谈了学生感到经济压力过大。

胡启立说:"学校应为学生参加社会实践、搞社会调查创造条件,让他们更好地了解社会、关心社会。你们的食堂,应当同蛋、菜的产区直接挂钩,减少中间流通环节,把学生的伙食费降下来。那天,我到医大去,学生们并没有提出别的问题,只说经济压力过大,这是一个非常现实的问题。如果这是一个不稳定的因素,你们就更应该抓紧研究解决这个问题。"

胡启立说:"我这里有一份调查报告,提出了几点好的意见。一条是政府应直接与大学生对话。我建议有关部门设立经常与大学生保持直接对话的机构。另一条是校园民主。我们的校园有一定的封闭性,学校要给学生以公开的讨论、辩论探讨的机会和渠道。当然,要有领导。也可以邀请改革第一线的企业家、经营者直接与大学生对话。党政干部、工人、农民都可以去。这二条建议,我建议大家研究研究。"

探讨企业的深入改革

7月9日上午,胡启立在牡丹江床单色织厂、牡丹江毛毯厂、牡丹江电冰箱厂认真了解了改革与承包情况,并与厂长们探讨了如何解决"人浮于事"等一些在改革中遇到的问题。

这天下午,牡丹江市委书记田凤山向胡启立汇报了经济体制综合改革情况。胡启立对牡丹江探索的企业兼并的路子很感兴趣。他详细询问了全国优秀农民企业家吴延成进城兼并了濒临倒闭的牡丹江市锅炉厂的情况。

胡启立说:"吴延成兼并锅炉厂,把一个死企业办活了,这给我们一个很大的启发,提供了很好的经验。我们为什么不能让国营企业的厂长也有像他那样的权力,采用他所采取的办法,把国营大企业也搞活呀!"

当田凤山谈到在改革开放中加强党的建设时,胡启立说:"你们在改革中加强党的建设很好。我要补充一点,就是党政干部要廉洁。不要经济繁荣了,干部腐败了。在这方面,希望你们能出经验。"

他说:"我们一些单位的办事制度应该公开化,不应搞神秘化,更不应随心所欲地行使自己手中的权力,权力应置于群众监督之下。这样,就可防止出现问题。"

胡启立说:"我们的市政府要成为开放型的,不要封闭型的。群众随时可以到市政府来,房子塌了,管子漏了,市民随时都应该能和市政府联系上。我们要及时帮助群众解决困难。因为,我们是共产党,是社会主义国家,是为人民服务的。"

1988.7

人民公仆

RENMINGONGPU

公仆情

晨雾缭绕的远山下,是举目无际的稻田。纵横交错的田埂,把广袤的田野分割成一畦又一畦……

曙光,渐渐驱散晨雾。这时,田埂上依稀出现一个人影。

晨光下的他,中等个头,脸膛黑里透红,一套溅满泥水的已经发了白的灰色制服,紧紧地裹在他的躯体上。裤管一直挽在膝盖下,足下一双破旧的农田鞋已灌满泥浆,肩头那把柄把长长的铁锹,还在滴淌着泥水……

瞧他的相貌,看他的装束,观他的举止,俨然一位勤劳朴实的农民。

然而,他虽酷似农民却非农民。他的公职是:尚志市亮珠乡党委书记。他的大号是:鲁征。

他已 43 岁了。初中毕业后,回家务了农。养过蜂,种过地,在供销社当过供销员。后来,转了干,入了党,因肯于吃苦,勤于钻研,忠于职守,被调入市委组织部。

这对于他,该说是时来运转,步步登高了。可他却不以为意。他不想离开泥土芳香的田野,更不想离开火热的劳动群体。他总在想:我该为他们做点什么。人活着,不仅不该成为他人的负担,相反,应成为有益于他人的人。

1989 年春,他连续 4 年提出的下基层的申请终于被批准了。他高兴地来到马延乡,尽管他一再推托,最终还是担任了乡党委副书记。

5 月,正是草木复苏、原野泛绿的春播季节。鲁征的行李卷还未打开就下村了。农民李庆文一家 5 口就一个劳力,十几亩地无力自耕,急得嘴上起了泡。鲁征闻讯而至,他头一句话就说:"老李,别急,我也是个劳力,我来帮你!"

李庆文惊喜地:"你……"

"我是刚调到乡里工作的,姓鲁。"鲁征说,"你就叫我老鲁吧。"

从乡到村有 4 公里路。鲁征日出而去,日落而归,连续 3 天骑自行车到李庆文地里帮工。中午,他就在地里吃自己带的干粮。风,刮得天昏地暗,老鲁的脸上、身上到处都是土。这些,他全然不顾,而是一会儿踩格子,一会儿点种,一会儿扶犁……

3 天过去了。在老鲁的帮助下,李庆文的十几亩地全种上了。直到老鲁离开他的地头,李庆文也没弄清这个帮工的到底是做什么的。

老鲁来自农村,深知农民有好多事情无力自助,需要有人相帮。特别是需要党和政府的干部理解和关心。1990 年春,老鲁来到胜利村,他发现有 5 户农民很困难,已经到了水稻育苗的季节,可是因为手头分文皆无,买不上地膜,苗迟迟育不上。

这使老鲁急得直打转。他当夜返回乡里,找乡农行的人联系。对方打开账目一看,回答说:"陈欠不还,新贷不借。"

"那就以我的名义贷款。"老鲁情急心切地说,"到时他们还不上,我还。"

"鲁书记既然这么说了,那就贷吧!"

老鲁以自己的名义贷款 1 000 元。第二天,启明星还没落,他就骑上自行车返回胜利村。束手无策的 5 户农民分得贷款后,颇感绝处逢生,喜得手足无措。他们很快买来地膜,把苗育上了……

这时,老鲁又想起一件事:这个村姓高的农民有个小水库,因为手头无钱买鱼苗,水面一直闲置着。这可怎么办? 老鲁十分焦急,也不能再到农行去张嘴了……

于是,他蹬上自行车,来到乡财政所求援。

财政所很了解情况,说:"这家确实很困难,我们担心他秋后还不上。"

"那就由我担保吧!"老鲁说,"秋后他若是还不上,就从我的工资里扣。"老鲁心里想的是那户农民的十几亩仍闲置着的水面。

财政所无法再拒绝了。

老鲁掏出钢笔写了张担保的字据。他接过 1 350 元贷款,飞身上车返回胜利村,把钱交给那与他无亲无故的农民:"抓紧买鱼苗吧!"

这年秋天,5 户困难的农民获得了丰收,喜气洋洋地向国家交售了定购粮,并如数偿还了农行的借贷。他们要向老鲁表达"借贷之情",老鲁憨厚地说:"帮你们,是我该做的事。"

一天,老鲁来到乡财政所:"那养鱼户的贷款是我办的,你们就从我的工资里先扣吧!"

财政所的同志笑了:"不用了。养鱼的老高,今年的水产也丰收了。他还了个人陈欠,又修了房子,剩下的就让他留作明年生产资金吧。欠这里的那笔款,明年秋天再还不算晚。"

老鲁高兴地:"好,就这么办吧!"

1991 年春,蚂蚁河两岸出现了春旱。水,成了水乡之家关注的焦点。村村户户都想把东干渠的水引入自家田。

一天清早,老鲁肩上扛把铁锹来到寒气袭人的东干渠大堤上。长安、太平、贵香、胜利等 6 个村的干部和一些群众也都在这里。他们在商量如何让有限的水均匀的流入 6 个村的田里。

老鲁迎风站在大堤上,一手拄着锹,一手指着众乡亲:"你们都放心地回去吧!这溜壕、看田、放水的事就交给我吧!大家只要信得过,我就当你们的看水员。"

"这鲁书记,把咱们的事可真放在心上了!"

"是呀,你看他还有糖尿病。为了咱们,连病都不顾了。"

老鲁望着散去的众乡亲,心想:这看水员的事,就得是我了。若是 6 个村一村一个,那他们为了水,难免要争执起来……

从此,老鲁每天清晨 4 时扛起铁锹就上壕。他顺着壕线从上往下溜,一直溜到最后一个村,这一溜就是 7.5 公里。每溜一次,都要花费两三个小时。有时壕帮漏水了,他就下水把豁口堵好;有的地块水瘦了,他就扒开放水口往田里放水。一天,一农家妇女见他吃力地从田里爬到田埂上,一双农田鞋已经裂开几道口子,脸色苍白,说话也显得有气无力,便关心地问:"鲁书记,你是不是病了,脸色咋这么不好?"

"没啥事,就是累了点。"

"是呀,这一天要往返四五趟,又是查田,又是放水,又是看壕……也真够受的啊……"

其实,此刻老鲁的糖尿病真的发作了,一连几天都感到四肢无力,食欲不振。可他硬是咬着牙挺下来。每当他看到农民们忙着在田里插秧的情景,他心里就感到无限欣慰。

晚上,老鲁躺在农民的炕头上,无论怎样躺卧,都感觉周身瘫软,很难入睡。渐渐地他想起了有人曾对他说过的话:"查田、看水,这本是农民自身的事,你为啥没黑没白地捡这么一副担子挑?这样下去,不把身子弄垮了吗……"

回味之中,他不由得想起焦裕禄当年在兰考大地抱病带领农民治理风沙、治理盐碱的催人泪下的情景……

他颇感自愧不如。

不知不觉中,天已破晓。且感耳畔传来嘈杂的脚步声。他醒来一看,眼前是一群活泼可爱的学生。这时,一个戴红领巾的高个女孩子,首先用双手递给他写有"感谢信"字样的一封信,随即捧送给他一双崭新的高筒胶靴。

那女孩说:"鲁叔叔,那封信是6个村的乡亲委托我们给您写的,感谢您带着病给我们6个村当了一春的看水员。这靴子,是我们同学集资给您买的。我们再也不能忍心看着您整日穿着透水露脚的农田鞋给我们看水了,您也应该保重自己的身体呀……"

那女孩说着,不禁声泪俱下。

赤脚站在地上的老鲁也禁不住感动的泪水,哽咽着说:"谢谢乡亲们!谢谢同学们!"

这一春,老鲁给胜利村等6个村当了20多天的看水员,连一次家也没回。农民们说："干部要都像老鲁这样,咱就放心了!"

不久,"六一"到了。老鲁来到胜利小学,他从怀里掏出 100 元钱交给了校长："这点钱虽然办不了什么,可这是我对孩子节日的祝贺!"

他看着校园里朝气蓬勃的少年,望着远处一畦畦绿葱葱的稻田,脸上浮现出一种充满希望的喜悦之情。

1992 年 9 月,秋雨霏霏,秋意浓浓。

一天,老鲁来到蚂蚁河北岸的楚山村。乡亲们把他领到村南的蚂蚁河桥畔。

老鲁一看,这条河上有一道木制的浮桥,木质已经腐烂。他了解到:这道桥已修建 20 多年了,是楚山村过河唯一的一道桥。学生到河南去上学,农民到河南去耕地,都要从这道桥上过。可是,每逢雨季,桥面很窄的浮桥又湿又滑,大人、孩子都不敢过,到河南上学的学生只好绕道十多公里,而下田的农民,也只好待在家里望河兴叹。

老鲁听着,看着,想着:"这腐朽的浮桥,给楚山人带来的是'三难':学生上学难、农民下地难、里出外进难。"于是,他对乡亲们说:"这浮桥,只能在咱们的县志上留下一笔了。咱们得自己动手把它拆除,再修一座能跑汽车、马车、拖拉机的石拱桥!"

"老鲁要给咱楚山修桥了! 这可是咱楚山历史上一件新事。"老鲁的话说得楚山人心里乐开了花。

可是,修这样一座桥需要一笔很大的资金哪! 他回到乡里,立即组织有关人员进行勘察、测算,并着手进行设计。随后,老鲁就开始跑资金。他说服了市里的领导和有关部门,解决了 11 万元。

这座二孔石拱桥,总计需要资金 30 万元,余下的怎么办? 老鲁急得吃不下,睡不宁。他对农民的那种赤诚劲,感动了市里的有关领导。于是,同他一块跑省城,恳请有关部门给予资助。一次、两次……他们不知跑了多少次,终于有关部门合力为他们凑足了尚缺的 19 万元。

30 万元握在手中,老鲁这才舒了一口气。

1993 年 3 月,在楚山村前修建蚂蚁河桥的工程开工了。老鲁日夜不离现场,随时就地解决施工中遇到的各种问题。

经过 6 个月的连续奋战,一座 56.9 米长的二孔石拱桥,于 1993 年 9 月以崭新的姿容出现在蚂蚁河上。从此,楚山的农民可以不分昼夜地开着拖拉机,赶着大马车,或者骑着自行车往来于河南河北了。楚山的中小学生,也不再冒雨绕道亚布力去上学了……

1992 年春节后的一天清早,朔风吼叫,大雪纷扬。

这时,从鱼池乡到长城村的山路上,两个披霜挂雪的人,吃力地蹬着自行车。他们过后,留下两道清新的辙印……

老鲁,已从马延乡调到鱼池乡任职了。

他无论调到哪里,也不管发生怎样的变迁,他始终没有忘记:没有群众,我的存在就没有价值,我的存在,是为群众服务的。

所以,他不管走到哪里,都把农民放在心上。他从民政助理王春柱那里得知:长城村有几户农民过了春节就没粮吃了。此时,他家里也捎信来,让他回尚志一趟。但他没有回家,而是同民政助理一块蹬上自行车,顶着大烟泡雪赶往长城村。

乡政府秘书忙说:"鲁书记,这么大的雪为啥不坐吉普车去?"

老鲁爽快地说:"我在马延骑自行车骑惯了,丢不开它了。"

老鲁和民政助理一家一户地访问了那几家困难户。他们的地,因为受灾减了产。村里也因欠外债太多,无力救助。老鲁与民政助理商量后,决定从民政救济款中拨出 8 000 元,为 5 户困难农民买口粮。

可是,眼前有了吃的,春耕生产怎么办?用什么买种子,又用什么去买化肥?老鲁马不停蹄,又迎风冒雪地赶到鱼池经营林场,经过商量,揽下一份活:上山捡拾采伐剩余物。他一共安排了 17 户,共 20 多名劳力。时间是 3 个月,到春耕时为止。这样,这 17 户农民春耕生产所需的资金就有了保障。

这些农民,特别是那 5 户困难的农民,拉着老鲁的手说:"鲁书记,这若不是你来帮我们,我们上哪儿去找出路啊!"

老鲁情系农家的事是举不胜举。

今年春节前,纪家店村一农民来到乡里找到了老鲁:"你是书记吧?眼瞅着要过年了,可我连买袋面的钱都没有……"

老鲁二话没说,从兜里掏出 35 元给了那个农民。

一次,老鲁到桦树甸子村,走访的第一家是患肺气肿的农民,姓于。见他家门窗漏风,不避风寒,就掏出 50 元钱:"你拿这些钱过个年吧!"这一趟,他走访了 7 户农民,自己掏出 550 元……

1993 年末,老鲁在农村转来转去,又转到了亮珠乡。

他是"人走车随心不变"。他到亮珠乡的第二天,洁白的原野上又撒上了一层厚厚的"梨花"。清早,他同乡里的人打招呼说:"我到附近的几个村去看看。"说着,他蹬上自行车便消失在风雪弥漫的山路中……

1994.2

心里装着农民的县委书记

他,心里装着农民,两腿不离农村

1985 年 4 月。济心河两岸,大地复苏,春意萌动。

朝霞初泛的一个早上,一辆挂满泥土的北京吉普车,正在一条乡间土路上奔驰着。这时,已在农村跑了十几天的龙江县县委书记李连清,从车窗看到路边一个羸弱的妇女带着两个女孩,躬身曲背,吃力地推车送粪……

他忙叫司机把车停下。他下了车,径直来到那妇女的地头上,他一边帮着推粪车,一边唠起来:"你怎么带着两个孩子来送粪啊? 没有车吗?"

那妇女愁苦地说:"养的一匹马死了,孩子他爹病倒在炕上……"

老李帮他把粪扬撒在田里,随后对她说:"你不要发愁,我到乡里帮你解决一下,一定让你把地种上……"

那娘仨见他一头短发,脸色红黑,穿戴也颇似农民,对人又那么热诚,很受感动。那妇女心里道:"天底下,若都是这样的人该多好!"

一旁的两个女孩望着老李离去的背影,悄声地问:"妈,他是谁呀?"

"妈也没认出来。不知他是不是人人都说的那位最能吃苦,心里总是装着群众,亲戚朋友却沾不上光的李书记……"

两个女孩仍望着那离去的身影:"妈,不管他是谁,反正他是个好心人。"

老李来到乡里,把在路上遇到的情况与乡党委书记孙文秀说了。随即他说:"你们再了解一下,帮她贷点款,买匹马,把地种上。她家还有个病人,也要帮她一把……"

数日后,老李下乡路过这里,特意到乡里询问了那妇女的事。回答是:"款贷了,马买了,病人也得到了治疗。"

老李满意地笑了。

老李就是这样,常年奔波于乡里,置身于群众中。

县委大院的干部说:

"在大楼里,很难找到他的身影。可在乡下,却到处有他的足迹。"

一次,齐齐哈尔市委的几位干部下乡来到龙江。

第二天早上一上班,他们就来到县委办公大楼 415 号李连清办公室的门前。他们以为,早 8 点是找人最好的时间。可是,他们敲门,内无回应。推门,门锁着。

"也许他还没来!"几个人到楼外转了一圈。

大约半小时后,他们再度来到 415 号门前,门仍然锁着。

"也许他开会去了?"几人来到县委办公室。回答是:"李书记下乡了。不到 8 点他就走了。"

办公室一位副主任补充道:"李书记就是这样,从他来到龙江那天起,在大楼里很难找到他的身影。可在乡下,却到处有他的足迹。"

那还是 1984 年 1 月,李连清奉调从克东来到龙江,担任主管农林的县委副书记。

龙江风大沙多,地薄人穷。

老李从踏上龙江这块黄土地那天起,脑子里就一直在琢磨着:龙江的风沙怎么防,西部的"三跑田"怎么治?

他刚进办公室的门,方方面面的人就接踵而至。有的前来做例行拜会,有的请他出席会议让他去亮相,有的拿着厚厚的材料要汇报……

他把来者挡在了门外,来了个"全免"。第三天,他就同农林口的干部和技术人员下乡了。

这里的冬天,风寒雪大。老李和伙伴们迎着从内蒙古草原刮来的夹杂着雪花的朔风,踏着深深的积雪,一个一个山头,一块一块地地进行踏查。白天,他们不回村。晚上,就近投宿,访问农户。

连日的徒步踏查和饮食的不正常,使他的老病隐隐发作。一天,他们正在山上查看地表植被的破坏情况,老李突然感到胸闷,便悄悄地掏出药瓶,化雪服药。

这时,随行的小沈见他气息不稳,额头上也渗出粒粒汗珠,赶忙走过去:"李书记,您怎么了,要不要回县去看看医生?"

老李忙摆摆手:"不要紧。"他示意不要声张。他擦去额头的汗珠,裹紧了已穿得都发白了的军大衣,又爬上了另一个山头……

几天后的一个早上,他们刚要离村,小沈接过县里的电话后赶忙来告诉老李:"家里捎信,让你回克东家里去看看!"

老李想了一下说:"家里的事,天塌下来有老婆擎着。无论如何,咱们的踏查不能半途而废呀!"他拍拍小沈的肩膀,"走,咱们上山去!"

老李在踏查中,每到一处都要访问农户。在濒临内蒙古的龙兴镇德胜村,他访问了在这里住了几十年的张大爷。

张大爷听说他们是来治风沙的,心里很快活。他说:"我们这里受风沙之害少说也有二十几年了。早先,这里山上有树,地上有草,风大不起沙,雨大不跑土。可后来,树木砍光了,草皮掀开了,我们这儿就成了'风沙区''三跑田'。一刮风就扬沙,一下雨就跑水、跑土、跑肥……"

和农民有着一种天然感情的老李,过去就从农民那里得到过不少教益。此刻,他更加热心地向张志汉请教:"张大爷,你看这风沙得咋治呀?"

张大爷捋捋胡子说:"我看办法就一个,失去原貌,还其原貌。山要青,地要绿。"

老李颇感茅塞顿开。他站起身来,习惯地用手摸着后脑勺:"对呀!"

转眼,二十几天过去了,旧历年关已至。他们在 8 个丘陵、半山区乡镇,踏查了一个又一个山头、一块又一块土地。他的笔记本上,记录了平原、丘陵和山区的地形、地貌,记录了农民对防风治沙的良策,更记下了农民对县委的殷切期望……

回到县城,他无心应酬节日前的各种邀请,带上踏查资料就悄然回到克东老家。5天假日,成了他研究资料,集中群众智慧,制订规划的"工作日"。

节日过后,他回到龙江,向县委提出一份防风治沙的规划。规划认为,在山区,山口是风沙之道,是农民受害之道。提出所有山口都营造20米宽的防护林带,所有秃山都植树,从根本上改善生态环境,进而固沙防风。对"三跑田",除造护林外,也提出工程性措施,即修筑截留沟,挖鱼鳞坑,以防"三跑"。平原区全面向林网化过渡。村村都造护田林、护路林、护村林。

县委认为,这是改变龙江面貌的良策。当年,全县就造林6万亩。

8年后的今天,在龙江大地上随着一道道绿色屏障的叠起,二十几年的风沙之患、"三跑"之害,即将成为历史的过去。李连清成为全国造林模范。

1988年,李连清被提拔为龙江县委书记。他的两只跑惯农村的脚,并没有因为职务的变更而停歇或改变去向。

一年春天,老李来到华民乡克木克村。他想:这里为什么被人说成是"年年喝大碗茶,年年吃不饱"的村呢? 他发现,这里地势低洼,年年受内涝之害,年年春种秋不收。

"为什么种旱田受水害不搞'旱改水'呢?"

村支部书记说:"一是村里没钱,二是群众不认。"

"没钱可以贷,群众不认可以慢慢引导嘛!"他住下不走了。他首先帮助他们规划了地块,同时在县农行为他们贷款3万元,买了水稻种子和柴油,又打了灌井。随即,又从县水利局和农业技术推广站请来技术人员,住在这里向农民传授水稻栽培和管理技术。

全村当年搞旱改水300余亩,亩产超千斤。村民们一下子认账了。第二年,农民们舍不得吃,舍不得穿,把手头的钱都投入到旱改水中。现

— 59 —

在,这个村已成为全县最富裕的村之一。农民们说:"这几年要说克木克变了样,那可多亏李书记了。不然,我们不还得年年喝大碗茶啊!"

多年来,这位被龙江农民称为"心理装着农民,两腿不离农村"的县委书记,已经形成了与众不同的工作规律:白天下乡,晚上回来翻阅当天报纸,收看当日新闻,之后批阅文件。次日一早来到办公室,把批阅后的文件交给办公室就下乡。他平均每年深入农村200天以上。也正是因为这样,县直机关和外来人员经常要追踪到农村、田间同他议事……

赶毛驴车的老头说:

"县委书记把我这个赶毛驴车老头的事,真的放在心上了……"

去年5月的一天早上,一辆小毛驴车停在了县委的大门口。车老板是个个子不高,年已半百有余的老头。他手里攥着一把鞭子,脸上虽然挂着不少灰土,但看上去人很朴实。

他正往院里走,有人出来告诉他:"迎面过来的那位留着短头发的就是你要找的李书记。"于是,他迎过去说:"你是李书记吧?"

"我是李连清。你有事啊?"

老头此刻反倒踌躇起来:"是有点儿事……"

老李热诚地:"那咱们到屋里说吧。"

老头端起李连清递给他的一杯茶,情绪稳定下来,便述说起他的事。

老头家庭人口多,劳力少。老伴瘫痪在床上,大女儿痴呆,小女儿从技工学校毕业分配到县建委维修队当工人,可是长期以来领不到工资,一家7口全靠他赶毛驴车走街串巷维持生活。他想把小女儿调到一个有活儿干,又能领到工资的单位。他的邻居告诉他:"你这个事,靠送礼是解决不了的,只有去找县委的李书记……"

赶毛驴车的老头说:"就这么着,我就冒蒙来给您添麻烦来了。"他说,"我和我姑娘不挑单位,不挑工作,也不管活脏活累,只要能领到工资就行。"

老李听了,感到这个老头很诚实。他的渴望一点也不过分:只要求有活儿干并能领到工资。这是一个多么朴实的劳动群众,又多么遵纪守法的公民啊!他对老头说:"你这事我一定放在心上,你先回去,10天后你再来听信。若是在这儿找不到我,你就找杨香国副主任。"

问题虽然还没有解决,但赶毛驴车的老头已经被老李感动得不知说啥好。

老李送走了赶毛驴车的老头,对杨香国说:"你去把他家仔细了解一下,我们得把这事当作一回事。"

数日后,杨香国向老李汇报说:"赶毛驴车的老头说的没有一点虚假,一家7口挤在一间小屋里,生活确实很困难。"

这天下午,老李就把县建委的负责同志找到办公室。他介绍了赶毛驴车的老头的事。然后说:"我想,你作为一个单位的领导,应该关心职工的疾苦;我作为一级党组织的负责人,应该关心群众的生活,帮助他们解决各种困难和问题。我们只有把群众需要办的事办好了,单位才会平静,我们的社会才会稳定,上上下下就都会把精力用在生产、工作上了……"

"李书记,这件事我们一定办好!"

10天之后,赶毛驴车的老头来县委听信。李连清下乡了。杨香国告诉他:"你的事解决了。你女儿被安排到建委下属的房产处了……"

"这是真的?"赶毛驴车的老头激动得落下泪,"没想到,县委书记把我这个赶毛驴车老头的事真的放在心上了……"

老李总是说:"我们共产党的干部是人民的公仆。不把群众的事放在心上,那还叫什么公仆啊!"

1988年秋,老李到雅鲁河乡搞调查研究,他问乡党委书记高洪武:"你们这个乡哪个村最穷?"

回答:"中和村。"

"你找六屯,我们去看看。"

他们来到六屯。这个屯有40多户农户,老李访问了20多户,家家都很贫苦。农民王海更是清贫如洗:地上有个小木箱子、一口锅、五只碗,一家五人一条被。他掀开锅盖,里面是一锅破碎的玉米……

他问一旁的小男孩:"你家里还有什么?"

小男孩翻了翻眼睛:"不带毛的就这些,带毛的还有一窝耗子……"

"真对不起这里的乡亲啊!"老李颇感辛酸和内疚:自己都来龙江四年了,可还有一部分人的温饱没有解决好……

他问:"老高,这个屯子你来过几次了? 对他们这种状况你都采取了哪些对策和办法?"

"说实在的,我也没少给他们补贴……"

"老高啊,光补贴是治不了本的。我们得帮助他们恢复'造血'功能。"

他把干部找来,一块到村外看了地,又深入了解了农民的素质状况。他感到这里长期贫穷的一个主要原因是,全屯 600 多亩山坡地有 100 多条水打沟,致使肥、水流失,地力不强。另一个原因是,这里的农民科学文化素质低,不懂科学种田。

他与老高商量出三条措施:一是把六屯农民组织起来,治山治水,保土肥田;二是推广农业技术,普及科技常识;三是从长远目标出发,办好村小学,让所有适龄儿童都入学,创新经费多方筹措。

对王海,老李则侧重帮助他恢复"造血"功能,让他自食其力,不靠救济。村上有什么活儿交给他干。对他眼前的困难,村里解决了粮食,乡里救济了衣物。第二年,又帮他把转让出去的土地索回,由他自己经营。

秋天,老李再次来到六屯王海家。

王海一家人兴冲冲地说:"我们现在是种地有粮吃,干活儿有钱花了。"他一年在村子里包活儿收入 1 000 多元。

王海家的小男孩翻着黑溜溜的眼睛,童声童气地说:"李书记,我家变样了。不带毛的不光是一只小木箱了,你看那墙根下是一袋袋的粮食。带毛的也不光是一窝耗子了,院子里还多了一头猪、一窝鸡……"

平日里,李连清总是心理装着农民,两腿不离农村。在危难之际,李连清更是心不忘农民,身不离农村。

去年7月,几场伏雨过后,龙江境内的雅鲁河、济沁河、卓尔河像猛兽一样,肆意泛滥。沿河两岸农民受到洪水的极大威胁。

李连清恰在这时接到了省里的会议通知,让他到省城参加老龄工作会议并介绍龙江的老龄工作经验。怎么办?去,还是不去?几位副书记都说:"你还是去吧。家里有我们,不会出什么大的乱子!"

老李想:不能去。我不能丢开几十万农民兄弟不管。他让一位副书记代他去省城了。

他日夜奔波于几条河流经的险村险屯,组织群众转移。7月18日,他忽闻济沁河北侧的西山村进水了,100多户农民被困,无法脱险。

他随即带上医务人员、药品和水利、民政部门的干部赶往50公里外的西山村。可是,车至济沁河,遍地是水,车过不去了。他们又到华民乡借来一只小船。

船到济沁河心,水流湍急,漩涡四起。满载的小船被巨浪掀翻,人和药品全部落入滔滔的河水中。几个会水的年轻人在急流之中幸运地抓住了一根树桩,唯独不会游泳的李连清不见踪影。危难之时,在水下的老李突然感到像触到了什么,便死死地捉住。原来是同船落水的青年干部曹先锋,老李因而幸免于难。

他被托出水面后,脸色苍白,口吐鲜血,被送入医院。诊断是:由于肺部呛水过多,导致肺感染,需住院治疗。当他清醒过来后,便跌跌撞撞地要站起来,嘴里不断地问:"西山的农民咋样了,粮食、药品送上去了吗……"

一旁的人告诉他:"粮食、药品全送上去了,西山的农民得救了!"

老李极为安慰地说:"你们干得太好了!"

一位女干部说:

"我本想通过他的女儿走他的后门。可是,当我看了他的家,听了他的事,我就无意再敲他的'后门'了……"

今年 11 月初的一天,县建委的一位女干部在弟弟的陪同下来到李连清家,找弟弟中学时的同学——李连清的三女儿李晓兰。

她以为县委书记的家必定是装修华丽,陈设讲究……可是,她看到的是两间居室,中间一条小过道。而且是水泥地、白灰墙,合起来不过 40 余平方米。屋内,除了个破旧的书架就是炕……

"县委书记的家就这样啊?连一个普通的家庭都不如啊!"她是一位善于想象又好动感情的女子。事实与想象之别,竟然使她不知为什么落下几滴泪……

这时,李晓兰叫他们姐弟过去喝茶。

李连清的老伴正向女儿讲述着家内家外反映各异的一件事。女干部姐弟也就顺势听下去。

——去年春节后,在海伦老家与老李一起长大的表弟来到龙江,让给解决城镇户口。

这件事,像把钥匙,拨动了老李对亲人总是关闭着的大门。老李 3 岁时父亲早逝,9 岁又失去母亲,是在舅舅的关照下成长起来的。而现在,娘舅早已过世,表弟妹也过早地离亲人而去。时下,只剩表弟一人带着几个孩子,过着艰苦的日子。

更令他动感情的是,表弟这次从海伦来龙江时,手头分文皆无,借了 6 家才凑上 30 元路费。

按情理,他应该帮助表弟解决这一困难。而且,只要他说句话就可以。可是,他很清楚:情理毕竟是情理,而不是政理。情理上通得过的,恰恰在政理上是通不过的。这一点,也就是他对亲人总是关闭着大门从未打开过的根本原因所在。

他用事实说服了表弟。尽管表弟失望的情绪和自己未尽情理之事一直在刺激着他,然在从党和人民的利益上,他又颇感自慰、心安。

与此形成对照的是,属于政理之中的事情,他不仅认真办了,而且办得人人称快称好。

已故工商干部郭永庆遗留下的孩子无业在家,生活无依无靠。工商局也曾设法解决,但终无结果。

老李得知这一信息后,感到关心已故者的家庭是党的优良传统,不但要关心,而且要关心好。他责成县委办公室、工商局和劳动局一起解决郭永庆遗留子女就业问题。他说:"从安排待业青年就业的角度看,我们实际上是在做社会稳定的工作,这是件有着多重意义的事情,我们必须做好。"

很快,郭永庆遗留子女有了单位,有了活干。

对此,家人说他无情,外人说他情通政理。

……

县建委的女干部听了,更加深了对这位县委书记的了解,也更激起了她的敬佩之情。

然而,她的心情却又是复杂的。她为他的表弟失望地离去而感到忧伤,她更为他的正义廉洁而感到鼓舞。在当今的社会环境下,像他这样的领导干部是多么难得啊!她原想把自己在乡里工作的丈夫调回城里来,但此刻她却暗暗地自语道:"我本想通过他的女儿走他的后门。可是当我看到他的家,听了他的事,我就无意再敲他的'后门'了……"

今年6月,家住江西的已退休的内兄,带着老伴、小女儿千里迢迢来到龙江。他要老李给他小女儿安排个好的工作。

老李的老伴也在一旁帮忙:"你就别那么死性了,家里的事该办的也得办点。"

易地就业,又要找个好单位……老李认为,这是办不到的。无论他怎么解释,对方就是听不进去。但不管怎样,他没办。

内兄在这里住了一个多月,只好愤然离去:"我再也不会来了!"

老李把群众的事始终放在心上。可是,对自家的事,却把关很严。儿子、二女儿已结婚几年,可孩子们的家在哪儿,他不清楚。三女儿也已结婚两三年,孩子都挺大了,却一直无处栖身,只好挤在他的家里。

县委机关曾两次购置楼房住宅,两次为他调房,他均让给了别人。

在廉洁方面,多年来,群众在看着他,老干部也在观察着他。一次,一家工厂的厂长把新产品——一条毛毯送到老李家,恰巧被与老李一墙之隔的离休老县长焦永良看到了。他悄然闭门回室,隔墙静听。这时,隔壁传来了老李与厂长的对话。

老李:"你是一厂之长,怎么能办这样的不该办的事?"

厂长:"你为我们厂操了不少心,出了不少力,这是我们厂的一点心意。"

老李:"我和你一样,操心、出力是应该的。你赶快把它拿回去!不然,明天我也要派人给你送回去。"

……

听到这里,老县长心怀舒朗地说:"李连清真是不负众望,后继有人啊……"

1985.6

市委书记下点记

5月的小兴安岭。

山坡上,红艳艳的达子香散发着浓郁的清香;山脚下,静悠悠的汤旺河水缓缓地流淌着。

一天清早,河边的公路上,一伙人脚踏自行车,谈笑风生地赶着路。突然,骑车在前的那位年约40出头的人停下了。大家也都跟着停下来。

紧随其后的伊春市委机关总支第二支部书记崔文孝忙问:"王书记,怎么了?"

"噢,车链子脱落了。"

这位个子高高的王书记,便是伊春市委书记王东华。

他和伙伴们七手八脚地修起车子来。这时,迎面而来的许多熟人见到满面生津的王东华便问:"王书记,你们这是干啥去?"

王东华:"我们是到乌马河林业局伊敏林场去,和那里的党员一块儿过组织生活。"

崔文孝忙补充说:"伊敏林场是我们支部的联谊支部,也是东华书记党建和经济工作的联系点。我们支部的党员每隔一段时间都要去伊敏一次。"

熟人们想了想:"从伊春到伊敏至少有6.5公里,这么远的路,怎么骑自行车呢?"

王东华笑了:"路其实不算太远。再说,骑自行车也是锻炼啊!"

崔文孝说:"东华书记骑自行车下点,这已经是第六次了。"

"那你们的车后座上怎么还都带着饭盒?"他们都不解地问。

崔文孝是最了解他的党员。他说："这也是东华书记为自己立下的规矩。久而久之，也就成了我们的习惯和制度。"

"哎呀！听了你们的话，不，看到了你们的习惯和作风，对我们来说，真好像春风一样，送来的是一股清爽。"

王东华的车子很快就修好了。他和这些过路的熟人分手道别，蹬车远去……

王东华1990年到伊春任职，至今，时已4年。在这4年里，他先后到伊敏这个点上已19次。他在这里的组织生活，形式是别开生面的，内容是充充实实的。

1991年4月底，杨柳抽丝，白桦泛绿。

这正是伊春林区植树造林的黄金季节。

"五一"前夕，王东华约好机关第二支部的党员，"五一"到伊敏林场去造林。

翌日晨，王东华很早就起了床。他自己动手做了一盘肉丝炒榨菜，装进饭盒里，又到楼下小卖部买了两个面包。太阳刚冒红，他就和崔文孝等二支部的党员蹬车上路了。

一路晓行，很快到了伊敏林场。王东华一边擦着汗一边问林场总支书记王续华："咱们今天的活动内容是啥？"

"看架势，你们连假日都不休，是来造林的吧？"

"对了。"王东华说，"你这个主意很好，咱们今天的活动就是造林。"汗还没落，王东华带上工具就和工人们一块儿上山了。他虽不是"老伊春"，可他挖坑、插苗、培土、浇水，样样都很内行，而且身体力行。这一上午，他一人就植树（落叶松）140株。工人们都佩服地说："王书记，你行！"

中午，在山坡上，他和工人党员们围拢到一起，席地而坐。他打开饭盒对大家说："我爱人没在家，大伙来尝尝我炒的肉丝榨菜……"

大家都把自己带的饭菜摆在铺好的报纸上，有的带来了猪手、猪耳朵，有的带来了黄瓜、西红柿……大家都说："王书记，你也尝尝我们带的饭菜。"

书记、工人、干部坐在青绿的山坡上,你尝我的,我吃你的,边吃边谈,乐意融融……

在交谈中,王东华了解到老工人党员尤永德孩子多,还都没就业,生活上很困难,自己身体又不好。他摸了摸口袋,身上只剩 10 元钱了。于是,他把这 10 元钱交给了林场总支书记王续华:"我身上就这么多了,老尤家里这么困难,咱们都是党员,都来帮帮他吧!"

于是,在场的党员们一个个解囊相助。

在林区干了一辈子的老尤,手里拿着大家的捐款,感激涕零地说:"我现在才体会到,什么是'黄金有价情无价'呀……"

这天下午 4 时 30 分,王东华和工人们一块儿收工离开林场。临走前,他对林场总支书记王续华说:"我们对开发建设伊春林区有功的老工人、老党员,无论在什么时候都不能忘记,他们的困难就是我们的困难,关心他们就是关心我们党的事业。"他进一步交代,"林场的活儿很多,要在政策允许的范围内,给老尤解决一下孩子就业问题。"

在返回的路上,王东华注意到,从林场到公路之间这段 500 多延长米的山路坑坑洼洼,高低不平。他想:这里的运输业若是发展起来,这样的路怎么行呢? 于是,他对身边的支部书记崔文孝建议说:"咱们下次到伊敏来过组织生活,就修这条山路吧!"

老崔说:"王书记,您这个建议很好,我和林场沟通一下。"

王东华回伊春不久,伊敏的老工人党员尤永德就捎信给王东华:"我的两个孩子已在林场上班了。"

1991 年 6 月,伊春已进入芳草萋萋、鸟啼花开的季节。

一天,王东华和机关二支部的党员如期来到郁郁葱葱的伊敏林场。工人党员们一见王东华的面儿就说:"听说您这次来要帮我们修路,您可真是想到了我们心里想的,做了我们想做还没做的……"

"你们的事也是太多了。我们在机关里过组织生活多半是在嘴上,可下来就不同了,要动脑、动手、动腿,这对我们来说,是个非常好的锻炼机会。"

说着,王东华就和工人党员们一块儿来到伊敏人里出外进的这条唯一的山路。这条路,沟沟坎坎、包包块块不下百余处,汽车跑不起来,自行车要推着走。王东华脱掉外衣,一会儿抢镐铲平包块,一会儿挥锹取土填沟。大家见王东华满头大汗,一个个也都不遗余力地抢难活儿累活儿干。

王东华一边干活儿一边说:"你们要发展经济,就要创造一个良好的环境。其中,交通就是一个硬环境,交通不畅通,自己生产的东西运不出去,外边的东西又进不来,这不是自己把自己卡死了吗……"

林场总支书记王续华的领悟力很强。他听了王东华的一番话后茅塞顿开:"看来,王书记来给我们修路,不光是为了我们出门好走路啊,更重要的是为了'一路通百业兴'啊!"

大家干得更加起劲了。在众人的一锹一镐下,路面一段段被整平好。他们足足干了一天,一条平坦的山路展现在伊敏人的面前。

王东华在返回之前,走访了7户老工人,有困难户,也有劳动模范。他认真听了他们对发展经济、对社会问题的反映。他还协助林场解决了工人党员们提到的一些能够解决的问题。

夕阳西下。工人们依依不舍地走出家门目送他们,直到他们骑车的身影消失在夜幕中……

1992年初,王东华迎风冒雪再度来到伊敏林场。

他此行之前,脑子里一直在琢磨着伊敏人向他提出的一个问题:伊敏的林木资源也不行了,今后的路该怎么走?

当他和林场的党员们坐在一起后,总支书记王续华说:"咱们这次生活会的内容,就谈谈伊敏的出路吧!"

大家都说这个题目很现实。

王东华说:"你们的这个题目,我也想了不少日子了。可我想来想去,总觉着就是两句话:只要打开山门,出路就在脚下。"

大家听了,颇感耳目一新。觉得这两句话很有嚼头,都企盼着他继续说下去。

王东华说："你们伊敏离伊春这么近，门前这条路也修好了，可不可以发展运输业，让汽车、马车、驴车，还有拖拉机进城运货拉脚，我看这算一条出路吧。还有一条：你们的房前屋后这么宽敞，可不可以像农村那样发展庭院经济？种些上市早的青菜，离城近，运输也方便，又不需要多大的投入，再说城里也非常需要，这不都是来钱之路吗？"

大家越听越振奋，也就越发活跃起来。

王东华说："第三条路就是山野菜的采集和加工。漫山遍野都是资源，把人员组织起来，办个山野菜加工厂，就地采集，就地加工，弄好了，这就是一个绿色银行。"他吸了几口烟后说，"还有，听说你们伊敏每年要白白烧掉七八千立方米的枝丫，这不是最大的浪费吗？为啥不办一个以小材小料为原料的柄把木楦厂？我看，这就是伊敏的第四条出路。"

"我想的，我说的，你们只能参考。"王东华说，"我看，只要把思想放活，把手脚放开，出路是很多的。"

伊敏人颇受鼓舞地说："王书记又帮了我们一大忙。下一步就看我们怎么走了。"

伊敏林场筹措了一笔资金，很快就上了山野菜加工这个项目，当年立项，当年投产，当年见效。这一年，他们采集加工 90 多吨山野菜，创造产值 50 余万元，安排了 40 名待业青年。

1992 年这一年，家家户户都办起了庭院经济，房前屋后，种菜种药，有的在冬季扣了大棚。当年，仅此一项收入，超万元的就有 38 户，超 5 000元的有 110 户。而且，不少有条件的家庭把拖拉机、马车、驴车开进伊春城，搞起拉脚运输，有的还搞起木耳椴。

相继，伊敏办起了木楦厂。他们充分利用枝丫和小材小料，加工各种小型柄把，满足了伊春市场的需求。仅 1993 年就创造产值 45 万余元，还安排了 50 名青年就业。

伊敏着力发展非国有经济和个体私营经济，建立多条经济支撑点的信息，不断地传到王东华那里。他想：经济危困的伊春，所有的林场、经营所若都这样动起来，伊春的未来就是光明的，是大有希望的。

1993 年 6 月底,王东华找到机关二支部书记崔文孝:"今年的'七一',咱们支部到伊敏去过怎么样?"

"我看,这很有意义。"

"那你和他们打个招呼。"

"七一"一早,机关二支部的党员就在市委机关大楼的门前集合了。他们每人一辆自行车、一个饭盒。时间还不到 8 时,他们就出发了。

他们身强体壮,车快路熟,很快就来到了伊敏林场。

他们首先举行了一个座谈会。议题是:不要忘记我是一名光荣的共产党员。

座谈中,两个支部的党员都谈了是怎样发挥党员先锋模范作用的,也都谈了党的建设中的问题。王东华从中了解到:几年来,一线党员的发展工作很不力,有的班组 40 多人没有一个党员,有的生产段只有一名支书,下无党员。

"这种状况,怎能适应经济发展的需要呢!"王东华说,"在我们林区,要以生产段组为基础,加强组织建设。 ·要发展,二要充实。要在油锯手、拖拉机手中发展新党员。一时发展不了的,要从机关中抽调得力的党员充实到生产一线去。不这样做,我们林区的基层组织建设就强化不起来。"

林场总支书记王续华表示:要一手抓经济,一手抓党建,坚持两手抓。

座谈会之后,两个支部的党员举行了联欢活动。先是由王东华指挥大合唱,他们合唱了《没有共产党就没有新中国》《团结就是力量》。随后,王东华还演唱了《我是一个兵》。

演唱之后,进行了党的基础知识竞赛,王东华兴致勃勃地跟大家一块抢答问题。随后,两个支部分别组织了两支篮球队,王东华个儿大,当然是机关二支部的球员了。两队进行了一场比赛。

在返回的路上,王东华一边蹬着自行车,一边说:"今年的'七一'是我入党后过得最快活的一次。"

1994 年 11 月 11 日,灰蒙蒙的天空,飘洒着零零落落的雪花。冬天,像圣洁的使者一样,再度来到了千山万壑的伊春。

这天下午,王东华和机关二支部的党员,不顾风雪严寒,来到伊敏林场。这也是王东华第 19 次下点到伊敏。

他们刚一落座,林场总支书记王续华就说:"咱们今天的组织生活内容有两个:一个是我们伊敏怎样把基层组织建设抓好;一个是我们伊敏如何开辟经济第二战场。"

林场的同志首先就这两个问题谈了想法和规划,机关二支部的党员也谈了他们如何帮助伊敏实现规划目标。

王东华在发言中说:"党的建设,就一个林场而言,主要是加强支部建设,党政一把手能不能配合好,班子能不能形成合力,关键是加强民主集中制。经济建设,就伊敏而言,第一战场主要是资源的深度开发和充分利用,而第二战场的开辟,你们已经开了头,今后的问题是:只要解放思想,放开手脚,第二战场是大有可为的。"

王东华说:"在这次生活会上,我还有几句话要说,你们伊敏林场在体制上可不可以有个新的突破,比如搞股份制经营,或者除了木材生产这块外,其他可否搞剥离经营。这些,对于你们,对于我,都是新课题,需要我们大胆地去探索,去寻求。"

"当然,大家千万不要忘记:我们一切行为的目的,都是为了翻两番。"

市委书记王东华第 19 次下点的支部生活,在一片辉煌的灯火中结束了。

人们都知道,大自然的规律是:迎接灯火的将是曙光,将是黎明,将是满天的红霞……

1994.12

我是人民的勤务员

在哈尔滨一幢 8 层大厦里,尚志市委书记李广福被介绍给记者。

看他体貌,黝黑粗壮,如工似农,没有一点官身官架。给人的第一印象是:他很淳朴。

听他说话,音韵和缓,语气温和,没有一点官腔官调。给人的第二印象是:他很热情。

那么,他给人的第三乃至更深层次的印象是什么呢?

在社会分工中——我是人民的勤务员

1985 年底,李广福奉命调离他的生育、养育之地——木兰,到尚志市(当时为县)肩负起了市委书记的重担。

这对刚刚跨入 40 岁的李广福来说,由原来的县委副书记一跃而成为主宰一个市的市委书记,自然激起他许多思索。然而,他所思索的并非市委书记这个显赫的头衔,而是这个职务所赋予他的"为人民服务"的崇高责任感和使命感。

他在就任新职后的工作笔记上,写下了几段话。

其中一段是:"党,是为人民办事的。我认为,作为一个市委书记,在社会分工中——我是人民的勤务员。在改革开放中,除了对全市的政治、经济工作负有重大宏观决策的义务和责任外,更多的应该是,在平日里,对人民群众的关心。比如,他们想办办不了、要办办不成的事,你是不是替他们想到了,帮他们去办了……"

在距离尚志市六七公里的丁山村，有个会按摩的盲人。村小人少，他没有施展医术之地，只好整日在家里闲着。后来，他想进城办个按摩诊所，可是没钱，没门市房，又没门子……

想法如梦，一拖数年。

李广福到尚志落脚后，这个与他素不相识的盲人在众多乡亲的鼓励下摸进了市委大楼。幸好，他真的找到了市委书记李广福。

这时，信访部门的同志闻讯即刻赶到，说："李书记，您很忙。这样的事，是该我们办的事，就交给我们吧！"

"不，"李广福说，"这样的事，也是我应该办的。"

李广福热情地接待了这个盲人。李广福觉得，帮他进城，一可解决他的生活出路，二可为社会提供服务，这是一本多益的好事。他当即决定，支持和帮助他进城开办按摩诊所。

随后，他与市民政部门商量，从民政部门扶持生产周转资金中拨给这个盲人3 000元。这个盲人用这笔钱在尚志城里买了一间门市房和一些必要的设施，办起了按摩诊所。

诊所开张后，元宝乡元宝村的一个农民来这里按摩。他们闲聊起来，盲人医生抑制不住对李广福的感激之情，讲述起市委书记帮他办诊所的经过。

这个农民兴奋地说："李书记帮群众办想办办不了的事，在咱元宝村都编成故事了。"

元宝村农民老赵，一家5口，只有他一个劳力。而他又体弱多病，干不了重活。李广福下乡得悉，便几次到老赵家访问。不仅帮老赵解了燃眉之急，还帮他解决了长远的生活出路。老李和村干部商量，给老赵办了卖冰棍的营业执照，还帮他在房前屋后种植了黑加仑，老李亲自向他传授种植技术……

两年过去了，农民老赵的生活，已非两年前那种"寅吃卯粮"的光景了，开始有了盈余。

盲人医生听了元宝村的故事后，颇为感慨地说："这李书记可真为群众办实事啊!"

"那是当然。"那个农民说,"在龙王庙还有他的故事呢!"

"龙王庙?龙王庙是老街巷乡的啊!你怎么知道?"

"是传来的呀!"

1987 年春,龙王庙村一个农民带领一家老小,披星戴月,把一片荒地开垦成 90 亩水田。春播前,村上提出要把这 90 亩水田收回,转包给他人。理由是,他开垦这片荒地,事先没有向村上请示。基层法庭依法做出裁决:将土地收回。

这个农民无奈,找到了李广福。

老李一如既往,认真地听了这个农民的申诉。特别是听说这个农民为开垦这片荒地已投入了 3 000 多元时,他觉得如果这个农民所述无误,龙王庙的做法是不对的。开荒未经审批手续,一则可向这个农民提出,让他今后注意;二则可以补办审批手续,补交承包费和农业税。不管怎么说,把荒地开垦成良田,这就是贡献。

老李直率而诚恳地表达了自己对这件事情的态度。这个农民当即承认自己有过失,并诚挚地表示如数补交承包费和农业税,决心种好、管好这块田。

李广福热情地送走了这个农民,随即派法院院长到龙王庙处理此事。

经过调查,农民所述属实。法院院长按李广福的意见处理了这件事,深得民心。

在尚志城外,许多人都能说出几件他们的市委书记替群众想事、帮群众办事的故事来。

在日常生活里——我是一般的老百姓

李广福在就职后的工作笔记上,写下的另一段话是:

"在数年的县委副书记岗位上,我清清楚楚地看到了人民群众对党的干部最反感的一点是:自命不凡的脱离群众的特殊化。这些人,原本都是老百姓。可是,他们随着职务的变化、地位的升迁,便认为自己已非凡人百姓,住房、出行,甚至说话,都该有别于群众了。这岂能融洽党群关系,又何尝能为人民服务呢? 有鉴于此,我认为:自己虽是党的一名干部,但在日常生活里,我仍是一般的老百姓……"

先说住房:

1985年底,李广福在调离木兰县时,与离休在家的父亲和在木兰县文化局任工会主席的爱人商定:家就不动了。

他们之所以决定"人走家不动",一个重要原因是:住房紧张。

按理,为新转来的市委书记安排住房是理所当然的。工作需要,生活也需要,再紧张,也还是有办法的。可是,他们还是做了"不搬"的决定。李广福说:"住房紧张,不止木兰,也不止尚志。目前,国家财力有限,短时期内还宽松不了。所以,我们就别再给组织上添麻烦了。"

他离休的父亲,是木兰县的老区委书记,后为县人大常委会副主任。他十分理解和支持儿子的做法。他说:"与民争利的事,到什么时候咱都不能做。你一个人就放心地去吧,家里有我。"

松花江地区的领导同志听说后,认为李广福到尚志不是"晃一晃"就要换个地方的。人与家两地,影响工作,生活上不方便,但尚志又无房可住。地委研究决定:从地区拨出2万元,为李广福解决住房。

房子选在何处? 尚志市委认为,应该在市中心。这样,上下班方便,既有利于工作,又有利于安全。可是李广福认为,市中心固然是好,但那要花很多钱,只地皮一项,至少也要五六万元。他想:我是市委书记,公家可以出这笔钱。那么,普通老百姓呢? 谁给出啊? 普通老百姓能住街边,我为何就不能呢?

最后,在距市中心3公里的东北角找了个空地方,在城边的居民区内建起一座小平房。室内没做任何特殊装修,全部费用没超过2万元。他们一家老少3代7口人搬进来了。周围的居民群众说:"新来的书记和咱住到一起来了,房子还没有我们的高级呢!"

再说走路：

李广福家从木兰搬来后的第二天早上，市委办公室就派车到家里接他上班。当司机叫开门后，家里人说："他一早就骑自行车走了。你们费心了，他有自行车就行了。"

主管常务的副书记和办公室主任几次对他说："李书记，你从家到市委路太远了，这条路上人和车辆又很多，骑自行车也不那么安全，你上下班还是坐车吧！"

李广福从家到市委有 3 公里之遥。若步行需 40 分钟，若骑自行车也要耗时 20 分钟左右。

这条马路沿途有两所中学、两家纺织厂，还有许多大大小小的单位。每逢上下班时间，大约有 4 000 名职工、学生和机关干部，从四面八方汇到这条马路上来。还有大小车辆，往来如梭……

李广福觉得，路是远点，可是骑自行车，既可锻炼身体，又便于接触群众，了解民情。

他考虑更多的是：作为与农民、工人直接接触的县级市委书记，骑自行车和群众并肩上下班，干群之间，经络是相通的，感情是融洽的。可是，若坐上小车，群众就会望而生厌，敬而远之。干群之间，就像筑起了一道隔音壁，谁也听不到谁的声音，谁也不了解谁的思想……

李广福诚挚地对常务副书记和办公室主任说："我的年纪还轻，身体又好，我有自行车就行了。小车，你们可以考虑给年岁大的、身体差的老同志用。"

从此，一年四季，无论是刮风下雨，还是数九寒冬，他都一日 3 次骑自行车往返于这条熙熙攘攘的马路上。就是在这条路上，他结识了许多工人朋友。有人说："李书记，你家这么远，就是坐上小车走，我们的心也是连在一起的。"

李广福说："我身体胖，骑自行车是为了锻炼……"

每逢开会，中午回不了家，他就打个电话，让爱人从家里给送点吃的来。

有时爱人问他:"为啥不上机关食堂呢?"

李广福说:"到食堂吃饭是很热乎的,我也想去。可是我去了,他们不肯收我的钱,我要一个菜,他们就端上来几个,我只好不去。"

也有时晚上开会,或参加什么活动,办公室已经把车备好了,可是他还是骑上自行车就走了,弄得小车只好回库……

在人际关系上——我是普通的一分子

"现实,使我感到:作为党的一名负责干部,如何摆正自己和社会其他成员的关系,在当今尤为重要。社会成员之间,由于职务和身份的不同,加之一些人受习惯的影响,常常把党的、国家的负责干部看成是人际关系中的特殊成员。特别是在改革开放的新形势下。由于社会一些成员的某种需求,又常常把领导干部当成送礼、行贿的对象。假如我们的负责干部并不把自己看成是有特殊身份的特殊分子,而其他社会成员又都能自觉地摆脱习惯的影响,抛弃那些不该需求的需求,那么被扭曲了的人际关系就会复以原形。"

"所以我感到,在人际关系上,我是普通的一分子。过去是这样,今后我仍将是这样。"

这是李广福在工作笔记上写下的又一段话。

1985年底,他到尚志不久便是1986年元旦和春节。他发现,这里逢年过节,给领导干部送礼之风很盛。他初来乍到,结识的新人有限,故旧寥寥无几。可是,访客盈门,应接不暇。有送大米的,有送豆油的,有送鱼肉的……

他的爱人王允华对此感到承受不了,便说:"老李,干脆把大门关了!"

"这样办本是可以的,但这样就能顶住这股风吗?"他指了指脑袋,"这是观念意识的反映。我不在家里时,你要尽力回绝,实在回绝不了的就把他们的姓名、单位记下来……"

晚上,老李独自思索起来:这些与我本来没什么瓜葛的人,为什么要把这许许多多的东西送到我这个他们并不熟悉而又根本不需要的家里来?显然,就是因为我是市委书记,是人际关系中有职、有权、有地位的特殊分子。在他们看来,我的身上凝聚着可以借助的因素和力量。这难道不是当今送礼、行贿的思想根源和社会根源吗?这股风不煞住,党的廉洁之风就难于兴起,党的形象就难于恢复,党的威信就难于树立。而且,不知要有多少好同志毁于这种送礼、行贿的飓风浊浪之中啊!

他充分意识到,这股风既有其历史根源,又有其现实因素。风力很强,只靠几个人的力量是抵御不住的。但又必须从每一个人做起,在每一个单位、每一个部门,到处形成一堵墙。于是,他分别在市直机关干部大会和基层领导干部会议上,专题讲述了送礼、行贿给党、给每一个收礼受贿的人所带来的危害。他大声疾呼:"希望我们的党员、我们的各级干部要洗刷旧意识,更新旧观念,既不要充当送礼、行贿者,更不要去做接礼、受贿人……"

那么,给他送来的礼怎么办呢?

下班之后,他和爱人一份份称重,一份份以斤计价,用两人的工资,一份份付款。他们把钱分别装在写好单位和姓名的信封里封好,有的交给市委办公室的秘书代之寄出;有的委托来市里开会的送礼者单位的领导代为转交。仅 1986 年和 1987 年两个春节,他们就此一项共计付出 1300 多元。东西,他们享用不了,分送出去了。

王允华不无苦衷地说:"这股风,实在害人不浅。仅这一项支出,就够我俩缓半年的了。"

然而令他们欣慰的是:他们的这种做法,在两年后奏效了。1988 年春节前夕,他们的门庭冷落下来了。1989 年春节的前夕,他们的门庭更是清净无人。

人们送礼,总是要寻求一切可寻的机会,而老李又总是"水没来先筑堤"。

1987 年 1 月 20 日,老李的母亲病故了。他事先就与父亲商量了如何处理丧事。按照当地习俗,人死了,要停尸3天才出殡。李广福对父亲说:"我想,咱们就别按照这个习俗办了。如若3天,不仅影响不好,而且前来奔丧的人又会盈门,且又都不会空手而来……"

老区委书记李祥斌对儿子说:"咱们是党员,不讲那些说道。一切,都要考虑到影响。"

他们决定:速办,从简。而且事先就与火葬场联系好,备好了骨灰盒。1月20日这天午夜零点,老李的母亲离开人世。次晨5时,老李就同事先找好的5个人,把母亲的遗体送到了火葬场。至早晨7时,丧事全部办理完毕,机关的人谁都未发觉。

事后,机关里的人知道了,下面的一些单位也都知道了。大家对老李先是埋怨,随之就都表示哀悼之情。他陆陆续续收到3 000多元的白礼。他原封不动,一份份附上短信,委托办公室的通信员逐一送回。

人们对此,无一不交口称赞。

而他却认为自己所做的都是一个党员应该做的。按照党的要求,按照党对党组织的负责干部的要求,自己尚需付出更艰苦的努力。

在靠近城郭的居民区内,有他的住屋;在上下班的自行车长河里,有他的身影;在元宝屯的农户家,有他的笑声;在拒礼、拒贿的行列里有他的足迹……

这一切,难道不是李广福给人的第三乃至更深层次的印象吗?

1989.2

他为党赢得了信任

1987 年 6 月。

连续 6 年的优秀党员、松花江地区纪委信访室主任杨福贵,继获得全省信访工作标兵、全省端正党风标兵称号之后,又获得了松花江地区优秀党员标兵称号。

机关里的人无不交口称赞,那些远在异地他乡的上访者,闻讯都说:"老杨这人够!"

杨福贵,自 1979 年 2 月一个人肩负起地区纪委信访工作的重担,8 年来,他以对党、对人民高度负责的精神,热情地接待了数以千计的上访者,把党的政策交给他们,把党的温暖送到了他们的心窝里。

最近,记者访问了刚满 40 岁的杨福贵。

在一封封来信后……

记者:你是如何对待纷繁的群众来信的?

杨福贵:首先必须理解群众为啥写信来。

杨福贵质朴而热诚地说:"群众所以写信来,是出于对党的关心和信任。他们反映或揭露的一些情况和问题,说明我们的某些单位、某个干部在党风党纪方面存在着弊端,这正是我们需要端正的。我把这些来信作为反映党风、党纪的一个窗口,认真对待,严肃处理。"

1987 年 3 月的一天。

杨福贵一如既往,在认真地阅读来信。当他拆开一封寄自 A 县的来信后,习惯地先看了一眼信尾的署名。只见两个写信人特意标明了:请党组织相信,我们不会凭空捏造,更无意诬陷他人。我们所反映的问题是真实的,所以我们的署名是真名实姓……

杨福贵被写信人的诚实态度和负责精神所感动。他仔细地阅读了这封来信。

两个写信人揭露了他们所在单位一名主要负责人贪污、行贿、受贿、倒卖救灾物资,以及玩忽职守造成损失浪费等方面的问题。

杨福贵感到,这封信所反映的问题是严重的。但按照干部的管理范围,这个干部的问题应由县纪委负责调查处理,向地区纪委报告结果。信件应转给县纪委。可是,为什么写信人要把信件寄到地区纪委来呢?现在一些单位的关系网是比较复杂的。这种关系既是不正之风的形成因素,又是纠正不正之风的障碍。写信人直接上书地区,也许就是出于这种考虑。我们不应该让写信人失望,更不应该让写信人失去对党的信任。

杨福贵随即把这封来信送给了纪检委,副书记张文彦说:"信中所反映的问题是严重的。我想打破'批转'的惯例,亲自去一次。这样有利于推动县里调查工作的开展,也是对写信人的一种支持。"

"好吧,我同意。"张文彦说,"我们一块走一趟!"

5月8日,杨福贵和张文彦到了方正。

他们把这封来信交给了县纪委,并向县委有关领导建议:应由县纪委、县检察院、经打办等有关单位联合组成调查组,立案调查。

经过一个月的调查,一些问题眉目已清,证明写信人所反映的问题基本属实。

杨福贵对每封群众来信的处理,都是严肃认真的。

1983年秋,五常县双桥乡双桥村农民联名写信给地区纪委信访室,反映党支部书记凭借职权对4个土地承包户进行勒索,以及倒卖卖猪收据,贪污、侵占公款等问题。

杨福贵在接到这封来信后,即向纪委领导做了汇报,建议责成县纪委调查处理并报结果。

县纪委调查结果证明,群众所反映的问题属实。这个党支部书记勒索、贪占公款达 9 600 余元,随意把公款批借给乡干部和亲友 1.2 万余元,还有其他一些问题。

此人已被开除党籍,并交司法机关追究刑事责任。

在一张张面容前……

记者:你是如何对待众多的上访者的?

杨福贵:一些群众所以登门上访,必定事出有因,或是本人的民主权力受到侵犯,或是切身利益受到损害。他们是不轻易耗费资财、浪费时光,并承受一路旅途之苦的。所以,我的态度是热情接待,细心倾听,认真处理。

1986 年 6 月的一天,双城县韩甸粮库退休职工王殿清来到地区纪委信访室。他向杨福贵反映:1984 年秋,农村搞粮食民代国储时,粮库弄虚作假,搞了空储。国家没有粮食,却支付一笔代储费。王殿清认为,欺骗国家、欺骗人民是有罪的,便把这一情况向有关方面做了反映。

粮库一名领导得知后怀恨在心,不久,借故将他辞退了。王殿清的女儿是 1976 年下乡返城的青年,该安排工作也不予安排……

王殿清气愤地说:"把我辞退了,我认了。可我女儿都二十七八岁了,为什么有条件却不给安排工作? 这不是一种报复行为吗?"

杨福贵细心地倾听了他的陈述,认为老王说的如果属实,那就是一起打击报复案件。

老王走后,杨福贵即向纪委领导做了汇报。随后将双城县纪委副书记张新田请到地区,详细向他介绍了情况,要他回去后立即组织人力查清这起案件。

后来调查证明,王殿清所述属实。负有主要责任的粮库领导受到行政开除留用处分,王殿清女儿的工作得到了妥善安排。

面对一起又一起上访案件的终结,杨福贵颇有一种又为伟大的母亲掸去了一粒灰尘而增添了一分光彩之感。

"我们必须理解上访者。"杨福贵说,"尤其是农民进城上访困难重重,我对他们有种特殊的感情。"

1983年4月的一天,杨福贵刚到办公室不久,一个农民领着两个孩子进来了。

杨福贵热情地迎过去:"老乡,您快坐下。"随即给他们倒了3杯开水。

"老乡,您是从哪儿来呀?"

"尚志。"那农民说,"我是尚志县鱼池乡渔池村的农民,叫蔺国英,这是我的两个儿子。"

"你们还没吃早饭吧?"

两个孩子望着他们的爸爸。那无声的眼神仿佛在说:"我们饿极了。"老蔺诚实地说:"我们坐了半宿的车,下车就摸到这儿来了。"

"你们先在这儿喝水,我就来。"

不一会儿,杨福贵一手拿着大麻花,一手拎着热水瓶进来了:"饭时过了,你们爷儿仁先吃点麻花,喝点开水吧!"

蔺国英没想到,这大机关里的干部竟是这样亲如兄弟……

"你们大老远来到这里,一定有事吧?"

"有事。"蔺国英说,"我被民兵连长打伤后,还有些问题没得到处理。"他向杨福贵陈述了事情的原委。

民兵连长在解决老蔺和邻居的纠纷时,偏亲向友,将蔺国英打伤,留下肩周炎的后遗症,不能参加重体力劳动,致使一家三口生活没有着落……

杨福贵很同情他的遭遇,在送他们返家时,杨福贵说:"我们一定把这当回事办。"

纪委领导在听了杨福贵的汇报后,决定由县纪委派员调查。

不久,县纪委向地区做了汇报,蔺国英所反映的情况属实。但对其生活问题还没做最后处理。杨福贵想,既然查清了,就应秉公处理。他向纪委领导提出:亲自走一趟。

纪委一位负责人被杨福贵这种认真负责的精神所感动,决定与他同往。

他们来到鱼池乡后,经过调查,所控无误。这个民兵连长受到留党察看一年处分,并撤销了民兵连长职务。经县、乡共同研究,根据蔺国英身体状况,决定安排他做乡邮员工作,每年由村里发给工资 400 元。并对蔺国英在上访期间造成的损失,由乡里给予适当的补助。

这一案件的处理,在当地反响很大,党在群众中的威信提高了。

在一声声陈述下……

记者:你是如何对待那些上访老户的?

杨福贵:这首先必须弄清他们为什么成为上访老户的。

他体会颇深地说:"这有几种情况,其中一种是上访所反映的问题没有查清,定论不准,处理不当,本人不服,才不辞辛劳地连续上访。对于这样的上访老户,我的态度是:查清事实真相,彻底解决问题。"

1984 年夏的一天,双城县新兴乡新红村原来的会计徐继柱再次来到地区。杨福贵一见面就问他:"老徐米了,你的问题 1982 年就由县里解决了吧?"

"不,还没彻底解决。"老徐说,"若是解决了,我就不再来了。"

他的问题是:

1971 年,他当大队会计时,账面出了岔头。1978 年,公社认定他贪污 1 330 元,免去了他的会计职务。他当时一再申明账目虽然有差错,但没有贪污,要求复查。县里有关方面经过复查,改定他贪污 330 元。对这种结论,他本人不服,于是开始上访……

1982 年,他上访到地区。地区要求县纪委认真复查此案。县纪委复查后,再次为他改定贪污 173 元。他仍不服,继续上访……

这次,杨福贵听了他的申述后心想:看来老徐的问题还没弄清。不然他为什么要连续上访 9 年? 他对老徐说:"你先回去,我随后就到。"

为彻底查清这起案件,杨福贵特约了纪委审理室一名助理会计师一道去。到新兴乡之后,他们同县里的有关人员查阅账目,仔细研究。结果发现:过去屡次所定徐继柱贪污结论不成立。经过会计鉴定会鉴定,账面所差的 330 元与徐继柱无关,而是现金员的问题。徐继柱戴了长达 9 年的贪污帽子从此摘掉了。

"一些上访者所以成为上访老户的另一种情况是:事实真相虽已查清,但在处理时没有兑现政策,致使他们连续上访。"

1984 年初,杨福贵第二次接待了木兰县吉兴乡永胜村农民王奎的来访。他说,他上访的问题虽已弄清,但一直没有得到合理解决。

早在 1981 年时,担任民办教师的王奎有一次到大队开会迟到了,大队长将其打成颅脑外伤。当时公社做了调解处理:一是大队长向王奎赔礼道歉;二是大队长负责王奎治疗的药费和误工补助。王奎同意了公社的调解意见。但由于协议书落实得不好,1982 年秋,王奎又到地区上访……

这次,杨福贵把王奎送走后,即用电话向县纪委提出 3 条要求:一是查清事实,二是对王奎的伤势做医疗鉴定,三是对王奎生活上的困难给予适当补助。县纪委对前两条要求都照办了:王奎所述经查属实;医疗鉴定为颅脑外伤,治疗两周中止。但对第三条要求却没有落实。

1984 年春,杨福贵在通河县召开的巴、木、通三县信访大会上,把这一案例托出,由 3 个县的纪委信访室主任做了一次"会诊"。一致认为:大队长作风霸道,随意伤人侵犯公民权利。处理建议是:大队长要向王奎赔礼道歉,王奎被打伤所产生的医疗费、误工补贴由大队长负责。

散会之后,杨福贵专程赶往木兰去落实,此案方告结束。

杨福贵说:"第三种情况是,一些上访者由于不明事实真相,判断错误,而一访再访,成了上访老户。对于他们,既要说清事实,又要做好思想工作。"

1979 年秋,省里一位负责同志到五常龙凤山水库检查工作。水库一名干部要反映水库的问题。后来,他被调离工作。这个干部便认为是县委领导对他进行打击报复。县纪委几次向他说明情况,他都不相信,坚持上访了 5 年。

1984 年，杨福贵专程去五常，会同县纪委复查了这一案件。再次证明了这个干部的调动决定，是县水利局做出的。而且，调出决定是在省里领导来水库之前就做出了。虽然存在思想工作做得不细的问题，但根本不属于打击报复。地区纪委根据杨福贵复查的结果，为此案做出结论，并向这个干部做了说明，使他消除了疑虑，在复查结论书上签了字。

1985 年，杨福贵还专程再次到五常，对这个干部做了回访。

杨福贵同县有关方面商量，为这个干部重新安排了工作，并对他生活上的困难给予了解决。

这个干部像所有上访者一样，从杨福贵的身上看到了党员的形象，从他热情地为人民服务中感受到了党的温暖。人们都说："他是党的好干部，上访者的知心人。"

1987.6

离职之前

"我说老头子,你头发都白了,离退休也只有几年了,这房子……""爸爸,我都高中毕业三年了,可我还没个'正式'工作……""春棠呀,妈快不行了,妈死前对你就有一个要求:把你姨表弟从咱老屯办到城里来……"

这一连串的问题摆到这位老党员、老干部李春棠的面前。

这位身为德都县人大常委会主任的老同志,是如何对待和处理这些问题的呢?

房子……

在一条小巷里,一排低矮的居民住房的西端是一套两屋一厨的住房。窗子窄小,门楣破旧。室内,除了大炕,陈设无几。厨房的尽头还有一铺容得下一个人的小炕。李春棠和他一家3代8口人就住在这里。1963年和他同时搬进这排居民房的,不管科级干部,还是一般干部,都先后搬入了新居,老户只剩下他一家了。

这位1947年参加革命,1948年加入中国共产党,1952年就开始担任副县长的老党员、老干部为何没挪动住处呢?是组织上没有关照他吗?不是的。1976年,县委头一次在县委大院的后院建造了两栋砖瓦结构,带有自来水、土暖气的"常委宿舍"。时任县委书记史纯健就对他说:"老李呀,你也该挪挪窝了,这8套房子有你一套。"当时,老李一家老少4代12口人挤在这套只有44.9平方米的老房里。如今,他何尝不愿更新呢?但多年的拥挤之苦,使他想到了别人,想到了自"文化大革命"以来,住房

情况始终没有得到改善的那些普普通通的人。于是,他对县委书记说:
"还是先考虑别人吧……"老伴听说老李退了房,带有几分埋怨地说:"这
房是县里分给你的,又不是你向人家要的,为啥到了手的房子还往外推
呢?"老李说:"你没打听打听,在德都城里,住房不如咱们的还不少呢,有
了调房的机会,哪能只想自己不想别人呢!"老伴是通情达理的:是呀,他
是个领导,说话、办事是应该先想着群众的。这套住房,老李应该让给
别人。

1983年2月,主管常务的副县长王颖找到老李,向他转告:"县委决
定今年拿出4万元钱,给你和另外两个干部盖一栋砖瓦结构的新房,每家
使用面积60多平方米。"这是县委第六次为老李安排住房了。老伴儿再
也沉不住气,开了腔:"我说老头子,你'佝偻气喘'的,用不上几年你也该
回家了,这回这房子可不能再'秃噜'了!"小女儿维娟盼新房不知盼了多
少年,这次听说县里要拿出专款为他们建新房,就暗自筹划开了:新房建
起来,设个会客厅,摆设点时兴的家具,看书学习也可有个清静的地方了
……现在可倒好,两铺大火炕把两个屋占去了一大半,连个花盆都没处摆
……于是,她做起爸爸的工作来:"爸爸,这一次说啥也不能再推了,若是
再推上三年两年,您就该退休了……"

老李从妻子、女儿的话语中感受到,同自己在这里挤了20年的家人,
确实渴望着改善居住条件。正因为这样,她们最担心的是自己的退休。
于是,他对妻子和女儿说:"我看你们是怕我退休了,房子就落空啊!"女
儿忙接上说:"就是嘛,您要是退休了就没了单位,那谁还管您呀!"

"傻孩子,爸爸是共产党员,从小就受党的培养。人,总是要老的,要
离休的。可是,离休不等于离开党啊。爸爸的单位是党,永远也不会离开
这个单位的。这个单位会管爸爸一辈子的啊!"这番话,说得一家人开怀
大笑。

当副县长王颖第二次找到老李时,老李说:"组织上对我的情意我领
了。我想,我的房还是往后排,把今年要给我盖房的钱挪给知识分子吧,
也许这一笔费用能解决两家的房子。"

一位县委副书记对他说:"我说老李呀,给你安排住房,可不光是县委的意见,这里还有群众的呼声啊!"

老李幽默地回答说:"不是都给我调6次了吗!"

这次,他又推了。

孩子……

老李的小女儿维娟是个聪明活泼的姑娘。一天,她心事重重地对爸爸说:"爸爸,你看我都高中毕业3年了,还没个'正式'的工作……"

老伴儿为小女儿工作的事,也常常絮叨几句。

老李反复地思索着:为什么有些老同志在退休之前,总是不可避免地要碰到孩子的问题?他以为,孩子们长大了,要求有个称心如意的工作,这是他们的愿望。但是,根据我们的国情,现在还不能完全满足每一个青年在选择职业上的要求。这不仅需要每一个人的理解,更需要每一个人都能正确地对待。问题在于,有些人不能正确对待这一点,而是凭借自己的职权去谋取,甚至去搞权力交换……老李感到,作为一个党员,一个干部,应该引导自己的子女把选择职业的要求同社会的需要统一起来,协调起来。于是,他对女儿说:"不要轻视你那个小集体。大集体、小集体都是社会主义的经济形式,都在为社会创造财富。你不是经常说一个青年的最大幸福是对社会有所贡献吗?"

小女儿感到爸爸说的有道理,就是有点禁不住社会上的那股风……

老李进一步和小女儿说:"爸爸和所有的父亲一样,很希望自己的儿女工作称心。但是在不能满足众人之愿的情况下,凭借我的职权为你安排一个如意的工作,这就要去干违背政策,甚至是损人利己的事……"

"爸爸,这样的事,你无论如何不能去办。我越来越懂得了应该怎样对待理想和需要,我们都应当作高尚的人!"

现在,小维娟和她的小伙伴们在她们那个小集体的售货组里干得很火热,她已是一名共青团员了。

看到妹妹的成长和变化,老李的大女儿维华感到很受鼓舞和教育。

她越发感到自己不应在爸爸离休之前,也提出类似的问题。

她是县邮局的话务员。近年来,她看到与她同时来的女伴儿都走了,有的到农业银行当了信贷员,有的进机关当了打字员……很羡慕,于是也向爸爸提出:"人家能走的都走了,你给我想想办法,让我也改改行不行吗?"她还说:"爸爸,您是人大主任,我就到你们那里去打字吧!"

其实,她并非完全出于对同伴改行的羡慕,也是出于自身实际困难的需要。她已是一个孩子的妈妈了。她的工作需要经常上夜班,每逢这时,幼小的孩子就没人照看了。大女儿的困难,老李是看在眼里的。但对她的要求,老李想:这是无论如何也满足不了的。进机关,改行,就是给人事部门出难题。办吧,违背政策;不办吧,又得罪领导……

他对大女儿说:"你的事不能办。你是党员,组织上需要你干啥你就干啥,而且干就要干好。你还是先进生产者,应该继续发扬传统,保持先进。为啥要见异思迁呢?"

"爸爸,您不给我办,我一点也不生气,因为我的要求是无理的。"

老李高兴而风趣地说:"小华,上夜班没人带孩子不要紧,你不会把孩子送到这里来吗,这不是有个不需要花钱的老保姆吗?"

老李在老屯的外甥是公社农行的干部。他几次到县城来找舅舅,要求把他在乡下的母亲、弟弟、妹妹的户口迁到公社,落在他的户口上,来个"农转非",吃国家供应粮。

他妹妹也不辞跋涉之苦,多次进城来找他:"就这么点小事,你就写个字,说句话吧!"

老李想:写个字,说句话,说得好轻巧,她是不知道这字难写,这话难说呀!要把农村户口改成非农业户,只有具备了老者丧失了劳动能力,小者不能独立生活的条件才能办理。可他们呢?老者不老,小者不小,均在劳力之列。要为他们写个字,说句话,就得写假字,说谎话……

老李说服了外甥。可他妹妹想不通:就这么一丁点的小事,就没求动他!

老李的姨母也因为类似的事,生他的气了。

那是因为姨母曾托他帮个忙。母亲在临终前还曾嘱咐他:"把你姨表弟给办到城里来,让那几辈子的农民也换换家世,当个工人……"老李望着奄奄一息的母亲自语着:"这能像办家务事那么随便吗?"这事,成了他母亲终生的憾事。

妻子、孩子、母亲、亲属……让他办的事,他没办。可他却帮助那些非亲非故,也并未找到他头上的人办了人人称快的事。

1981 年初秋的一个早晨,在大街上散步的老李碰上了 30 多年前在农村搞土改时认识的农民梁金生。老梁已 50 多岁了。在闲谈中,老梁说他后来到公安局当了厨师,现已退休,准备让大儿子接班。可是,有关部门非要他已经考上重点中学的二儿子接班,说他大儿子走路脚有毛病……

说者无心,听者却把它当成了一件事。老李了解了这个孩子的情况,是幼时生病遗留下的一点小病,并不严重。而且,他还掌握了一手修理无线电的技术。

老李认为,按政策规定,老梁头的大孩子应该接班。于是,向有关部门介绍了情况。后来,他又催促了几次,老梁头的大儿子被安置就业了。

过后,老梁头领着大儿子找到了老李:"听说是你帮了我的忙,可我啥也没拿,我就是一句话:你和土改时一个样,说话求真,办事求实。老百姓就需要这样的干部。"

关系……

社会关系,本是错综复杂的。由于不正之风这种腐蚀剂的作用,使这种本来就复杂的关系更难于分清层次了。

老李深知:自己像所有的人一样,每日里都置身于这种错综复杂的关系之中。他感受尤深的是,你虽然并未去寻觅某种"关系"的踪迹,可是也许由于你的地位与权力的缘故,这种像"影子"一样的"关系",有时竟会悄悄地找上门来。

老李的三儿子李维和招工后被分到粮库当了工人,干得很起劲。

一个时期以后,先是有消息传来,说是领导的孩子应该照顾……后来,果然有人找来,说准备让李维和去坐办公室……

老李不免深思起来:这是不是因为我的地位和职务的缘故呢?假如我是个普通老百姓,他们也许就很难萌生照顾之意了。于是,他温和却认真地对来人说:"老三年轻体壮,让他干点苦大力,对他倒是个锻炼。你们可千万不能因为他有我这么个爸爸,就对他搞什么特殊的照顾呀!若是你们的'照顾对象'过半,那谁还去干苦大力呀?"

来人受到了深刻的教育。

老李的二儿子李维彬是大集体企业的工人。工厂的活儿虽然很脏很累,但又是车床,又是铣床,他很热爱这一行。他常说:"什么大集体不大集体,都一样学技术,一样做贡献。苦和累,对咱小伙子算得了什么?"

一天,有两个外单位的人找到李维彬,很正经地对他说:"我们已经和你们的领导商量,准备调你到我们管理的一个单位学开汽车……"

"学开汽车!"这对年轻好胜的李维彬也像车床一样有吸引力。他想,当个司机也不错……

晚上回家后,他就把这事对爸爸说了。

老李边听边琢磨着:"你想没想过,你们那里那么多青年,他们为什么偏要去调你呢?"

"这……"他有点醒悟了,"是不是因为你和我的关系……"

"你还不算太傻。"老李一边抚摸着满头的银发,一边意味深长地对老二说,"他们给你办了,就算完事了吗?说不定回过头来,就该给你爸爸出道'题'了!"

老二一琢磨,觉得是这么回事,便说:"拉关系、走后门这些事,咱们可不能干。"

老李高兴而满意地对老二说:"你告诉你媳妇,她那个大集体单位开不出支,每月到我这儿拿20元!"

德都县委大院的人反映:老李头不仅自己不搞不正之风,还敢于监督别人的不正之风。

1981 年招兵时,不少群众到县人大常委会去"告状",说在德都招走了一批"空军"(指外县占了德都的招兵指标),并指名道姓是某某领导人为其在外县的亲属开的后门。

这件事在县委大院内外反响很大。

怎么办?是把上访的群众劝回了事,还是建议县里予以追查,以正党风,挽回影响?

老李的老伴儿担心把这件事捅开会影响他同其他领导,特别是当事人的关系,便劝他别张扬了。

可是,一个受党教育几十年的老党员,岂能只顾个人"关系"而放弃党的原则?老李同另外两位人大副主任联名写信给县委,反映群众的意见,要求查清真相,严肃处理。

县委接到联名信以后,认真做了调查。结果是某些领导从本县招兵指标中拿出 5 个名额。给自己在外地的亲友和某些"关系人"。有关的同志在县委常委会上做了检查,县委还向地委写了检查报告。

事后,那些"告状"的人说:"我们所以找到老李头,就是因为他是个行得正的人。"

在经历了这一系列的家庭与社会问题的洗礼之后,老李颇有一种清新之感。

他壮志不已,表示在离职之前,要把全部精力奉献给中华民族为之奋斗的宏伟大业,奉献给伟大、光荣、正确的党!

1983.7

他在继续书写人生……

　　一个人，从他踏入校门那天起，就已开始了用自己的行与为书写起人生履历。

　　生活中的你我他，无论是在风华正茂之际，还是在壮志满怀之时，都是在用自己的行与为，在那一页又一页洁净的履历表上写下激扬的文字，画上壮丽的图画……

　　这对到了暮年之时的你我他，无疑是个美好的回忆。

　　而我，此刻却深深地感到：这美好的回忆，对于一个年近花甲的人只能是一种激励、鼓舞和鞭策。他还应该一如既往地用自己的行与为，在那即将填满文字的履历表中写好最后的一段文字，画好最后的一个句号。

　　　　　　　　　　——一面坡啤酒厂厂长徐寿山一席谈

　　跨入 1994 年的大门，就意味着老徐已向 60 周岁跨出了最后一步。

　　然而，这年 4 月，老徐继以往诸多的荣誉称号之后，又增添了一个全国优秀企业家。

　　值此 60 大寿到来的前夕，他可谓"功成名就"了。激流之中，他本可以隐退了。

　　有人说，老徐呀，你已功名俱在了，还往下干啊；也有人说，你都那么大岁数了，也该考虑考虑"后事"了；还有人说，身体是自己的，工作是大家的，你也不要总是在那顶着了；而更多的人却说，老徐呀，你尽管年岁快要到了，可一面坡啤酒厂需要你，我们大家需要你！这位省优秀共产党员标兵、全国劳动模范、全国优秀企业家又是怎样面对现实的呢?

已经到 60 岁的人,不能不面对现实,想到退休,乃至退休之前、之后。可是,老徐想的却不完全是这些。

1993 年春末的一个晚上,山区之夜是宁静的,而老徐躺在床上却辗转难眠,耳畔不断传来山脚下蚂蚁河水的波涛声。他的思绪伴着那长长的流水,流得很远很远······

他出身贫寒,幼年无钱就读。17 岁那年,戴着文盲的帽子离开老家山东,过山海关来到黑龙江,在蚂蚁河畔落脚扎根。他先当农民,后进工农干校,又当了干部。1983 年秋,一面坡啤酒厂濒临倒闭之际,老徐受命担任厂长,只身上任······

"他行吗?"817 名职工无一不在怀疑。

"我中吗?"面对满院子都是碎酒瓶子的这个乱摊子,他也怀疑起自己······

然而,他毕竟是中国共产党的党员。他坚信:党员是不能在困难面前退缩的,要知难而进;我是党派来的,决不能让党失望,我要完成自己的使命。

他从整章建制抓管理入手,稳定了职工情绪,强化了经营管理,完善了制约机制,健全了奖惩制度。只几年工夫,一个奄奄一息的工厂起死复生。1993 年,年产啤酒总量已超 10 万吨,利税突破 5 000 万元大关,从而跻身于全国 500 家优秀企业行列之中。

夜阑人静,蚂蚁河的波涛声更显得清晰而有节奏。老徐越发兴奋起来,而且头脑也更为清醒。他认为:只要是一分钟前发生的事情,就是历史,更何况这些都是几年前发生的事情了。他更感到:历史既能催人奋进,又能让人陶醉于既往的辉煌之中而不再起步。而自己,虽然已经到了"一把零一"的年纪,也要做前者。

这一夜,他兴奋得没有合眼,他想好了自己在离休之前应该做些什么,怎么去做······

第二天一上班,他就召开了全厂中层以上干部会议。他非常坦诚地说:"我原来曾想,到点就刹车,绝不碍后人路。在离岗之前,我想给全厂职工留个'永不忘'的印象。这个印象是什么呢?我想拿出 5 000 万元在蚂蚁河畔建造两栋高层家属住宅楼。大家住上了楼房,我虽然离岗了,大家也不会忘记:这福利,是徐寿山给谋的。"

老徐环顾了一下在场的干部继续说:"我的出发点名义上是为职工着想,实际上是想为自己留个好名声。这种带有隐蔽性的想法是非常自私的,也是非常可怕的。我想,我们每一个人都应首先想到工厂的未来,现在若是不想到这一点,我们就会停步不前,在商品经济大潮中就会被淘汰。那时,大家光有房住了,而工厂面临倒闭,不仅葬送了全厂职工的未来,国家也将因此而失去一个利税大户……"

大家听得越发入神,深感老徐说得在理,想得长远。老徐激动得竟然站起来亮开那洪亮的嗓门:"我准备把原来要建造职工宿舍大楼的 5 000 万元,投入我们厂的技术改造中,为 1994 年实现年产 12 万吨优质啤酒打下一个坚实的基础。"

"好!这个想法太好了。"他的主张得到了所有与会者的一致赞同。

老徐继续说道:"职工住宅楼不是不建了,只是缓一缓。我们一定要为国家做出贡献的一面坡啤酒厂职工,在背靠青山的蚂蚁河畔建起两栋设施完备的住宅楼……"

他的这番话,再次博得了全场的热烈掌声。

1993 年,老徐为工厂的技术改造投入了 4 500 万元,从国外引进了一条具有 20 世纪 80 年代世界先进水平的生产灌装线,新上 50 吨糖化系统一套和 200 吨的锥形发酵罐 10 个,同时对电气冷风进行了全面改造。还上了一套二氧化碳回收冲碳设备,以及圆盘式过滤机,制麦车间也增至两个。而且是当年开工,当年投产,当年见效。1994 年年产 12 万吨优质啤酒已不成问题。

目前,全厂无一待业青年,所有职工子女均已就业。并且把有培养前途的青年职工先后送到大连、无锡轻工学院进行培训,为企业的发展培育了后备人才。

　　1994 年初,尚志市委在对为国家做出重大贡献的老徐进行重奖时,同时宣布了市委的决定:老徐身为高级经济师、省和国家的优秀企业家,一面坡啤酒厂需要他,振兴尚志的经济需要他,作为一面坡啤酒厂的厂长,徐寿山同志将继续工作下去……

　　在人生履历的最后篇章中,尽管老徐以自己的行与为续写了这么多既新又美的文字,但他却感到永远永远也书写不尽……

1994.5

改进政府工作　提高办事效率

——省政府部门直属机关负责人提高
工作效率座谈会侧记

在治理整顿和深化改革的形势下,如何进一步改进政府工作,提高办事效率? 省政府于 12 月 11 日召集省工商银行、省计委、省机械委、省商业厅、省农委、省教委、省科委、省建委、省财政厅、省粮食局、省审计局等 11 个部门的负责人进行了专题座谈。

办事效率离不开时效观念

与会者体会到:随着治理整顿和深化改革的进一步展开,政府工作时效性越来越强,很多事情限时限刻办理,否则就要误事。

省工商银行的同志说:"机关工作效率,不仅仅是工作作风问题,也关系到政府形象。"今年,粮食收购开始前,他们发现粮食企业之间拖欠资金相当严重,直接影响着今年的收粮资金,仅在工商银行开户的粮食企业互相拖欠额就达 3.2 亿元。省工商银行主动与省粮食局商量,于 11 月初召开了在工商银行开户的粮食企业清欠大会,当场清理了拖欠款 21 632 万元。其中,仅 3 个产粮区净收回资金 5 198 万元,全部用于粮食收购。

省建委的同志说,今年 5 月,邵奇惠省长在冬运会项目建设协调会议上,要求省建委协助抓好亚布力镇的供水工程。会后,建委马上就办,先后两次派人前往,帮助组织现场调查,落实设计力量。仅用一个月时间就完成了设计施工方案,使这项工程得以提前开工。

办事效率离不开调查研究

与会者认为,没有调查研究,就制定不出正确的政策,也无从下定办事的决心。当然,就更谈不上工作效率了。

省商业厅厅长、副厅长在调查中掌握了 37 个县(市)和 200 多户工商企业的实际情况,为科学决策提供了可贵的第一手材料。厅长阎景春通过对企业资金运用情况的调查分析,提出了商业企业缓解资金紧张的现实措施,即"自我松动,自我调剂,自我控制",对基层企业解决资金问题起到了指导作用。

省计委今年以来,围绕我省许多重点问题和经济工作中的"热点",先后组织有关人员下基层调研 180 余人次,写出有关产业结构调整、产业政策、经济效益、边境贸易、贫困地区发展、农业再上新台阶、劳动就业等方面的调查报告 300 多份。

妥善安置学校富余人员是一项政策性强、难度大的工作。省教委先后对哈、齐、牡、佳 4 市 14 个县的 100 多所中小学的师资队伍状况进行了调查。在此基础上,对全省中小学教师队伍状况进行了详细分析,拟定了《关于安置中小学富余人员的意见》。目前,全省已安置学校富余人员 1 700多人。

与会者在座谈中也都找了自己的不足,如有些领导同志还未从具体工作事务中摆脱出来,靠发文件、开会指导工作多,下去具体指导工作少;靠电话了解情况多,下基层调查研究少;忙于应付眼前具体事物多,研究长远发展战略少等。

办事效率离不开跟踪问效

工作部署之后,没有跟踪检查,工作就难于落到实处。与会者在谈到这个问题时说,有些工作是要通过多层次、多环节来完成的。它的效率,也要靠多层次、多环节来体现。如果离开跟踪检查、催办问效,就很难形成高效率。

财政厅今年以来,重点抓了强化催办检查责任,扩大催办检查范围工作。他们对省委、省人大常委会、省政府等上级领导机关转办、批办的文件、批示和事项,均列入催办检查,设专人跟踪问效。今年年初,他们将邵奇惠省长在《政府工作报告》中提到的需财政厅牵头办的任务,分别落实到 6 位主管副厅长和 10 名责任处长身上,提出时限要求,由办公室催办检查,及时反馈。

今年,他们承办的 53 件人大代表和政协委员的提案列入催办后,事先向代表(委员)通报信息,事后征求承办意见,既保证了承办时间提前完成,又保证了承办内容符合要求。

他们还抓了理顺工作关系、抓好横向协调和催办检查结果的信息反馈工作。到目前,他们收到省委、省政府交办和催办件 600 件,其中列入催办的 350 件,已全部按时限、按要求办完,办结率 100%。

办事效率离不开办文速度

公文,是机关工作中传达党的方针、政策、法令,下达上级指示、指令和各种通知的重要工具,必不可少,但多了又会成灾。

与会者说,提高公文质量,减少公文数量,加速公文周转速度,是提高机关办事效率的有效措施。

财政厅每年收文达 2 500 件之多,发文也不少于千件。其中,有相当一部分文件直接关系到资金的分配和划拨,政策性、时间性很强。

为提高公文周转速度,首先,他们完善了公文运行机制,重点对公文的收发、传递、印刷 3 个环节制定了一些具体制度,并且实行了公文运转登记制度。文件打印后,24 小时内全部发出。其次,配备了微机、传真机等现代化办公设备,利用微机处理公文。现已初步建成了以微机飞速印系统为主的文印室,避免了文件积压,提高了工作效率。

机械委对于基层的请示报告明确规定:急事当天办,一般不过三,大事不过周。齐齐哈尔仪表厂开发了具有 20 世纪 80 年代水平的新产品节能流量计,急需资金投入。机械委当天起草文件,当天派人携文赴京,从能源主管部门落实 100 万元改造资金。

省建委为加快办文、办事速度,简化了繁琐的手续。对上级布置、基层请示要办的事,在职权范围内的,不推、不拖、不误,紧急公务限期办完。省建一公司办理大连分公司注册登记,要求当晚携文南下。主管部门当即行动,从起草文件到领导审批、印刷,不足一小时全部办完。对办理出国劳务人员审批手续,跨省承担设计施工证明文件以及审批市、县具体事项,基本做到随来随办。

与会者指出,改进政府工作,提高办事效率有诸多因素,但人的因素是诸因素中的重要因素。他们说,提高人员素质,是改进政府工作,提高办事效率的长远大计。他们在这方面已经采取并将进一步采取切实有效的措施。

1989.12

可贵的·步

——海伦市在推进政府职能转变中是如何理顺关系的

改革,是一场新的革命。

作为这场新的革命中的重要组成部分——行政管理体制和机构的改革,已成为当前政治体制改革的紧要任务和深化经济体制改革的重要条件。

然而,行政管理休制的改革,涉及面广,难度较大,是比经济体制改革更为复杂的系统工程,不可能一蹴而就,一步到位。它需要一步一步地推进。

海伦市在这方面的探索中,已经迈出可贵的一步。这就是:理顺关系,下放权力。

下放权力,理顺市乡关系

海伦市从历史的回顾中看到:长期以来,由于政府权力过分集中,市乡关系出现了"上边管的多放的少,卡的多给的少,说的多做的少"等问题。它严重地束缚了下边的手脚,限制了经济的发展。

在这次改革中,海伦市委、市政府感到唯一的理顺办法就是放权,把理应属于乡镇的权力全部下放给乡镇。

一是下放了"七站、二所、二院"(农业站、林业站、水利站、畜牧站、农机站、经营站、土地站,房管所、财政所,卫生院、兽医院)的管理权。

过去，"三权"在上，实行条条管理。结果形成了"管人不管事，管事不管人"的"两层皮"现象。乡镇难协调，条条难管理。

现在，把人权、财权、物权全部下放给乡镇后，乡镇有了干部任免权、工资待遇分配权、资金设备使用权，做到了管人、管事、管钱为一体。这有利于乡镇的宏观调控和指导，增强了乡镇总揽全乡经济的能力。

各乡镇又从有利于发展农村经济出发，对七站、二所、二院进行了改革。首先，改变了体制。由过去的管理型变为服务型，由事业站变为经济实体。目前，全市乡镇已办实体285个。其次，减少了人员。变为实体后，打破了干部与工人、干部与农民的界限，一律实行聘任制，能者上，庸者下。全市乡镇共精减机关干部469人，站、所、院长落聘38人，从农民中聘任29人担任了经济实体负责人。再次，减轻了财政负担。实体成为自主经营、自负盈亏的独立核算单位后，则对其"断奶"，与财政脱钩。全市乡镇实体年创收可达200万元，财政增收50万元，减轻农民负担100万元。

二是下放了乡镇企业立项审批权。

过去，乡镇企业要上个项目，需闯道道关卡。有时一纸文书要履行数月，要盖几十个印章，常常因此错过机遇。乡镇有了立项自主和审批权后，与工商等有关部门联合现场办公，一次办完手续。今年，全市乡镇企业共上52个项目，均达到了立项快、审批快、投产快。海北镇新上一个生产线，总投资49万元，仅在一个月内就完成了考察、立项、审批、投产的全过程。

三是下放了农副产品和生产资料经销权。

长期以来，乡镇对农业生产资料只有使用权，没有经营权；对农副产品只有生产权，没有销售权。结果造成农副产品和生产资料的卖难买难，严重地影响了农村经济的发展。

海伦市委、市政府在这次改革中明文规定：允许乡镇经营种子、化肥等农用生产资料；允许集体或个体收购农副产品；允许农民自产自销农副产品。

这样一来,农村的流通渠道宽了,乡镇可以根据季节、农时采购经营生产资料和农副产品,既解决了农民的急需,又增加了农民的收入。

四是下放了发展农村商品经济的决策权。

为使乡镇在发展农村经济中充分发挥主导作用,海伦市委、市政府把乡镇规划权、产品开发权、对外经贸权等一并放给乡镇。海北、伦河、共合三镇重新制订了镇域经济开发规划,确定了开发目标和实施方案。海北镇依靠自己的优势,投资 95 万元,在镇内开辟一条商业街;投资 30 万元,新建扩建 3 个市场;投资 49 万元,开发肉兔养、加、销生产线;划拨 5 000 亩菜田,建立了蔬菜生产基地。

还权企业,理顺政企关系

多年的陈规,导致政企之间的状况是:政府对企业行政干预多,部门对企业管卡多,社会对企业摊派多。诸"多",均已成为套在企业脖子上的枷锁,设在企业脚下的羁绊。

他们的理顺办法是:

一、落实《条例》,还权企业

按照国务院颁布的《全民所有制工业企业转换经营机制条例》,把企业应有的 14 条权力全部还给企业。并且明确要求政府各部门在向企业还权过程中,不得以任何形式、任何理由予以"截留"。与此同时,先后出台了"十允许""四放宽"政策。

"十允许":

允许企业对外投资和涉外自主经营;

允许企业推行股份制,可以采取外资股、国家股、企业股、职工股和社会股等多种形式;

允许边小微亏企业对外、对私人租赁;

允许企业利用现有条件搞"嫁接"改造,把外地先进的生产技术和科研项目移植到海伦;

允许企业用高于银行的利息搞集资,以解决资金的不足;

允许招商合作开发资源,创办乡镇企业;

允许乡机关干部领办、创办企业,并可参股分红;

允许外地企业和个人前来办厂、办店,并给予特殊待遇;

允许部门和企业在指定地点搞房地产开发,加快城市改造步伐;

允许个体私营企业兼并国营企业和集体企业,雇工用工不限制。

"四放宽":

放宽生产经营界限,各企业可跨区域、跨行业、跨品种经营,工业可以办商业,商业可以办工业,工商可以联办企业,各行各业都可办企业,包括党政机关;

放宽价格管理权限,凡涉及物价的检查都要经市政府批准,物价局要起到综合、平衡和指导的作用;

放宽新办企业税收缴纳标准,市内新办企业可免交所得税 3 年,3 年内利润全部留给企业;

放宽简化企业开办条件和审批手续。

二、兴办实体,服务企业

为扶持机关办实体,各有关部门从发展城乡商品经济大局出发,简化开办实体的条件和审批方法。市工商、税务、公安等部门组成联合办公室,一次办完审批手续。今年上半年,党政机关已办实体 27 个,其他部门办实体 74 个。全市共办实体已达 386 个,有的已与财政脱钩,年底将实行独立核算,两年内将全部与财政脱钩。

市委、市政府明确规定,机关办实体,不与企业争利,不与农民争利。其宗旨是为农民服务,为企业服务。并且要大力创办服务性实体、流通性实体、开发性实体。引导机关干部走出机关搞经营,变输血型为造血型,减轻财政负担。

协调政策,理顺条块关系

长期以来,由于是条块管理体制,出现了许多政策碰撞的现象。海伦市委、市政府解决这些矛盾,理顺条块关系的办法是协调政策。

一是清理废止了阻滞经济发展的政策。

随着改革的深入，过去的一些政策，有的已不适应形势发展的需要，有的甚至相互撞车。他们对过去的政策进行了一次全面清查。查没有用好的政策，查条块"戗茬"的政策，查与深化改革不相适应的政策。

全市经过清查后，共废止 47 件地方性文件。

二是用好用活现有政策。

过去，在执行各种政策时，各个部门从中截留，致使政策落实不到位的问题时有发生。为理顺这一矛盾，海伦市委、市政府明确提出：各经济主管部门和经济杠杆部门要从有利于改革、有利于经济发展的角度出发，用好用活各项政策。

审计局为此制定了"五不审"：

企业按销售收入提取业务活动经费的使用不审；企业税后留利转入专项资金用于发展生产不审；对推销积压产品按比例提取的销售收入不审；企业用于新产品开发的技术开发费不审；企业招聘科技人员费用不审。

由于各部门把一些政策具体化了，给企业的改革壮大了胆子，使他们敢于放开手脚抓生产，搞经营。仅塑料厂 1 月至 7 月就完成产值 4 270 万元，实现利润 203.5 万元。

三是变通不利搞活经济的政策。

海伦市委、市政府对上级从宏观角度制定的政策，在执行中由于地区情况不同而遇到某些问题时，所采取的办法是活化变通。

他们在实行企业进档达标过程中，出现了条块政策不一致的矛盾。海伦规定，企业进档达标后，超利税部分可与财政分成，可按晋级档次奖励晋级指标。这些规定与税务部门、劳动部门的现行政策相抵触。在这种情况下，海伦采取了变通办法：将过去的超税分成改成入库后政府给企业奖励；把过去国家规定的 3% 晋级改为同进档达标奖励工资合并使用。这样既减少了政策间的矛盾，又解决了进档达标的关键问题。

1992.11

他的一生很短暂,也很平凡。无论走到哪里,都是辛勤地工作,默默地奉献。然而,他却在一次抗洪中猝然而去。他没有留下一言一语,却留下了——闪光的足迹

　　1991 年 7 月,烟雨苍苍,江水滔滔。松花江畔的肇源县,一部分地区处在洪水威胁之中。县委决定,抽调机关干部深入洪区,转移群众。

　　刚刚下乡办案归来的县纪委审理室主任蔡则仁,听说纪委抽调的一位同志身体有病,便主动要求:"让我去吧,转移群众的工作我做过,再说我会游泳……"

　　让老蔡去,领导既放心,又不忍心。放心的是,老蔡对群众有深厚的感情,群众需要他,他也离不开群众。不忍心的是,他也不是一个健康人,身患高血压、动脉硬化……

　　8 月 2 日,老蔡与同伴乘坐小四轮拖拉机颠簸十余公里,来到距民堤不足百米的二站镇文化村长岗子屯。

　　这天,气温高达 32℃。他不顾高温,不顾疲劳,挨门逐户动员群众转移。五保户韩大娘不论怎么动员都不肯离家寸步,她说:"我都这么大岁数了,死就死在家里。"

　　"大娘,转移是为了您老和家人的安全,为了将来过更好的日子。现在我们把您老送走,大水一过,我们再把您老送回来……"

"……"韩大娘一时无言以对了。

老蔡十分动情地说:"大娘,走吧,就算您老心疼我了……"

韩大娘被感动了:"你的心可太好了!"老蔡汗流浃背地与同伴把韩大娘一家转移到了安全地带。

这一下午,他一连走访动员了 70 多户。当他拖着有气无力的身子回到指挥部时,已是掌灯时分了。他匆忙吃了一口饭,又和镇、村干部一起研究下一步的工作,直至午夜零时。

8 月 8 日清晨 4 时,老蔡醒了,心想:还有一部分群众要转移,不然大水一来,后果不堪设想。可是,当他刚穿好衣服,就突然感到半个身子不听使唤,瘫倒在地。同伴们当即把他送到镇医院,县里迅速派来了最好的医生进行抢救。终因突发性脑溢血,老蔡再也没有醒过来……

他,没有留下一言一语,悄然而去。

长岗子屯的农民们闻讯迅速赶来。他们围着安静的老蔡悲痛不已。有人泣不成声地说:"老蔡呀,你是为我们着急上火而累垮了的呀!我们长岗子的乡亲们永远也忘不了你呀!"

老蔡不幸去世的消息很快传遍了他所工作过的单位。同伴们、战友们无不悲痛万分。然而,他们谁也没忘记他所留下的每一道足迹。

他所工作过的单位、相处过的同事对他的印象之一是:服从组织需要,干一行,爱一行。

曾经和他在部队朝夕与共的战友们都还清楚地记得:

1961 年 8 月,19 岁的小蔡入伍后被分配到工兵连当战士。他不畏艰苦,不惧危险,苦钻苦学,很快成了技术骨干、排雷能手,曾 4 次受到嘉奖,并于 1966 年光荣地加入了中国共产党。

县纪委的同志怎能忘记,1983 年的 8 月:

当时,组织上考虑到他从部队转业后,多年来一直做些临时性工作,准备为他安排个固定性的工作,在征求意见时,他毫不迟疑地选择了纪检工作。

他们亲眼看到,老蔡做纪检工作 8 年来,虚心学习,刻苦钻研,写了近他的一生很短暂,也很平凡。无论走到哪里,都是辛勤地工作,默默地奉献。然而,他却在一次抗洪中猝然而去。他没有留下一言一语,却留下了——闪光的足迹

15万字的政治、业务学习笔记和心得体会,成了办案的行家里手。经他亲自办理的59起违纪案件和主持审理的400多起案件,至今没有发现一起冤、假、错案。

他所工作过的单位,相处过的同事、同伴对他的印象之二是:只奉献,不索取,默默地为党工作。

县纪委的同志对老蔡感到尤为感动的是:1984年,他赡养的岳父病故,1986年,他年仅17岁的女儿不幸离开人世;1987年和1989年,他两次因病住院。在这些困难面前,他从不向组织伸手。当组织上决定给他困难补助时,他谢绝了:"我眼下的困难还能克服。这笔钱留给更困难的同志吧!"

今年,他居住的两间土房已东倒西歪,不翻建不行了。他悄悄地到亲友家东挪西借,就是没有向组织上开口。直到临终前,他不欠单位一分一文。

就是在地位、荣誉、待遇面前,他也从不向组织上要这要那,表现出了共产党员的高尚情操。和他一起,有的是在他之后调入纪委的干部中,先后有9人提级、提职,他没有一声怨言、一声牢骚,依然默默地埋头工作。有人劝他找一找领导,他却说:"争级别,闹待遇,这不是共产党员干的。"

一次在办案归来的途中,他乘的汽车发生翻车事故。他头部受伤,血流不止。但他不顾个人安危,从车里抢救出一位60多岁的老大娘和一个十多岁的孩子。他被送进医院后,头部缝合4针,只休了3天就上班了。

县纪委的同伴曾为他做了个小统计:老蔡在县纪委的8年中,星期天、节假日很少休息。为了工作,8年共占用140个星期天。

在人生的旅途上,只行走了49个春秋的老蔡,虽然没有留下什么豪言壮语,也没有写下什么惊天动地的篇章,但他却留下了一个共产党员、一个优秀纪检干部所应留下的,也是后人所应追寻的光辉的足迹。

1991.9

— 111 —

一项决定的变更

1986 年 8 月初。

一天,五常县委办公室一位工作人员把一封群众来信交给了县委书记郭清沧。

信中写道:

> 郭书记,不久前,县政府发了一个 105 号文件,把城镇居民肉食补贴款改发为肉食券。我认为,这样做虽然解决了部分农民卖猪难的问题,但却侵害了消费者利益。现在所发的每张肉食券折合人民币六角二分,到肉店买肉每斤需再交九角三分,实际每斤肉价达一元五角五分。而农贸市场的肉价是每斤一元三角,最好的肉不过一元四角。这样,拿肉食券去买肉每斤要多花一角至二角多钱。问题明显地摆在这里:卖猪难的问题并没有彻底解决,还增加了消费者的负担,也影响了我县的声誉……

把肉食补贴款改为肉食券,这本是出于好意,可使国营副食商店从农民手中多收购 3 000 头生猪,解决一下农民卖猪难问题。但却没有料到市场肉食价格的变化。

老郭仔细读了这封信,觉得它直接反映了人民群众对政府这一决定的态度,表达了人民群众的呼声。同时,他也深深地感受到,领导机关的每一决策,必须建立在民主与全体人民利益的基础上,切不可主观武断,更不可顾此失信。

那么,泼出去的水能收回来吗?

老郭认为,泼出去的水是收不回来的。然而有问题的决定是可以更改的。

有人担心,把刚刚做出的决定马上更改过来会影响政府的威信。

在县委常委会上,老郭问县委副书记、县长高洪吉:"洪吉,你说怎么办?"

"我看,有问题就改。"老高毫不含糊地说,"我看,群众不欢迎,就说明我们的决定违背了多数人的利益。既然这样,改得越快,政府的威信就越高。"

这时,老郭补充说:"我原来虽然也同意政府发文件,但在接到这封信之后,我了解了一下市场的行情,这封信所谈到的情况是真实的。我也了解了一下群众的反映,他们对肉食券确实不欢迎……"

与会的人也都谈了所了解到的群众的意愿:希望政府把它改过来。

县委经过研究,决定建议政府根据群众的意愿,撤销 105 号文件的决定,废除肉食券,继续为城镇职工发放肉食补贴款。

可是,农民卖猪难的问题如何解决呢?

这次常委会做了认真研究,决定:一是坚决兑现年初与农民签订的合同,各有关方面和各个环节不准打折扣;二是与省里有关方面洽商,按原计划多交 2 000 头;三是县肉食加工部门还可多收 1 000 头猪。

城乡人民听了这一决定后,拍手称快。

1986.9

情 满 人 间

QINGMANRENJIAN

洒向人间都是情

深冬的苏北,阳光淡淡,北风萧萧。

在和平建设时期,率兵"南征北战"的林正书,竟然在一个黄昏即临之际,精疲力竭地告别了他曾经"战斗"过的白山黑水……

在漫长的人生路上,他虽然只经历了 41 个暑往寒来,却在祖国的大地上倾尽了一腔挚爱,洒下了一片深情……

这是一个中国军人、一个中国共产党党员对党、对祖国、对人民的情和爱。

在军旅之中—— 他倾尽了爱国情

"三进长白山,两飞嫩江险,我为祖国架银线……"这是林正书率兵在长白山麓、黑龙江畔架设国防通信线路时写下的一首歌词。这首歌词,恰是他自身经历的写照,内在情感的表露。

他 1972 年入伍后,就在这个早在 1964 年即被沈阳军区命名为"吃大苦耐大劳的有线电连"的架线连接受熏陶。1975 年,他以出众的表现加入了中国共产党。1981 年,他荣任架线连指导员后,继承和发扬了吃大苦耐大劳的光荣传统,率兵常年奔波于千里边境线上。

屡爬高山斩荆棘,屡跨江河踏薄冰,屡越沼泽走泥潭的这种特殊的军旅生涯,铸就了他—— 一个中国军人、一个共产党员的"我为祖国架银线,不畏艰和险"的爱国之魂。

1983 年秋,林正书率兵来到边陲密山、虎林一带执行架线任务。他们在火石山下安营扎寨,支起帐篷,升起篝火。当线路架到火石山下时,遇到一个 250 多米宽的大水泡子。按工程设计要求，线路要从大水泡子中间通过。林正书先是到现场进行了目测和勘查，这里是放眼无际的沼泽地和起伏不平的丘陵地。这个水泡子，常年积水，且淤泥陷脚，深浅莫测，水面上不时还有水蛇浮游。

一天，秋雨蒙蒙，寒气袭人。林正书带领战士们来到大水泡子前，几名心急的战士争着要下水，林正书一挥手："别急！这里危险，你们先留在岸上。"他望了一下跃跃欲试的战友，说："党员同志跟我下！"说着，他接过战士递过来的白酒瓶呷下一口，又顺手撅了一根树枝，第一个跳进冰冷的水泡子。在场的 4 名党员应声而下。他蹚到泡子中间，水已齐腰深。寒水浸骨，秋雨淋头，杆子被淋得湿漉漉的，衣服也被水浸透，他连续 3 次爬到杆顶都滑了下来。几名党员战士看着脸色铁青的林正书，都恳切地请战："指导员，你别再上了，还是让我们上吧！"

"杆子又湿又滑，又是空中架线，很危险。你们谁也不要争！"林正书第四次爬到杆顶，稳住身躯，顶着霏霏秋雨，把线挂牢。这时，岸上的战士雀跃起来……

攻下这个大水泡子之后，他们便进入了一望无边的沼泽地。在这样的条件和环境下施工，更是艰苦：帐篷要架在沼泽地里，铺下是水，早晨起来，薄薄的褥子一捏一把水；白天在甸子里施工，渴了，要闭上眼睛趴在塔头上喝浑浊的紫红色的水……

条件这样艰苦，林正书和他的士兵们却以苦累为乐，以爱国为荣。每当星辰满天之际，茫茫荒野之中的几顶帐篷便亮起点点灯火，"五星红旗迎风飘扬……"这首歌唱祖国的歌，从帐篷里传出来，由近及远，悠扬地传遍这寂静而广袤的荒野……

林正书正是以这种对祖国博爱的情怀，为建设东北边境长途通信网而率兵转战白山黑水的……

1984 年 5 月初，林正书带着 120 公里的架线任务，率兵进发到大兴安岭的北坡。这 120 公里的线路，要通过 30 公里的原始森林、40 公里的沼泽地和 50 公里的丘陵地。任务异常艰巨。

林正书首先把兵扎在原始森林里。

在遮天蔽日的原始森林架线,首先要打出一条 6~8 米宽的路影,然后在这条开阔带上挖坑、埋杆、架线。打路影要伐树,林正书和士兵们忽而用油锯伐大树,忽而用快马子锯和两人拉的大肚子锯伐小树,他们头顶烈日,不顾蚊虫叮咬,日出而作,日落而息,日复一日……

路影打出后,便开始挖坑,随后要把经过沥青浸泡的线杆运送到这条开阔带上。线杆每 50 米一根,作为指导员的林正书,总是率先垂范地干在前面,他和战士扛线杆时(每根线杆都在 150 公斤以上),总是自己扛大头,而把小头让给战士。往返一次(上山下山)要 4 个小时,即使这样劳累,骨瘦如柴的林正书从不间歇,把线杆一根根送到地坑边。林正书和战士们用肩头扛,用手扶,脸上、手上、身上,无处不是沥青油和松树油。晚上回宿营地时,他们才有空互望一眼,又都不约而同地说:"你,你简直是个油浸人!"

汗水在流淌,线路在延伸。这年 7 月,工程进展到一处叫"滚马岭"的地方。这里山高坡陡,斜坡最陡处 80 多度,施工难度极大,4 个人运一根线杆到岭上需要半天的时间。怎么办?若按这个速度,工期要比原定的时间延长 3 倍。

一天,林正书急得到附近的一个林场去求教。他得知林场有一种运木材的机械,俗名"爬山虎",一次可运七八根线杆。但这种机械最大只能爬 45 度的坡。

林正书当即向林场借下了"爬山虎"。

回到"滚马岭"后,小坡用"爬山虎",高坡用人拽。只半天时间,就运上山 20 多根线杆,而且减轻了战士们的强体力劳动。

7 月 28 日下午,林正书和战士正用"爬山虎"往山上运线杆,突然"爬山虎"的右轮被一树桩垫起,车身即刻失去平衡,急速向左倾斜下去。刹那间,带车的林正书迅即把司机推下车,与此同时,7 个战士也敏捷地跳下去,林正书却来不及跳车了。他随着"爬山虎"翻了几个跟斗,滑下山坡。几个战士惊恐万状地跑向"爬山虎",把林正书从摔瘪了的驾驶室里拖了出来。水箱里滚烫的水溅在林正书的头上、脸上、脖子上，烫得头发一绺绺地脱落下来，战士们见状，以为林正书不行了。大家正不知所措时，林正书醒了过来："同志们，不要慌，我没事。"他抬了抬右臂，只觉得麻木而不受使。

几个战士七手八脚地把林正书送到附近一个林场的卫生院。经医生诊断：右小臂粉碎性骨折，头部、脸部、颈部多处烫伤。大森林的夜晚是静谧的，可只住了5天院的林正书却辗转反侧：连长不在连队，我又在这里治伤，那架线任务怎么完成，百十几号人让谁去带……

第六天早上，他竟突然出现在日夜思念着他的战友面前。此刻，战士面前的他却是：头发掉得一块一块的，脸上涂了一层黄乎乎的药膏，右臂吊在胸前……

即使是这样，他仍不顾战士们的劝阻，照样带领大家上山挖坑埋杆。他右臂不敢动，就用左手扶杆，让战士填土。吃饭时，让战士替他把碗放在树墩上，不够高就用木片垫起来，趴在树墩上用左手往嘴里送饭、送菜……

林正书这种带伤作战的精神，极大地激励了与他转战南北的战士们，工期不仅没有拖后，反而超前了。

不久，团里有关领导来到连队，在和林正书握手时，见他的右臂扭曲着，要侧着身。这位领导不问便知，是他摔伤后接骨接错了位。

接骨错位，造成右臂严重扭曲，致使右臂畸形。林正书难道不晓得不仅会影响自己的体表美，而且会使自己残疾一生吗？

这个问题，领导在想，战友们也在想。然而，他们无须林正书用语言来回答，林正书已经用他的行动做出了回答：一个军人、一个共产党员，不管在任何情况下，都要把党的利益、祖国的利益、人民的利益放在第一位。

然而，越是这样，党、祖国和人民越是倍加关心和爱护她的赤子。不久，林正书被所在师党委命令下山，在中国人民解放军第211医院重新做了接骨手术治疗……

是党、是祖国、是人民为他恢复了美的面貌，恢复了他英俊的军容。

康复了的林正书始终没有忘记:作为一个军人、一个党员,他时时刻刻都属于党,属于祖国和人民。无论走到哪里,调换任何岗位,都应始终如一地效力于党,效力于祖国和人民。

1990年底,林正书被调任集团军镇江干休所政委。岗位变了,但他报效祖国之心不变,他把服务于社会、参与地方建设看作是报效祖国之举。他率领部分战士北上黑龙江,南下无锡、江阴,承担起社会施工任务。他们继续发扬吃大苦耐大劳的光荣传统,住老鼠横行的仓库、潮湿的工棚、破烂的渔船,吃每人每天不足4元钱标准的伙食,脸晒黑了,人累瘦了……林正书的妻子张晓玲一直牵挂着带病出征的丈夫。一天晚上,张晓玲突然听到"嘭嘭"的敲门声,赶忙开了门。只见进来的是又黑又瘦的林正书,浑身上下全是泥土,脸被汗水冲得一道一道的……

张晓玲忙去浴室为丈夫放洗澡水,等她回屋时,林正书已睡在椅子上。她轻轻唤醒了他,把他送进浴室,并为他准备好了要换的内衣。可是等了很长时间也不见他出来。张晓铃进浴室一看,他竟又熟睡在浴盆里。见此,她禁不住潸然泪下。她不忍心唤醒他,而是把他从浴盆里抱起来,轻轻地放在床上。她望着他那瘦弱的身躯,泪流纵横地自语着:"老林啊,你什么时候才能停下来好好歇一歇。在架线连你没死没活地拼,在高炮团、汽车营你没黑没白地拼,到了干休所你还拼……你看你都拼成什么样子了,胃病、肺病、风湿性关节炎,右胳膊还夹着一块钢板。我们结婚时,你体重130多斤,而现在你连100斤都不足,我一个瘦小的女人都能把你抱起来……"

尽管如此,第二天一早,林正书还是照样上工地了。

在黑土地上——他洒遍了爱民情

"人民军队产生于民众之中。人民群众是生育养育我们的伟大母亲。我们要时时刻刻热爱我们的母亲、关心我们的母亲。"这是林正书成为一名中国军人后的切身感受,也是他军旅生涯中在军民关系上的行动指南。

1983 年夏,虎林县境内大雨滂沱。

在这场入夏后第一场大雨的袭击下,宝东乡宝兴村唯一一座土木结构的乡路桥被洪水冲毁。满村几十户人家里出外进,只好在破桥的废墟上横上一根木头,以木代桥。可是,车辆无法通行了,乡亲们一时急得手足无措……

正在附近率兵执行架线任务的林正书闻讯后,对战士们说:"人民群众的事,就是我们的事。"他即刻跑去勘查了现场,随即亲自带领 20 多名战士,并出动一台汽车,冒雨采石、拉沙、运水泥……

林正书和战士们起早贪黑,一连苦战了 4 天,在破桥的废墟上架起一座坚固的石桥。随后,他又和战士们一起把与桥相连的一段 100 多米长的烂泥路铺上沙石,加高整平。当林正书带着满身泥土向乡亲们交差时,村里的男女老少欢天喜地跑到桥上,把林正书和战士们围个水泄不通。他们拉着老林的手说:"人民子弟兵,真是爱人民啊!"

为了永远铭记解放军的恩情,宝兴村的乡亲们在桥头刻上 11 个鲜红的大字:"解放军支援宝兴村变富桥"。此后,每逢冬雪把这 11 个大字覆盖上时,村里的人都跑到桥头把积雪拂去,让那鲜红的大字在阳光下闪烁耀眼的光辉。

林正书的心里始终不忘老一代所留下的光荣传统:人民解放军走一路红一线,走一地红一片。

虎林县政府后面有一条通往临县的土路,由于年久失修,路面凸凹不平,晴天土飞扬,雨天水汪汪。群众说,这条路是"脱不掉的靴子,洗不净的泥,买了车子也无法骑"。

这样一条路,怎能适应城乡发展经济的需要呢?县政府几次下决心修整这条长达 2.5 公里的土路,终因人力、财力、物力的紧张而作罢。1983 年夏末秋初,县政府决定在秋收之前把这条路修好。

仍在宝东乡境内执行架线任务的林正书得知这一消息后,决心参战。他在连排干部会议上说:"修筑这条路,有利于国,有利于民。我们要军助于地,军助于民。"随即他到县里请下了任务。

林正书的军人素质尤为突出:说干就干。他从连队抽调4台大卡车,带领60多名战士开进筑路工地。每天清晨3时多,林正书就带领战士从9公里以外的驻地赶到筑路现场。他们一边夯实路基,一边铺沙砌石,一边挖排水沟,一边下排水管,弄得满头是土,浑身是泥,直到伸手不见五指才收工。群众说他们是"早晨3点半,中午一顿饭,晚上看不见,雨天照样干"。

他们在全部工程中遇到的最大难题是:挖排水沟。每当挖到地下近2米时,地下水就泛上来,竟然达到一弯腰,鼻子就要呛水的程度。林正书见了,就从战士手中夺下锹,憋足一口气,把头扎进泥水里挖一锹泥,再憋一口气再挖一锹。战士们也学着林正书的样子,一锹锹地挖……

20多天后,一条平平整整的沙石路展现在虎林县人民面前。虎林县人民政府正式做出决定,将这条路命名为"爱民路"。

林正书率兵在虎林驻扎期间,不仅为当地修筑了"变富桥""爱民路",还把党的温暖送到了驻地宝兴村的家家户户。他把战士组成11个"送温暖"小组,分别深入贫困的农户家中,帮助挑水、劈柴、打扫院落、治病、理发、铲地……

这个村有个59岁的张恩德老大爷,患有肺气肿,老伴双目失明,生活十分艰难。林正书专门派出一个小组到他家,把责任田和家务活全包了下来,自己无论多忙,也抽出时间到老人家看望。他还经常派卫生员到他家送医送药。端午节前夕,林正书一行3人带着蛋糕、白糖、罐头特意看望了老人。老人被感动得不知所措,清贫如洗的家什么也拿不出,于是在端午节这天,拿出了仅有的5个鹅蛋,托人在每个鹅蛋上写上一个字,合起来的5个字是:献给解放军。老人把这5个鹅蛋送给了林正书。

也就在端午节这天,宝兴村的乡亲们不约而同地给连队送来了2 300多个鸡蛋,有的写着"献给最可爱的人"。

爱民如父母的林正书出身农民家庭。他最了解农民:土地是农民的命根子。在架线施工中,每逢要越过农田,林正书都带头绕路而行。凡需在农田穿过的线杆,架线时作业的宽度都不超过1米。这个宽度比规定的宽度少了 2 米。1983 年,他们架设的线路飞越 5 个乡镇的农田,没有踩坏一棵庄稼。

在密山施工时,林正书带领架线连主动为偏远的兴凯乡架设了有线广播线路,把党中央的声音送到了 1.6 万多农民的心窝;在漠河,在林正书的倡议下创办了"北极夜校",由连队出教员,为常年生活与工作在大森林里的工人补习文化;每到一处,无论施工多么紧张繁忙,林正书都没忘了给学校派去校外辅导员,帮助学校军训,上传统教育课……

架线连所到之处,当地的群众都能感受到林正书和他的战友们身上所生发出的温暖;林正书和他的战友们也从群众的关怀中汲取了营养和力量,更加热爱生育养育他们的人民群众。

哈尔滨安广小学特级教师柳玉芳没有忘记,当年架线连与安广小学搞共建时,林正书无意中听说柳玉芳患胆结石症,需要熊胆配药。讲者无意,听者留心。林正书在去大兴安岭执行架线任务时,四处询问打听,终于在离驻地 70 公里之外的一位老猎人那里寻到了熊胆。可老猎人不肯出手。林正书道出原委,老猎人被这位年轻军人为他人的这份挚诚感动了,非要把熊胆送给林正书。林正书怎肯无偿收取,他给老猎人留下了300 元钱。林正书又派专人返哈,把熊胆送到了柳玉芳的手中。

林正书无论走到哪里,都把对人民的情和爱撒在哪里。从乌苏里江畔的虎林到兴凯湖边的密山,及至大兴安岭的塔河、漠河……凡是他曾驻足的地方,人们无一不说他在龙江大地上,洒遍了爱民之情。

在官兵之间——他播下了爱兵情

与林正书共同生活、战斗过的战友有一个共同的感受:他是个外表严肃、内心火热的人,平时言语不多,却时时让周围的人感受到他待人情同手足。大家都说,他在士兵中,无时无刻不在播洒着炽热的爱兵情。

1984 年 8 月,林正书带领架线连在漠河的黄花岭执行架线施工任务。战士王学舟故病重发,一头栽到水坑里。正与大家共同作业的林正书马上背起王学舟跑下山,乘车坐船赶了 15 公里的路,才找到了医生。

以后，王学舟又几次发病，都是林正书来照顾。不管各排施工点离得多远，林正书都隔三岔五地去看他。一次，有位鄂伦春猎人看到林正书又黑又瘦身体那么虚弱，就送两只飞龙给他补身子。没想到炊事班把飞龙汤做好了，林正书却首先想到病得啥也吃不下的王学舟，端着汤跑出5公里送到小王面前。王学舟鼻子一酸，要给林正书跪下。林正书赶忙扶起他说："在部队咱是同志，在家咱可称兄弟。不管是同志还是兄弟，都应该互相关照，互相爱护。"

在崇山峻岭间架线施工，部队总是住帐篷，睡牛棚。林正书又总是把风口的位置抢先占下来，把离门较远的地方让给战士。

1983年8月，架线连在虎林县宝东乡施工，住在一栋没有门的教室的地面上。一连20多天的秋雨，使战士们铺在地上的豆秸长了白毛，被子直滴水，不少人因为着凉得了腰和关节疼的病。驻地政府和群众不忍目睹，送来了7张狍子皮和鸭毛褥子。

战士们都说，林指导员正染着肺结核和胃病，一定给他一条。林正书却一声不吭地把褥子和狍子皮分给了其他病号和驾驶班的同志。晚上，不知谁偷偷把狍子皮铺在了林正书的铺位上，可早上醒来，大家发现，那狍子皮又悄悄地回到了酣睡一夜的战士的身下。

林正书常说："当一名合格的领导干部，应该一半是官，一半是兵。是官，就要起带头作用；是兵，就要和战士同甘共苦。"

架线连的施工条件总是十分恶劣，冬天大兴安岭极寒，滴水成冰，杆上作业不要几分钟，衣服就冻透了；夏天蚊叮虫咬，浑身上下几百个包，流血流脓。若赶在齐腰深的沼泽地里架线，更是苦不堪言。每当这些时候，架线连最艰苦的地方，都活跃着那个瘦削而敏捷的身影……

那年漠河地区山洪暴发，额木尔河水一夜之间出槽泛滥，河道也由原来的几十米扩展得无边无沿，架线连施工驻地顿成汪洋，三排被隔在额木尔河北岸。大水二十几天不退，三排24人只有25公斤大米，尽管每天每人只准喝一碗稀粥，还是断了粮。林正书在南岸早已心急火燎，几次设法送粮，都失败了。

路,早被大水吞没。滔天的白浪,令当地唯一一个艄公却步不前。林正书再三恳求:"大叔,帮我们渡过去吧,二十几号人眼看着就没粮了!"

"水这么大,过去不是送命吗!"摆渡了十几年的艄公还是不肯。

"战士们不能再等了!"林正书不顾大家的劝阻,带上司务长韩成富和给养员于强,决定铤而走险:借船,自己摆。3个不谙水性的人带着粮、菜、肉等刚刚离岸,就被冲出100多米。小船在巨浪的掀动下,像一片树叶时隐时现,随时都有被吞没的危险。3个人拼命地划,从中午11时划到晚上5时才接近对岸。就在这时,一股强大的吸力牵住了小船,林正书一边奋力转向,一边大喊:"桥墩底下有旋涡!"几经挣扎,小船总算回到河心,顺水而下。可是,他们抬头一看,船已经偏离了三排驻地500多米了。当他们拖着装有两袋大米、两袋白面和3筐肉菜的小船来到三排驻地时,浑身瘫软的林正书来不及听战士们一声声"指导员"地喊他,便昏厥过去。

整天和战士摸爬滚打在一起,林正书已把他们的一切欢乐和苦痛看在眼里,记在心上。在和当时的三排长王晶冶谈话时,老林再三叮嘱:"要注意了解战士的心事,通过咱们的工作,让他们感受到组织的关怀。"

1986年2月5日,林正书到刚刚诞生3个月的某高炮团二营任教导员的第二天。他走过五连的门口,听到一名战士有板有眼地念起顺口溜:"屋内酒杯叮当响,屋外锹镐响叮当。大家都流汗,心情不一样。"声音很大,似乎是专给他听的。林正书感到话里有话,他不动声色地观察了几天,没料到问题比想象的还严重。

早晨出操,哨音一响,五连稀稀拉拉出来六七个人,而且衣冠不整。就餐时,五连食堂不到一半人。一打听,干部经常不吃食堂,一些战士在开小灶。

林正书立刻把这些问题摆上营党委会,严肃指出,高炮营的问题在五连,主要矛盾是官兵关系紧张。第二天上午,林正书扛起背包到五连去蹲点。

刚踏进门槛,他就听说连里正要给"刺头兵"刘庚处分。原因是昨晚连长在自己屋里喝酒,他一脚踹开门,笑嘻嘻地也要喝……

连队干部会上,一连摸了几天情况的林正书讲话一针见血:"板子不应打在刘庚身上,我们的干部应该先看看自己都干了些什么。"

两天后的军人大会上,正等着宣布处分的刘庚,听到的却是连长、指导员的检讨和向全连发出的倡议:今后凡是要求战士做到的,干部要首先做到,并请全连战士监督。

半信半疑的刘庚以为自己听错了,心里暗想:又玩什么花招儿……

又是一件出人意料的事:林正书派刘庚担任了战术示范班的班长,很多人不同意,林正书力排众议:"刘庚是有讲义气、爱打架的毛病,但聪颖好学,军事素质好,要转变后进战士,就要充分发挥他的长项。"

看够了白眼,打算破罐子破摔的刘庚第一次失眠了:教导员能够正确地看待我,我一定干出个样儿来。从此,他像换了个人。出操,动作最快;连队内务卫生评比,回回拿第一;团里专业比武,他捧回冠军。他把这些日子的感受一一告诉了知心的战友,使3个全连公认的"刺头儿"战士有了转变。第二年,刘庚不仅入了党,还荣立了三等功。

一天早操,林正书发现战士邹玉宽眼睛失神,心事重重,就走到他跟前问:"是不是家里出了什么事?"

小邹支支吾吾地说:"家里接连来了两封电报,说母亲病危,让回去,可连队训练正紧,就没提。"

林正书马上替他请了半个月假。

几天后,看到提前一周归队的小邹臂上的黑纱,林正书被深深感动了,提议在连队为小邹的母亲开个追悼会,向这样的好母亲表示敬意。转业在各处的战士都说十几年中最难忘的就是这件事。

在苏北故乡——他滴注了爱家情

林正书对七色人生充满了方方面面的情和爱。他不仅爱国、爱民、爱兵,也爱自己的家。他说:"不爱家的兵,就不是一个好兵。当然,关键是看你怎么去爱了……"

他渴望有一个好的妻子，组成一个好的家庭。1979 年，28 岁的林正书与家乡江苏省响水县一个乡机械管理站的出纳员张晓玲相识了。林正书见她温柔、稳重，对工作兢兢业业，同意了。可张晓玲对他的第一印象是：他虽然很忠厚，也很朴实，但他太黑了，又不善言谈……

林正书归队后，在近一年的时间里，如同"情弹"一般的 80 封挂号信，终于攻克了她的爱的堡垒，她投入了他的怀抱。可他们的新婚蜜月刚过一半，林正书就提前结束了婚假，带领士兵开赴了大兴安岭。行前，他对妻子说："别不高兴，对于国与家，要分清哪个大哪个小，哪个重哪个轻。咱们的日子还长着呢……"

当他们的儿子林晨即将出世时，回家准备伺候"月子"的林正书，还没来得及和儿子见上一面，就因军务匆匆离家而去……

林正书率兵转战东北边疆的十几年中，曾 7 次返江苏探家，但没有一次是休满假归队的。此间，张晓玲也曾两次从苏北老家来部队看望久别的丈夫。可是，每次都先是扑空——林正书正在深山密林里施工。她只好等他的任务告一段落才能与她团聚。但这时也已到了她假期的尾期了。

那么，林正书呢？长期分别的妻子千里迢迢地来到了部队，难道他不渴望即刻与她相会吗？他想，而且很想。可是，他很分明，他怎能抛下军务不管而去寻求夫妻之欢呢？

1986 年，张晓玲盼望了 6 年，终于盼来了随军。可是令她失望的是，随军后，工作解决不了，她只好待业在家。30 岁刚刚出头的张晓玲多么渴望有一份工作，能为部队和社会做些奉献啊！

林正书被调任高炮团高炮营教导员不久，上级给了团里 4 个军内职工的就业指标，团里已确定有老林的家属张晓玲，让她去做一名幼师。她正兴奋地准备报到上班之际，一天林正书回来了，他牵着两只羊，还有 6 只大鹅。张晓玲笑道："老林，你是怎么了，我过几天不就要上班了吗，哪有工夫养这些东西呀？"

老林慢慢地走到妻子面前，说："晓玲，请你不要怪我，我已把这个就业指标让给了谭培福……"

她似惊非惊地退坐到床上,止不住流下眼泪:"这一点,我也不是没想到,可我为啥还在真心实意地准备上班呢……"

"小玲,"林正书进一步解释说,"我考虑老谭的妻子是从农村来的,他家比咱家更困难。所以,我也没和你商量就把指标让给他们了。你就领咱儿子先在家里养羊、放鹅吧,这不也是个营生吗?"与他共同生活了多年的妻子深知他的胸怀。她,认了。

林正书何尝不渴望自己的妻子能有份安稳的工作呢?可是,指标就那么多,机会又那么难得。在这种情况下,总得有让的,有上的……

1990年底,当他举家南迁重返故里时,他的战友和架线连的一些老兵都来送行。在帮他搬家时才看到,常年带部队在大森林施工的指导员,没有任何从林区带出来的物件,仅有的一组造革沙发,已经陈旧得不堪入目。当年的司务长迟万刚从连里拿来两捆旧铁丝帮助捆绑行李,林正书看到,立即掏出150元钱,塞到迟万刚手里。

林正书举家来到镇江后,张晓玲想:在黑龙江,老林总是奔波在边境线上,一年到头,难得团圆几回。这次,由"前沿"回到了"后方",一家三口总可以团聚了。老林也不止一次地想过:带妻子和孩子到南京逛逛雨花台、中山陵……再到镇江看看金山、焦山、北崮山……怎奈,他仍没卸去"盔甲",而是率兵投入了地方建设。他哪里有闲哪!

一次,张晓玲的弟弟带着姐姐和外甥林晨去了南京几个著名的景点玩了一回,回来后,把300多元花费的收据交给林正书,意思是让他拿回干休所报销。这天晚上,老林吸烟时,在打火机旺旺的火苗中,把收据给烧了。

林晨已经是个懂事的小学生了,对爸爸的感情也越来越深。他很想让爸爸带着出去玩一玩,或者多在家里说说话。可林正书总是清晨出门,深夜才归,儿子很少有机会见到他。一天深夜,已一个多月没回家的林正书抱着疲惫的身子回到了家。不知为什么,一直没睡的林晨见到爸爸就扑上去:"爸爸,明天别上工地了!"

"那怎么行。"

"如果你再走,我也走。"

"往哪儿走?"

"我要走得远远的。反正在家也总见不到爸爸……"

林正书的眼泪倏然落下,他即刻趴在地上:"儿子,来吧,爸爸让你骑大马!"

小林晨顿时高兴起来。他找来妈妈的红格上衣给爸爸穿上,又用妈妈的口红在爸爸的脸上画得一道又一道。林正书驮着儿子在地上爬来爬去,一家三口有说有笑……

第二天早晨,当林晨醒来时,爸爸的铺位又空了。

林正书越是不辞劳苦地日夜奔波,张晓玲越是倍加疼爱他,也更加担心他。当他拖着病弱的身体回家倒头就睡时,她就轻轻地为他脱去衣衫,又打来热水给他烫洗双脚,之后与儿子一起把他拖上床……

1994年6月8日。张晓玲担心的事提前降临了。林正书的病体再也支撑不住了,他毫无气力地倒在了沸腾的工地上。医院的诊断,谁都不愿相信,又不能不相信:他患的是肝癌,晚期。

在维持治疗期间,一天晚上,林正书用他那一点力气也没有的手摸着儿子的头问:"爸爸,是不是个好爸爸?"

林晨的泪眼望着奄奄一息的爸爸,咬着嘴唇,使劲地点着头:"爸爸,我不再埋怨你不带我出去玩了。你做得对,做得好。我长大了,也要做像你一样的人。"

又一个晚上,他把妻子和干休所会计叫到身边:"我哥哥生病借干休所的2 000元,就用我的抚恤金来还吧!"他还对张晓玲说:"这一辈子,也没给孩子留下什么,就把我的那6枚军功章留给孩子吧……"

1994年12月29日下午,已经几天说不清话的林正书仿佛精神好了许多,便与身边的张晓玲讲出了他弥留之际的最后一席话。他说:"如果有机会,请转告部队首长,还有架线连,我没有给他们丢脸。当年,师领导要我把红旗扛到高炮团去,我做到了。如果再给我几年时间,我也一定会把红旗扛到干休所……"

他继续说道:"这些年,我只顾工作了,没怎么顾上你和孩子,对不起你们了!还有一件事,提起来我心里不安——我答应过给干休所的老干部装上空调,遗憾的是,已经没有时间了……"

他还嘱咐张晓玲,他死后,就把骨灰埋在镇江:"我要看到干休所搞上去!"

林正书,这位祖国和人民的好儿子,带着满足,也带着遗憾,化作一朵白云,飘向蓝天……

这就是一个头戴"八一"军徽的中国军人的情和爱。他的这种情爱观所给予我们的启迪是什么呢?

回答也许各异。然而,不管如何千差万别,有一点却是一致的,那就是:社会需要情和爱,人生需要情和爱。社会没有情和爱,就不会进步;人生没有情和爱,就不会幸福。

难道不是吗?

(本文获 1995 年黑龙江省首届新闻奖特别奖)

合作者:懂时　刘淑滨

1995.9

一言一行总关情

——林正书事迹续(一)

钱是谁寄的

1986 年的一天,高炮团二营营部文书沈建收到一封家信。信中写道:"你寄回的 100 元钱已经收到,父母的病已好转,家里的地也种完了……"

沈建看罢一时糊涂了:我没给家寄钱啊,这钱是谁寄的呢?

原来,半个月前,一向爱说爱笑的小沈不知为什么不再说笑了。非常细心的教导员林正书看在眼里,记在心上。于是,他找小沈谈心,从中了解到:几天前,他的父母来了信,说他们病卧在床,手头无钱医治。还说,眼前正是春播季节,别人家的地都种完了,自己生病不能下地又无钱雇工……

当时,连队正在参加炮兵战术演习,小沈承担着起草战斗文书的任务,脱不开身。他不愿把这些事告诉营里的领导,只好闷在心里。可林正书找到了他的头上,他迫不得已说出来了。而且,他当即表明:决不能因为家事误了军事。林正书听了很受感动,深感小沈是一位好战士。他当晚就以小沈的名义给他家写了一封信,第二天给他家寄去了 100 元钱。

后来,小沈回家探亲,让父母把那封信找出来,通过笔体辨认,才知道这信和 100 元钱是林教导员寄的。

暖气热了

1988年10月的一天,刚到汽车营任教导员不久的林正书,在值班室了解到:已经几年了,这里的暖气总是不热。每逢冬季来临,战士在室内总也丢不开皮大衣、皮帽子和大头鞋。

他作为营的教导员,本可以找营房部门来修,可他没这样做。第二天,他带两名战士来到值班室,自己动手查看暖气不热的原因。原来是埋在地沟里的供水管堵塞了。于是,他立刻甩掉棉衣钻进地沟里。手头没切割机,他就用电钻钻,当水管被钻透时,他浑身上下被水喷得湿漉漉的。地沟窄小,要猫着腰干活,但有劲用不上。在场的两名战士再三要求下地沟替换他,可他不肯:"我经验比你们多,你们谁也不用下,就在上面给我打打下手就行了。"

就这样,他弄得浑身泥乎乎的,用了大半天的时间把管道修好了。当他从地沟里爬上来时,腰都直不起来了。

不能揩战士的油

1985年10月,林正书走上通信营教导员岗位快一年了。纷乱繁杂的工作忙得他团团转。大半年没接到信的妻子张晓玲十分惦记这个干起工作不要命的丈夫,就抱着孩子从千里之外的江苏老家来队看他。

已经当上通信一连副连长的刘兴林是林正书的老部下,听说嫂子来了,就从连队灌了10公斤豆油送到林家。林正书当即拿出16元钱。刘兴林说:"什么意思?这么大的连队还差你这几个钱?"说完,扭头就走。

后来,刘兴林从司务长嘴里得知,林正书把油钱又交给了连队,感到心中很不是滋味,就三步并作两步找到林正书:"副教导员,你太看不起我了,不就是10公斤豆油吗?干啥这么认真!"林正书听了笑起来,拍着刘兴林的肩语重心长地说:"不是我看不起你,而是我们干部不能揩战士的油。"

拿国家的铜线换钱，不干

1984 年，通信三连在漠河执行施工任务。前期工程主要是拆日伪时期架设的旧线。因为旧线是国家短缺的紫铜制的，很值钱，早有不少人想尽办法与林正书套近乎，想打铜线的主意。

部队的同志也劝林正书，当地菜价这么高，连队伙食又差，反正拆下来的铜线没数，不如卖一些改善改善伙食。

林正书哪一回都是摇头："铜线是国家的财产，我们军人有责任保护它，却没有用它赚钱的权力。连队伙食再差，也不能卖一米线。"

套近乎的人遭了拒绝，闭口不提铜线，放弃了发财的想法。林正书却没有放过这件事，在连队搞起思想教育。他给战士讲南京路上好八连的故事，讲三大纪律八项注意。战士们从老林那严肃的目光中感受到严格执行上级规定的重要，再没人说卖线的事了。

几个月下来，林正书带领连队拆下 30 多吨紫铜线，几乎装满一车皮，全部上缴部队，受到军区通信部的高度赞扬和奖励，为每排配备一台电视机，成为全军区第一个排排都有电视机的连队。

孤儿不孤

在高炮营，战士们总能看到林正书有事没事都要四处转悠转悠，从菜地、猪圈，到营房的每个角落。营房里的大事小情都装在林正书的心里。特别是战士的宿舍，是林正书必去之处。

一天，林正书到五连，看到战士李如金心事重重，就拉着他坐下来唠家常。三说两说，小李就吐出了自己的忧愁。从小失去父母的小李还有弟弟妹妹在家中。前不久，房子被洪水泡塌，妹妹又失学了。小李在部队干着急帮不上。林正书一面安慰开导小李，一面号召全营党员为小李捐款，自己带头拿出 20 元。代表全营党员一片爱心的 800 余元钱，不日内从营房的各个角落汇集到小李的手中。1987 年正月初一，林正书也没忘了那些孤儿，自己花钱买来水果、糖、瓜子，招来全营 6 个孤儿，围坐在营部会议室里,共度佳节。当妻子把热气腾腾的团圆饺子端上来,林正书挨个往碗里拨,并满怀深情地说:"在共产党领导下的社会主义国家、人民军队里,孤儿不孤。"

合作者:刘淑滨　懂时

1995.10

为了大家苦自己

——林正书事迹续（二）

细雨蒙蒙的秋日，记者赶赴某集团军镇江干休所，向生活在这里的离休老干部了解原政委林正书的事迹。

这里的老干部们都说，林正书确实是个只讲奉献不图索取，为工作鞠躬尽瘁的好干部，一定得好好宣传他。

已经离休的干休所老所长周宝明说，他总也忘不了林正书来的那天。1991 年春节刚过，所里都知道新政委马上到了，派车去接站却没接着。林正书下了火车扛着行装坐公共汽车来了。

午饭时间已经过了，被引到食堂的新政委只给自己上任后的第一餐要了碗水泡饭。

林正书言语不多，上任后和所长一起利用几天时间，挨家挨门到几十位老干部家走访，向他们征求意见。当他发现 90 多位曾经为革命出生入死的老前辈，因为经费不足，竟处于吃药难、用车难、打电话难的窘境时，心情十分沉重。

在所党委会上，他和同志们反复统一思想，达成共识，提出了以服务为中心，以创收为重点，自力更生改变干休所面貌的工作思路。说干就干，一没资金、二没设备的林正书只好带上七八名战士北上哈尔滨出劳务。临走那天，听说政委带人外出创收，许多老干部自发地到门口为他们送行。他们看到，林正书因为扭伤，腿仍然缠着绷带肿得老高，硬是让战士搀上搞工程的大卡车。掌声和鞭炮声噼噼啪啪地响了一阵又一阵，政委坐的大卡车才在送行人们的视野里消失……

1991年底,林正书带着满身伤痛和十几万元回到镇江,却没提夏天睡凉亭、冬天住仓库,经常住简易工棚的事。熟悉他的人都知道,林政委兜里同时揣着两盒烟,那盒"红塔山"是找项目时联络感情的,另外一盒廉价烟才是自己抽的。

1992年,林正书在家主持工作,所长外出抓创收。可看到镇江丁卯桥开发区正在兴建,他就顶着压力,在老干部中集资30万元,买下了挖掘机、推土机等工程设备,组成施工队揽活儿。因为答应老干部们一年还本,林正书和他的工程队没日没夜地干。爱看电视的原某师副师长陈恩岐,常常在午夜电视台"再见"后到院子里透气时,遇上刚刚往家走的林正书。工程队的收入越来越多,林正书却越来越瘦。到年底,从老干部手中集资的款项一次性退还。

1993年,工程项目越来越难找,林正书就带工程队赶赴江阴开发区。"好活儿"已经被人挑走了,只剩一段260多米的泰山北路,因为路间绿化带、电线杆不能破坏,两侧工厂有好几家,白天必须保证通车,工期又短,没人愿意干。迫切希望改变干休所面貌的林正书稍作考虑,还是咬住了这条别人"牙缝儿中的肉"。

白天没法正常施工,林正书就带工程队夜里突击。每到后半夜,他总是劝同来的老干部先睡下:"你们身体顶不住,我们再干一会儿。"工程最紧张的日子,简直是24小时连轴转。

原干休所卫生所所长符修身发现,林正书洗澡时,头发一绺一绺地脱落,是疲劳过度的表现,就劝他:"你也得注意身体,不然要累垮的。"林正书听了却不当回事,开玩笑说:"我睡一觉就没问题,活着干,死了算。"

打路面时,正赶上雨天,雨点溅起许多麻点。林正书说:"我们的工程一定要在江阴一炮打响,这样才能站稳脚跟。无论如何得保证质量。"最后,他和大家一起用手扯着塑料布为路面挡雨,一站几个小时,自己却在雨中被淋个精湿。提前验收时,泰山北路被宣布为整个开发区唯一没有裂缝的路段。

镇江干休所的工程队在江阴开发区打出了信誉,又得到了钱塘江路上一段 400 米长、60 米宽的修路工程,林正书和战友们住的又是十来个人同住的屋子。家乡亲戚到林正书这儿找活计,干得比别人多,得到的工钱却和民工一样,气得直骂他不讲情分,从此再也不登他的家门。老干部们回忆说,林正书在工地上总是没命地干,他实在是太累了,一坐上车就能睡过去。直到 1994 年 6 月,他累倒在工地上,才第一次到医院检查。大夫说,这种已经是 60% 弥漫的晚期肝癌,是疼痛难忍的,早在一两年前就该有强烈的反应。他,确实有过多次的反应,但却从没外露过。

患病期间,林正书还关心着江阴工程的事,多次出主意,想办法。他和患膀胱癌的老干部同住一个病房,常撑着病体劝慰对方保持乐观,配合治疗,并说:"不用为医药费发愁,所里会尽力解决的。"可一说到自己的治疗,他却多次表示:"我的病不用治了,治也治不好,就省些钱给老首长们用吧。"

林正书上任 4 年,为干休所创收 120 多万元,没有按原来的文件拿一分提成,却永远地倒在了他奋斗的岗位上。噩耗传来,许多老干部不愿意相信这是真的。遗体火化那天,殡仪馆里里外外站满了人,所里老干部、工作人员及家属几乎都来了,有的人站在林正书遗体前泣不成声,有的喃喃自语:"太年轻了,又是这么好的干部,如果死能够代替,我替你去……"

采访中,我们看到,创收给干休所带来了巨大的变化,经济状况逐步好转,老干部节日补助标准提高了,每家还新换了热水器,安装了程控电话,为了给安装空调做准备,钢窗改成了铝合金的……

可惜,林正书带着要为每户老干部安装空调的遗憾永远地离开了这个世界。我们不由得想起那副老干部送给他的挽联:"干革命不计职务高低,哪里需要哪里去;抓创收何惜呕心沥血,为了大家苦自己。"

合作者:懂时　刘淑滨

1995.10

情系众乡亲

作为一个领导者,在日常生活中,该怎样去关心群众的生活?巴彦县首届"十佳公仆"、万发镇党委书记吕青是这样做的:

听到了,就去看看

1996年7月,在永发乡任党委书记的吕清听人说乡中学语文教师刘泽琛家因电源跑火,两间草房被烧毁,心急如焚。他对乡里的人说:"我得去看看,咱们要研究的事先放一放。"

这时有人说:"乡民政助理和学校领导已经去了,你就不用去了。"

可吕清却不这样认为。他想:我是党员,是领导干部,如果听到了群众有困难,却充耳而不闻,就意味着背离了党的宗旨,背离了人民公仆的神圣职责……

于是,他蹬上自行车就赶往刘泽琛家。

此刻,刘泽琛正两手抱头蹲在废墟上。"刘老师!"尚在悲痛中的刘泽琛猛一抬头,见是吕清,便噌地一下跑过去:"吕书记,这一把火把我家烧得无影无踪了!"

"大火无情人有情。"吕清拉着刘老师的手安慰道,"有党,有政府,还有众乡亲,一人有难众人帮,没有过不去的河、翻不过的山!"

吕清和乡里的干部为刘老师一家安排了临时住处和饮食。他又从怀里掏出200元钱塞在刘老师手里。"用它买点油盐酱醋吧!"

回乡后,吕清即刻研究了给刘老师建新房的事。领导成员一致同意由乡里为刘老师解决2万块红砖。

随后,乡亲们也都各尽所能,有啥帮啥。两个月后,刘老师的一所新砖房拔地而起了。

看到了,就去帮帮

1997 年隆冬的一天,仍在永发乡任党委书记的吕清一大早就冒着风雪来到宗合村,挨家逐户地看望乡亲,寻问备耕情况。

当他在一家农舍门前见到一位白发苍苍的老奶奶和一个依偎在她身前的小女孩时,村干部说:"这是农民陆云才已 80 出头的母亲和 12 岁的女儿。陆云才夫妇俩不久前病故了,留下了这一老一小相依为命……"

吕清扶着这一老一小进了屋:"大娘,我在乡里工作,我是来看看乡亲们有啥困难,明年种地还缺啥少啥……"

陆大娘说:"缺啥都好办,就是缺少人手让人犯难啊!"

吕清当即嘱咐村干部,要把这一老一小作为特困户对待,要从各方面照顾好,特别是明年春天要把地给种上,夏锄、秋收,这一年的活儿要一次性地落实到底。吕清特意说:"对待这一老一小,村里还有啥不好办的,随时到乡里找我。"

转瞬,春节在即。一天,吕清对妻子于耀杰说:"我今天得去宗合村农民老陆家看看。"

妻子对他看东家看西家的已经习惯了。但她还是唠叨了一句:"今天陆家有事你去了,明天李家有事你还去。那么,后天张家、刘家呢……那还有完有了吗?"

"没完没了,这是千真万确的。"吕清温和而又认真地说,"作为党员,作为公仆,就得不厌其烦地去帮助他们。不然,要你党员,要你干部做啥……"

说着,吕清对妻子一笑,骑上自行车就走了。

妻子对他只是摇摇头,没有丝毫阻拦之意。

吕清从家到宗合村有十余公里。他满头大汗地来到陆家,看到乡里按照他的安排,已将过春节的物品送来了,而且应有尽有,心里很高兴。

陆家祖孙二人见到吕清,更是满面笑容。陆大娘拉着吕清的手说:"你安排得够周到的了,你还跑来了!"

"大娘,节前我不来看看不放心哪!"吕清说着从兜里掏出 200 元钱塞进大娘手里:"这钱留给孩子上学时买些学习用品吧。往后,有啥困难就跟村里说,直接捎信给我也行。"

春耕时,吕清唯恐落实有误,便第三次来到陆家。他看到村里的党员正忙着为陆家种地,便十分满意地说:"咱当党员的就得这样。"

吕清临走时,又给陆大娘留下 400 元钱。女孩双眼噙满泪水:"吕叔叔,我现在还小,我只有用学习成绩来回报您了!"

想到了,就去问问

1996 年 8 月的一天,吕清刚洗完脸就欲出门。

妻子见状忙问:"这么一大早,你要干啥去?"

"这几天我虽然一直在乡里忙东忙西的,可我一直在想,同志村的支部书记杨德山住进县医院后,是不是还有啥困难……"吕清说,"我得去医院看看。"

妻子说:"你也许想多了,人家若是有啥困难早就捎信来了。"

吕清说:"要全心全意当好人民公仆,只听到了、看到了群众有困难就去帮,这还远远不够。还真得做到随时随地想到群众在什么情况下可能遇到什么困难,要想在前头、帮在前头……"

吕清走后没过多久,就有些上气不接下气地回来了。他气喘吁吁地说:"杨德山果然遇到了困难,他的病恶化了,县医院要他转院到哈尔滨。可老杨手头没钱,家人急得团团转……"

当教师的妻子一听就明白了:"你是不是想把咱攒的买房子那 4 000 元拿给他们?"

吕清忙说:"我就是这个意思。"

"那还不赶快去拿呀!"妻子说,"走,咱俩一块儿给送去。"

吕清和妻子于耀杰骑上自行车直奔医院。

杨德山的爱人接过 4 000 元,十分感动。病重的杨德山不知说啥好,只是用两只无力的手连连作揖。

吕清从医院里请了一位医生当陪护,随即叫了一辆出租车,把老杨和他妻子送上了去哈尔滨的路。

杨德山因所患的肺癌已是晚期,很快就去世了。吕清想:老杨走后,家里一定会留下不少困难。一天,他又来到杨家。

吕清告诉老杨的一家人:"老杨的医疗费,乡里已研究了,由乡里给核销 5 000 元。老杨生前为改变同志村的落后面貌,做出了很大贡献,乡里帮助解决困难是应该的。眼下,家里还有啥需要帮助解决的?"

老杨的妻子把儿子拉到身边,说:"崇舒今年 18 岁了,大学没考上,待在家里……"

"孩子就业的事,我们想到了,乡里正在研究,过几天就会有结果的。"吕清说,"承包田所需要的化肥由乡里解决,到时就会送来。农活儿也已经与村里商量了,由村里安排人……"

1999.1.1

融融师生情

连续 8 年被评为哈尔滨市优秀班主任的经纬小学六年六班班主任杨敏毅,是一位颇受学生敬爱、备受家长赞誉的青年教师。

情爱的启迪

杨敏毅有一本班主任心得笔记。

其中一页写道:"一个少年学生,当他在学习上处于苦恼的停滞状态时,他最需要的是什么? 怎样才能使他重新启动继续前进的脚步呢? 我的感受是:对于一个原本上进的少年学生,此刻,他最需要的是老师的情爱。只有老师情爱的启迪,才能使他重新燃烧起求知欲,继而启动前进的脚步。"

1994 年,杨敏毅在接任六年三班班主任后,发现女生闻迪的学习成绩逐渐下滑,期中考试时,数学、语文两科的成绩合起来不过十几分。这究竟是怎么一回事呢? 她通过家访了解到:闻迪的父亲是普通工人,对她的学习帮不上什么;母亲患风湿性心脏病,长年卧床,她放学回家有做不完的家务……

生活的压力使小闻迪对学习逐渐丧失了信心,精神也开始萎靡不振,整日愁眉苦脸。

一天,放学了,杨敏毅把小闻迪留下来。师生俩像母女一样交谈着:"闻迪,你的家庭境况是不好,但你并不孤单。首先,有老师在,老师会像帮助自己的女儿一样帮助你,疼爱你。"说着,杨敏毅把小闻迪搂到自己的怀里,"学习上,老师全包了,每天中午和晚上放学后给你补课;生活上,老师虽然不能全包,但可以给你洗衣服、带你洗澡,做饭、照顾患病的妈妈,你爸爸说了要尽力多承担,这样你就可以减少许多负担。"

依偎在老师怀里的小闻迪这时站起身来,眼睛睁大了,嘴角泛出了笑意:"老师,你真像妈妈!"

在这之后,杨敏毅每天中午和晚上都为小闻迪补课。每晚补课后,她都把闻迪送上公交车,买好车票。每隔一个星期,她都要给小闻迪洗一次衣服,洗一次澡,还经常去看她的妈妈。

在老师的情爱的关怀下,小闻迪不再愁眉不展,孤僻无欢,学习成绩也赶上来了,期末考试数学、语文的成绩均突破了及格线。

情爱的呼唤

杨敏毅在班主任心得笔记上记载着:"一个少年学生,当他在前进的路上由于某种因素,一时迈出错步又不能自拔之际,他最需要的是什么?怎样才能使他迷途知返,重新步入光明的坦途呢?我的感受是:此刻,他最需要的是老师的情爱。也只有老师情爱的呼唤,才能将迷途的羔羊唤回自己的身边,唤回天天向上的群体中来。"

1995 年,杨敏毅在接任五年一班班主任后,有一位男同学只在名册上见其名,两个星期过去了,却不见这位同学的身影。

杨敏毅很为这位同学担忧,她找原班主任了解,又找一些学生打听,得知:这位同学已和社会上一些人接触上了,既吸烟又饮酒,整日闲逛……

原来,他的父母已经离异,对他,谁都不管。杨敏毅感到:失去父母之爱,是这位同学滑入歧途的根本原因。

杨敏毅发动全班同学寻找他,给他捎信:"老师关心你,同学关心你,老师、同学都欢迎你回来!"

大约半个学期后的一天,这位同学突然出现了。杨敏毅像见到久别的亲人一样,拉住他的一双手激动地说:"学校、老师和同学都没有忘记你,都欢迎你回来。"

这天放学后,杨敏毅把这位同学留下来,她像妈妈一样,上下打量了一番,说:"你的外衣、内衣、袜子都该洗洗了,也都该换一换了,鞋子也该刷一刷了……"这母亲般的关爱,使这位年仅 11 岁的失去父母之爱的学生感动得一时语塞,掩面而泣……

杨敏毅拉着这位学生的手说:"别再做傻事了,回来就别再走了。老师不会遗弃你,同学也不会甩开你!"

在送他回家的路上,他哽咽着:"老师,我不会让你失望的。"

第二天,杨敏毅为他带来了替换的衣服、袜子和鞋子,还有一套书和学习用具。这位同学像离群而归的羔羊一样,与大家一起开始了学习生活。

此后,杨敏毅经常为他洗衣服,带他去理发,还为他补了一个假期的功课。

1998.12

深情厚待故乡人

黑龙江人每逢进京,都要首先考虑:到什么地方去下榻?

"到驻京办事处招待所去!"

多数人都要带上这么一张投宿介绍信。因为那里不仅食宿方便,还代购车票、飞机票,更重要的是那里处处都充满着对故乡人的深情厚谊……

一天,5楼服务员范学玲到518号房间打扫卫生,发现客人在呻吟、呕吐……

这是一位上了年岁的客人,体质很弱。小范忙把同楼服务员张玉梅、李景茹喊来,帮助病人穿好棉衣,扶到楼下。小范叫来一辆汽车,把病人送到附近一家医院。经医生诊断,是陈旧性胃病急性发作。

小范在医院里一直忙到中午才回办事处。这时,餐厅早已为病人做好了热汤面,小范亲自把面送到病人面前。

还有一天,小范发现525号房间一位客人牙痛得心神不宁。她不声不响地从家中给他拿来一瓶牙周宁片……

去年8月中旬的一天,从黑龙江来了一大批客人。

6层楼的客房已无一空床,接待室的刘颖奇很着急:"这些来自家乡的人没处住,怎么办?"客房科长毛伟得知后,当即决定把一间空闲着的南过街楼安上床铺,让家乡人住下。

来自巴彦县的4楼服务员张华,主动找来同伴清扫房间,刷洗地板。她们从地下室搬来15张床,又从一楼搬来15套被褥,一间整洁、清静的客房布置好了。在开晚饭之前,15名家乡人满意地住下了。

　　去年 11 月 11 日,接待室突然来了几十位家乡人。房间已经满员了,接待员刘颖奇就热情地与家乡人商量:"床位实在没有了,我先介绍你们到附近的旅社住下,有了空位你们再回来。"

　　这些家乡人很高兴地被介绍到双环旅社和国家计委招待所。

　　一次,省金属公司打来长途电话,要找住在这里的一位同志。可是这个人外出办事去了。打电话的人很急,话务员刘玲热情地说:"您可否把要办的事情告诉我,由我来给您转达?"打电话的人很感激。晚上,小刘把长途电话的内容转达给了那位同志。

　　刘玲说:"像这样的事是很多的。我很理解打电话人的心情。"

　　还有一次,一位哈尔滨的同志由北京去沈阳办事,需对方接站。但走得匆忙,来不及给对方打电话了。刘玲得知这个情况后,就说:"您尽管放心地走吧,这个电话由我来替您挂!"

　　有时,客人打完长途电话账未结,刘玲就代其与长途电话局结算账目,然后再把收据寄给打电话的人。

　　许多住在这里的黑龙江人都向记者反映,到了北京办事处,就像到了家一样,人亲心悦。

1987.1

八千里外故乡情

当您即将踏入异地他乡时,很自然地会产生一些顾虑:

到哪儿去投宿啊?

在外期间,万一有个什么事怎么办?

返程的机票(车票)……

一位初次到广州并下榻于省人民政府驻广州办事处的机关工作人员感触尤深地说:"我在离开哈尔滨前,内心深处很忧虑。可是,当我住进广州办事处后,我的那些忧虑便被'八千里外的故乡情'所溶解了。我真好像生活在亲人中了……"

虽入他乡却如归故里

凡是踏入广州的黑龙江人,只要住进广州办事处,他们就会立刻产生一种"虽入他乡却如归故里"之感。在办事处,说话是那么亲切,食宿又是那么方便。

去年深秋时节,省测绘局野外勘测队人员到海南测绘地图。行前,他们一直在考虑:到海南,广州是必经之地。可到了广州,人生地不熟,到哪儿去投宿啊?

有人说:"咱们省不是在广州有个办事处吗?"

但谁也说不清那里是否有床位,是否方便。最后,他们试着打了个电话,回答是:"凡是家乡来的人,我们都欢迎。"

于是,他们把到达广州的时间告诉了办事处。

两天后的中午,当他们在广州白云机场下飞机后,广州办事处负责接待工作的科长老何和司机举着十分醒目的牌子,早已等候在那里。十几名刚刚踏入异乡的黑龙江人,像见到亲人一样奔过去……

老何把他们安顿好后,又为他们代买了飞往海口的机票。几个年轻的小伙子说:"没想到,这里的人比家里人还热情,还可亲!"

每逢疗养盛季,一些离休老干部都要去珠海等地疗养。而到珠海,广州是必经之地。办事处的两位主任朱颂是和王兆林,都一次次带车去机场接送,为大家提供各种方便,使大家颇感宾至如归。

虽非亲人却胜似亲人

只身在外,身边无一亲人。然而,住进广州办事处,却处处有亲人。

去年夏天,鸡西市林业部门的一位叫丁福财的干部,一天夜间胃病突发,像刀绞一样疼得难以忍受。办事处的老何闻讯后,立即来到丁福财的房间,见他坐卧不宁,满头大汗,便顶着大雨在街头截了一辆车,把他送到附近的一家医院。老何把他背下车后,值班大夫说:"他的胃病很重,需要住院治疗。"

老何一人跑前跑后,先是为老丁办了住院手续,随即又将他送入病房。当老何离开医院时,已是次晨3时了。

回到办事处的老何,一觉醒来,连忙带上病号饭赶往医院看老丁。医生说:"你的这位病人是胃痉挛,经过几天调理后就会好的。"

病人住院期间,老何经常去医院看望他。有时老何脱不开身,就派服务人员去医院看望。几天之后,老丁病愈出院,他不知道怎样感谢老何,两手紧紧握住老何的手,说:"老何兄弟,你真比亲人还亲啊!"

去年夏天,301号房有位客人腹泻,餐厅一位名红梅的服务员,一连六七天,主动把病号饭送到房间去,并热心地几次上街为他买药……

虽遇危难却有"亲人"助

公出到广州的黑龙江人,不管遇到怎样的困难,只要找到广州办事处,他们就会像亲人一样全力相助。

一年夏天，佳木斯医学院一位副院长要去深圳。可是，到了广州后，把身份证、飞机票和所携款全部丢失。他急得不知所措："没钱可以借。可没有身份证，买不了机票，怎么去深圳办事啊？"

他把这一切告诉了办事处。老何问清情况后，首先替他报了案。同时，通过电话与佳木斯公安机关联系，帮助他办理了临时身份证，并为他解决了差旅费。他说："在此危难之际，若是没有办事处同志的热心相助，我在广州就进退两难了！"

还有一次，省服务局业务员路广明回哈途经广州。而且，到广州后第二天就要登机返程。可是，他发现身上只剩下 300 元钱了，而返程的机票是 870 多元，怎么办？

这已是晚上下班后的时间了。老何得知后，说："你千万别急，事情总会有办法的。"他想：若到银行去取款已经来不及了，若是第二天去银行，那就得耽误一天……

办事处副主任王兆林得知后，也为这个事着急……

这时，老何像突然想起了什么，说："有办法了！"他决定把准备给家里寄的 700 元钱借给急于返回的路广明……

路广明得知后，感激得不知说啥好。

老何为他买了机票，第二天又把他送上了飞机……

1991.12

潘大姐

47 岁了,在长达 27 年的护理工作中,时刻不忘自己是全心全意为人民服务的共产党员,是救死扶伤的医务工作者。她把对党、对人民的爱融为一体,化为暖流,输送给每一个病人。

她,就是优秀共产党员、全国模范护士、哈医大附属第一医院神经内科护士长潘安迪。

她在一份发言稿中写道:"医疗卫生工作,直接涉及病人的生命安全和千家万户的悲欢离合。维护病人生命,保障人民健康,促进民族兴旺,是医务工作者的天职……"

这是她 20 多年实践的总括。

一位 34 岁的脑出血患者,入院后紧锁双眉,整日无话。老潘除按医嘱细心护理外,每日都耐心地喂水、喂饭……从医疗护理中发现,这个年轻人思想负担很重,潜藏着一种可怕的悲观、绝望情绪,因而在治疗中不与医生很好地配合。

老潘从鼓励他吃饭入手,热心与他交谈。她给他讲述了不少以顽强的毅力、勇气和信心战胜疾病,重返工作岗位的事例。

老潘的话,像春风化雨一样,唤起了这个年轻人战胜疾病的勇气和信心。从此,他紧锁的双眉舒展开了。在治疗中,他主动与医护人员配合,终于安全地度过了危险期和恢复期,靠自己的双腿,愉快地走着告别了同室的病友和医护人员。他无限感激地说:"潘大姐,我永远忘不了你!"

潘安迪的热心服务,赢得了许多患者的心。

一天,老潘刚进家门不久,就听到有人叩门。她开门一看,是一位患者的两个女儿,忙问:"家里又有什么事了?"

"不是。"她俩坐定后笑着说,"我们已跟踪你多时了。不然是找不到门的。"她俩谈起她们的母亲住院后,老潘给予了无微不至的照顾,使病人很快恢复了健康。一家人都从心里感激老潘。她们说,她俩来,是受全家人委派,来致谢的。

道别时,姐妹俩顺手把一卷人民币放在了老潘的沙发上。老潘忙拉住她们:"你们的心意我领了。这钱你们一定要收起来。"随后,她意味深长地对两个女孩说:"你们应该懂得,人与人之间,不论社会分工如何,他们应该是互相尊重、互相友爱、互相帮助的关系,决不能成为'金钱'关系……"

1989.7

院小友爱深

在哈尔滨市道外区北四道街密集的店铺与居民陋室中,有家很难引人注目的小医院——胜利医院。它没有高大的楼房,更无壮观的门面。可是,这陋巷小院之中,却充满了对患者的温暖与友爱。

这个小院,设有各大医院所没有的结石专科和癫痫专科。他们以耳压疗法治疗结石症,以埋药疗法治疗癫痫病,吸引了来自全国各地的投医者……

1987年3月7日下午,3个年轻人抬着一个60多岁的老太太来到了医院,他们说:"我们是通河县农村的。"随即把一份诊断材料递给了结石科主治医师何舒琴。

患者陈玉珠患的是泥沙充满性胆结石。经临床检查,高烧近40度,胆区绞痛难忍,而且出现了黄疸

患者家属诚恳地说:"大夫,听说你们这里专门治这种病,我们是特意来求医的。"

"到了医院,你们就放心吧!"何医生收下了病人。

这个小医院的医务人员都理解,外埠患者远道而来,食宿不便,难处很多。尽管斗室有限,也还是挤出房间,设立了床位。

何医生对这个老太太做了复查,证明原诊断无误,便通过耳压疗法为她治疗,并辅以西药配合。

3月8日是星期天。何医生对这个老太太放心不下,便丢开家务,来到医院,亲自为她按压耳穴、注射。5天后,这个老太太的临床症状消失了。出院时,何医生给她开了一个月用的耳压药和口服药。

他们对前来投医,需要住院而又因种种原因离不开家庭的病人,采取了当面传授的办法,由病人回去自行按穴位贴药,按时按压,极大地方便了患者。

今年3月10日,孙吴县农村妇女陈庚英带着当地的诊断来院就医。她的自觉症状是:胆区痛、后背痛,恶心,不能进食。何舒琴为她进一步做了检查,又通过超声探查,确诊她患的是胆结石。

何舒琴考虑到她家在外地,决定让她住院治疗。这位妇女说:"大夫,你这样待我,我实在感激不尽。可是,我住不了院啊!"

"怎么不能住院呢,你经济上有困难?"

"不。"那妇女说,"我家还有个两岁的孩子,他爸开拖拉机正播种小麦,不能误工,我实在离不开啊!"

何舒琴说:"这不要紧,不住院也可以治疗。我把贴药的穴位和按压方法、时间告诉你,你可以回去自己操作。"

何舒琴给她一个耳模型,并按穴位贴好了药,让她回去按模型所示部位每一隔天换一次药。还给了她一张按压耳穴的说明书,开了一个月用的耳压药和口服药。

何舒琴告诉她一个月后再来复查,她于是高兴地走了。

4月16日,这个妇女第二次来到医院,兴奋地说:"何大夫,我可好多了。"她把从体内排出的沙石标本递给了何大夫:"这种疗法真有效!"

这家医院还对病人实行"函诊"。只要病人寄信来,并附上当地诊断书,证明确实是结石症,就给予"函诊"。

今年3月12日,他们收到密山县太平乡青松村农民张云喜的一封投医信。

信转到何舒琴手中后,她给他寄去了一个月用的耳压药和口服药,一个按穴位贴好药的耳模型和一份耳压方法说明书。

对每个函诊患者,她都要不辞辛苦地附上一封信,嘱咐患者一个月后再寄信来,说明治疗情况,以便再次寄药。

治疗结石症,已成为这个医院的热门。患者无论何时上门,他们都是热情接待。一个星期天,望奎县教育办一个干部赶到医院取排石药。值班的李丹把他领到大夫家,大夫不在,又把他领到院长顾太勤家。老顾也没有药局钥匙,拿不出药来,他又亲自带患者到药局主任家,终于帮助患者把排肾结石的药取走。

那位远道而来的干部说:"百闻不如一见,你们的医德、医风实在令人佩服!"

1987.5

歌声袅袅……

一阵铃声之后,帷幕拉开。

"下一个节目是,女声独唱。演唱者,青年歌手邹立荣。"

"唱支山歌给党听,

我把党来比母亲……"

顿时,剧场大厅里歌声袅袅,甜美悦耳。

观众报以热烈的掌声,演唱者一次又一次地谢幕。

1984 年 7 月,在全省青年歌手电视大奖赛中,邹立荣以其独具韵味的表演荣获二等奖(没设一等奖)。正像她所歌唱的那样,是在党的光辉照耀下,她才从一个出生在沂蒙山区的小姑娘,一步步地成长为一名崭露头角的歌坛新秀。

"山虽高,只要勇于攀登,就会攀上顶峰;路虽遥,只要不停脚步,就会走到尽头。"邹立荣日记中的话,是她自 1973 年毕业于伊春师范文艺班之后,所走过的道路的写照。

作为伊春林区文工团里的一名歌唱演员,她看到了铺展在自己眼前的艺术之路无限广阔。但她明白,路再平坦,也得自己一步一个脚印地走下去。为了提高业务水平,她向名师请教,刻苦练功。1974 年,她来到省歌舞团拜著名民歌手李高柔为师。李高柔发现小邹的功底不错,声音明亮,音色甜美,便鼓励她说:"只要功夫到,你会成为一名很好的民歌手。"在李老师的悉心指导下,小邹的唱法得到了提高,回团后,她练功更加勤奋刻苦。团里钢琴少,练功人多,她就趁别人弹琴或拉琴时在一旁和琴练唱,有时也在排练室里清唱,有时在琴房里自弹自唱。后来,她担任了唱队队长,又担任了副团长。事务多了,但她仍然利用中午和晚上的时间坚持练发音、吐字,晚间有时还到老演员家去求教。很快,她成了受林区人民欢迎的民歌演员。

1978 年 3 月,邹立荣考入沈阳音乐学院声乐系进修班,并被选为声乐系民间音乐科代表。作为一名进修生,小邹要用两年的时间读完本科。别人都结伴去游览北陵、故宫,而她却在埋头攻读。每逢考试,全系 40 几名学生只有两三个人是全优,小邹便是其中之一。1979 年夏,邹立荣同 4 位老师代表沈阳音乐学院参加了第七届《哈尔滨之夏》音乐会。小邹演唱的民歌博得了音乐界和广大观众的一致好评。小邹归校后不久,中国唱片社来人录制了她演唱的《歌唱烈士张志新》。在这之后,辽宁每逢有重要演出任务,小邹均被邀出场。辽宁出版的《音乐生活》1982 年第 11期,以"北国歌坛三朵花"为题,介绍了邹立荣等 3 个青年歌手的事迹。

1980 年 1 月,小邹即将毕业。她的老师、系主任再次对她表示挽留,希望她能留在这所音乐的高等学府里任教。果能如此,对邹立荣在艺术上继续深造肯定是有利的。可是她想:我是我们团第一个进音乐学院接受培养和正规训练的,我们那里的党组织和人民对我寄予了很大的期望,我怎能因个人得失而辜负了党组织和林区人民呢?

她怀着深深的感激之情,对两年来辛勤培育自己的导师说:"老师,学院和您的深情厚谊我深深地埋在心底了。我将用我的歌声来表达对党、对人民、对学院的一片心意······"

歌声,在飞扬。小邹像出土的新苗,在歌坛上茁壮成长。她回到了林区,放声讴歌党的三中全会以来的路线、方针、政策,放声讴歌林区欣欣向荣的一切。她的一次次演唱,博得了全省广大音乐爱好者的好评。1980年,她在全省民族民间声乐比赛中获得了优秀表演奖。

当记者采访她的时候,小邹风趣地说:"艺术的道路,在我的面前还很长很长,我的歌,像流不尽的松花江水,永远唱不尽······"

1984.11

医患情

作为一名患者,不仅渴望得到医生的精心治疗,更渴望得到医生的温暖和热情。而作为一个医生,又应该怎样对待患者呢?

一个时期以来,人们对医患间的关系反映各异。有的称好,有的摇头……

那么,让我们看一看哈尔滨市胡绪恩淋巴结核诊所老中医胡绪恩是怎样对待患者的。

其一:

1982 年 4 月,胡绪恩老中医突然接到一封陌生人的来信。这封信发自伊春市乌马河区。发信人王秀艳是位女青年,她在信中说,她患淋巴结核已 3 年,连续医治无效。现在,钱已花光,父亲又瘫在床上,想来投医,但却……

王秀艳的境况博得了老中医的同情。他对早已开始继承父业的儿子胡爱民说:"照来信地址寄去 20 元钱,让那姑娘前来就诊。"

数日后,王秀艳来到了诊所。她和老中医一见面就说:"胡大夫,我们素不相识,可你还这样相助……"

"小王姑娘别说了,"老中医操着一口山东腔说,"人和人之间,就应该是互助、互济呀,更何况我们是医生和患者的关系……"

她来治病没有住处。老中医就把她安排在亲属家住宿,到自己家吃饭。经过老中医和他儿子一个多月的精心治疗,这个 3 年不愈的姑娘痊愈了。临行前,她对老中医说:"我自幼无母,一个多月来,在这里不仅得到了医生的温暖和热情,也感受到了如同父母般的爱……"

老中医为她买了返程的车票,送她上了火车。

她回去后,每年都要采集些山产品送给老中医,表达她的感激之情。

其二:

在哈尔滨西大桥附近有户孙姓的居民。一天,他带着患淋巴结核的大女儿小孙来到诊所。他说,孩子的病,花了不少钱,治了几年不但没治好,反倒颈下的核越来越多了。

老中医把孩子收下了,他和儿子日复一日,精心为她敷药、针灸。当为她拔除了一个核后,一天,小孙眼含热泪地对老中医说:"胡大夫,我的病不能再接着往下治了……"

老中医愣住了:"为什么? 是我不精心?"

"不是,是我没钱了……"

"噢……"老中医爽朗地对小孙说,"没钱了不要紧。回去告诉你爸,没钱我也照样给你治。你脖子上的 12 个核,只拔除了 1 个,你说不治行吗?"

老中医和儿子一连为她治疗了 4 个月,为她拔除了 6 个核,另 6 个核通过药物治疗消失了。

正当她高兴地结束这漫长的治疗时,不幸的是她的两个妹妹也染上了这种病。老孙愁苦地说:"没有钱再为这两个孩子治病了。"

老中医笑了:"有钱治病,没钱也治病。"他和儿子又把这两个姑娘的病给治好了。

其三:

驻军某部战士刘祥庆,患淋巴结核在一家医院手术后,长期不封口,便来到老中医这里。

老中医为他检查后告诉他:"你虽然做了手术,但颈内还有核、管未拔除,所以才流脓,不封口。"

战士小刘痛苦地说:"可是,我已花了不少钱了……"

老中医热诚地说:"你为人民当兵,我为你治病,这是我该做的事。你不要有啥顾虑了,你的病包在我身上了。"

小刘感动得流出了眼泪。

老中医和儿子为他治疗了 40 多天,拔除了残存在颈内患处的核和管,使他重新返回了战士的岗位。人们都说,从老中医身上看到了医生的美德,看到了温暖的医患之情。

1992.2

交通民警的家属们

哈尔滨市香坊交警中队 1982 年被省公安厅记集体三等功一次。在接受这个荣誉的时候,队长李云超说:"这里面也有我们中队家属的一份心血啊!"

父　亲

李国锋来中队之前,作为老公安战士的父亲李延春对他说:"当交通民警是辛苦的,有人叫他'马路橛子'。'橛子'自有'橛子'的用处,你可不能小瞧这个差事啊!"

父亲是严厉的,但又有园丁般的细致、精心。父亲为了不耽误小李的工作,自己就多干一些家务活。去年小李结婚,收拾新房等事都是父亲张罗的,没有牵扯小李的精力。父亲说:"刚到新的工作岗位要好好干,尤其要在一开始就养成守纪律的习惯。"

父亲对小李的热情支持和严格要求,使小李坚定了做好交通民警工作的信心。去年冬天,小李和爱人都忙于工作,没有时间烧炉子,屋里的水管冻裂了两次,虽然这样,也没有影响他的工作。

小游的父亲游鸿达是部队离休的老政委,在儿子刚分到交警中队的时候,他就发觉儿子有些不安心。于是,他和儿子谈起心来:"香坊中队是个光荣的集体,要在这样的集体中好好锻炼自己……"个性很强的儿子一时还不把父亲的话放在心上,在一次处理违章事故中,小游流露出一些不正确的思想。报纸在报道这个中队的先进事迹时,把小游的情况作为反面例子写进去了,小游看后感到思想压力很大,情绪有些低落。父亲发现儿子的这些变化，及时找来报纸开导他：

"报纸上写了别的同志的先进事迹，也写了你的缺点，你应该对照着比一比，为什么别的同志能受到表扬。有勇气的人就该敢于正视自己身上的缺点。背思想包袱，徘徊不前，那是懦夫……"

饭后、假日，父亲一次又一次的谈话，使小游心头的阴云开始慢慢飘走。

小游早晨 6 点上岗，母亲 4 点半就起床为他准备饭；下雨了，女朋友把雨衣送到岗位上……亲人们的关心和帮助，使小游鼓起前进的勇气。现在，他开始以一种崭新的精神面貌出现在岗位上了。

妻　子

在妻子遇到困难的时候，丈夫常常是强大的支撑力。

几位交警的妻子常遇到这样的苦恼：在她们非常需要丈夫的时候，丈夫却正站在马路上，聚精会神地做着严肃且须臾不可离的指挥车辆的工作。有时她们又焦急又怨恨地对旁人说："这样的丈夫等于没有！"

怨恨归怨恨，她们毕竟是爱丈夫的。当她们理解了丈夫的时候，便能支持丈夫的工作，默默地承受生活的苦和累。她们把汗水、心血和爱奉献给丈夫，奉献给我们的社会。

交通民警王忠谦的妻子魏积坤有病住院了，但王忠谦每天顶多能去医院一次，而且是点个卯就走。小魏看到别的病友都有丈夫整天守在床边端茶倒水，自己却总是孤零零一个人躺在病床上，委屈的泪水流了下来……不顺心的事多着呢，小魏家没有下水道，她经常是一手抱着孩子，一手拎着脏水桶去倒；做饭的时候，她手忙着灶上，小孩在下面抱着她的腿哭闹，饭做好了，干等他也不回来。不久前的一天，王忠谦半夜才回家，小魏积存在心中的火向他发开了："你还回来呀？"

"你听我说嘛。"

"我不听！"

忙了半宿，又累又饿的王忠谦心里的火"腾"地上来了，可看了看整日操劳的妻子,他的火又下去了。他平和地向妻子解释道:"今晚出了大事故,同志们都在,我做班长的怎么好走呢? 你整日操劳是够辛苦的,可我早出晚归,不是去玩,而是去工作呀……"

听着爱人轻轻的声音,望着爱人疲惫的面容,小魏的心软了,火也消了,渐渐地,她明白了:他是热爱自己的工作呀,我不该埋怨他啊! 理解消除了两个人心中的不快。

从此之后,小魏更关心爱人了。王忠谦有胃病,她就炒点油茶面,买点奶粉,给他准备着。

民警李晴岚的家住在市郊,每天上下班得坐火车,走得早回来得晚。而且他一家 8 口人,父母年老多病,繁重的家务就落在了妻子王志英的肩上。

志英承担起全部的家务。早晨 3 点钟就起来做饭,收拾完还得忙着去上班。人们都说:"她在家里是个好媳妇,在单位是个好职工。"志英同情爱人,但不理解他,所以日子久了,厚道的志英也发点小脾气。

李晴岚家住的小屋烧的是地火龙,志英不会烧,常常搞得满屋子烟。一次竟把他们 3 个人呛晕过去了。志英气得说:"你也不给收拾一下,把我们娘俩呛死咋办? 要不干脆离婚算了!"

憨厚的晴岚不善言谈,他望着妻子那委屈的样子,只是说:"等我有了时间就收拾。"

晴岚的时间是难得宽裕的。孩子几次要晴岚带他去公园骑大木马,晴岚也总是说:"等等吧,下个礼拜爸爸就有时间了。"

一次,天真的孩子对妈妈说:"叔叔都能领他家的孩子玩,我爸怎么不能领我玩呢? 你再找个能领我玩的爸爸吧。"

孩子的话把志英气笑了,志英心里真有些不解,他整天在单位忙些啥呢?

一天,志英到市里办事,就顺便领着孩子来到了香坊交警中队。走到门口,志英叫孩子悄悄进去,"侦察"一下爸爸在干什么。一会儿孩子出来了,说:"我爸爸在扫厕所呢!"

晚上晴岚下班刚进屋,志英劈头就说:"白天你在中队什么都能干,晚上回到家却什么也干不了!"

一次,志英被请到中队参加家属座谈会,队长李云超说道:"李晴岚同志每天下了岗不是学习就是搞卫生,再不就是下单位宣传,勤勤恳恳……"

听了李队长的话,志英心里感到惭愧:我呀,我怎么能……以后志英竭力支持晴岚的工作。今年2月的一天,志英的小弟突然发病,昏迷不醒,家里人都心急如焚。正在家里休息的晴岚想截辆车送小弟去医院,志英拦住了他:"你是交通民警,随便截车办自己家的事是违反纪律的,我们还是花钱叫救护车吧。"

这些父母、妻子所付出的劳动,常常是不为人所知的。然而,正是这些默默无闻的劳动才使得每一个岗位上都不出现空缺,才使得蛛网一样交织的公路能畅通无阻。因此,我们应该在尊敬立有功勋的轰轰烈烈的英雄模范的同时,也尊敬那些默默无闻地劳动的人,那些平凡而高尚的人。

合作者:李永纪

1983.7

参政议政

CANZHENGYIZHENG

光荣的使命

——我省全国人大代表在赴京途中

3月的黑龙江大地,虽已春意初露,却依然寒气袭人。12日早晨,一架银灰色的大型客机穿过霞光初染的白云,飞离哈尔滨港。

机舱里,笑语声声。记者抓住这个机会,向几位代表进行采访。

全国人大代表、绥化地区行署专员王文志、鹤岗市长王悦华、松花江地区行署专员沈萃华等人在与记者交谈中说,邓小平同志南行谈话之后,我省同全国各地一样,改革开放和经济建设进入一个新的阶段,形势喜人又催人。在这种形势下,召开全国八届人大一次会议,大家认为这是一次继往开来的会议,深感这次赴京参会,肩负着光荣的使命。

"那么,你们在这次会议上都想谈点什么呢?"

王文志说,想在会上谈谈提高出口大豆价格问题。他说,我省是国家大豆出口基地,每年计划内出口大豆100余万吨。可是,目前完成大豆定购任务很困难,完成出口任务更难。主要原因:一是大豆出口价格偏低。由于收购价格较低,农民的积极性不高。二是企业没有积极性,费用支出大,每出口一吨大豆,粮食企业亏损30多元,企业难以承受。我们的建议是:提高大豆出口价格,也可按照市场价格确定出口价格,一年一定;改变现行的拨交办法,由粮食部门口岸交货改为粮库交货,外贸部门负责组织发运出口。

几位来自产粮区的市长、专员都想在会上提出有关国家应给产粮大省粮食外贸出口权的建议。

　　来自大庆的代表准备提出有关原油地方留成问题的建议。

　　曾担任省人大常委会副主任多年的全国人大代表王军,围绕建立社会主义市场经济体制,加紧市场立法和加强法律监督问题考虑得很深。她准备就这一问题在会上提出建议:要加快市场立法的步伐,转变过去在计划经济体制下按政府部门职能立法的方法,按照社会主义市场经济发展规律和建立大市场的要求,认真清理现有的法律法规,该修正的修正,该废止的废止,该补充的补充。

　　我们虽然是并排坐着交谈,却谈得那么认真,那么有兴致。不知不觉中,伟大祖国的首都北京已展现在机翼下……

1993.3

农民代表话"农心"

在人大代表分组审议政府工作报告期间,几位来自农村的代表反映了农民的心声。

国家对农民应一手钱一手货

窦瑞霞是我省富裕县繁荣乡万发村养羊专业户。她说,来京之前,我走访了南北屯,乡亲们反映最强烈的问题是奶资、甜菜款兑现不了。我们村是半农半牧区,鲜奶生产量很大,甜菜面积也不小。卖奶、卖甜菜不给钱,我们手头缺少资金,无力再向农业投入,就是日常生活所需也难以维持。现在的状况是,奶资有一半兑现不了,甜菜款已欠 3 年账了。我们买农用资料不给钱就不付货。可我们交奶,国家却不给钱,一欠就是几年。我们总感到不应该是这么回事。

她说,就这一点,我们农民就一个要求:国家收粮收奶给钱,一手钱一手货。

剪刀差不能再拉大了

依安县向前乡新合村苏在兴已担任 30 多年的村党支部书记,北京也曾来过。可这次以代表身份来京却是第一次。

他说,当前农村一个最突出的也是农民反映最强烈的问题是:农业生产的剪刀差。这虽已是多年的老问题,可就是多年未解决。20 世纪 70 年代,农用柴油 1 角 8 分 0.5 公斤,现在呢? 1 公斤就是 2 元 3 角。那时的化肥,进口二氨一吨是 450 元,现在是 1 400 元。农机具、农膜、农药也都是成倍往上涨。可粮价呢？20世纪70年代，小麦0.5公斤1角8分，现在是3角4分。请看，农用资料与粮食的涨价差是多大！现在，农民就是在这种不合理的价差中维持着生产，维持着生活。

他说，我们农民的要求并不多，可问题不能总不解决。这剪刀差，何时才能缩小？

他认为，不应把农民的富裕程度估计过高。真正种地的农民并没有挣到钱。所以，粮食生产怎么抓，种粮食农民怎么富，还是个问题。

边陲民族小镇也要富裕

尤玉镯是本次会议中唯一的赫哲族代表。他是同江市街津口赫哲族乡的文教助理，原是教师。他第一次当人大代表，在这庄严的大会上代表赫哲人民提出两条建议。

我们和俄罗斯只一江之隔，在中苏友好的年代里，两岸人民自由往来，自由交易。那时，搞得挺活。现在，我们赫哲族同胞都有一个愿望，希望能批准我们充分利用地缘优势，在街津口建立一个与俄互市贸易点，把内地的货物交换给对方，又可从对方换回柴油、油漆、皮货等。这方面若能发展起来，我们这边陲小镇也就会逐渐繁荣起来。

他说的第二件事就是民族教育问题。发展民族经济离不开教育和科技。民族的文化素质提不高，民族经济也就难以繁荣。从哪抓起呢？从教育。现在，我们的办学条件需要改善，教师队伍需要加强。希望国家有关部门给予帮助。

1993.3

抓住机遇　兴工富市

——访全国人大代表、鹤岗市市长王悦华

李鹏总理做政府工作报告以来,"抓住机遇,加快步伐"已在"两会"中形成强烈的舆论氛围。特别是那些来自市地和工厂企业的领导者,都在规划着自己:在这种机遇面前,我们怎么干?

一天晚饭后,记者在代表团驻地空招大院里见到了第一次被选为全国人大代表的鹤岗市市长王悦华。他是我省市地级领导干部中最年轻的一位。今年只有37岁,很有朝气。我们随意地边走边谈起来。

"悦华同志,现在是会上谈机遇,会下'抓'机遇。你是怎样规划你们鹤岗的?"

"我感到,在大好机遇面前,应结合实际,抓住我们经济发展的关节点。"他说,就鹤岗来说,这个关节点就是工业。目前,一百多万人口的鹤岗,工业产值仅有23亿元,尤其是地方工业,不仅规模小、基础差,而且缺乏具有带动作用的立市骨干支柱企业,潜在的发展能力也不大。因此,我们提出"抓住机遇,兴工富市",以工业的振兴牵动全局,致富全市。

"我们要根据当地工业发展基础和资源、技术条件,确定符合市情的发展重点。"他胸有成竹地介绍道。就鹤岗而言,今后将重点发展五大兴工行业。一是化学工业,依托煤炭资源和现有化工基础,突出抓好利用瓦斯生产万吨联醇、5万吨饲料蛋白、农药等重点项目,尽快形成具有一定规模的煤化工产业链,把鹤岗建成全省化工基地。二是煤炭工业,突出发展地方煤炭,加强与统配煤矿的协调,采取资源联开的办法,提高地煤比

重,力争到 1995 年地煤产量达到 150 万吨。三是电力工业,加快 120 万千瓦鹤岗电厂的建设,力争一期工程 1994 年底投产发电,1997 年完成二期工程,使鹤岗成为全省重要的电力能源城。四是建材工业,通过技术改造和挖潜,继续发展水泥、玻璃、红砖等老产品外,积极开发陶粒制品、粉煤灰制品、石墨制品、道路水泥等新型建筑材料,带动建筑业和城市的综合开发。五是轻工业,充分利用粮食和农副产品的优势,扩大白酒、啤酒生产能力,进一步搞好粮油精深加工,增加营养型、方便型、高档次系列化的产品,拉长产业链,提高综合效益。

在谈了这些项目后,王悦华说:"在突出发展五大兴工行业的同时,我们要在工作布局上采取四路并举的办法。"他说,一是靠上项目新增一块,集中财力上新项目,形成一大批立市骨干企业,以项目开发带动经济增长,带动结构调整,带动科技进步。二是靠转换企业经营机制放活一块,下放权力,并逐步进行股份制改造,使国有企业摆脱羁绊,获得发展自主权。三是靠采取超常规措施发展一块,把区乡企业放在整个工业的主体地位来抓,实行项目、资金、人才、政策四倾斜,使其成为地方经济的重要支柱。四是靠放宽政策界限扶持一块,放胆发展个体、私营经济和"三资"企业,在工业体系中逐步加大非公有制经济成分,为全市经济发展注入新的活力。

我们边走边谈,不觉已是华灯初上,一派光明。

1993.3

全面规划　避危兴林

——访全国人大代表、大兴安岭地区行署专员王汉忠

　　记者在采访全国人大代表、大兴安岭地区行署专员王汉忠时，他说："我们大兴安岭林区目前虽然不存在'两危'问题，但我们要抓住当前有利时机，全面规划，制定战略，实现避危兴林。我们要以此作为大兴安岭林区职工今后的奋斗目标。"

　　他说："我们要避免重蹈老林区的覆辙，不能让小兴安岭的今天变成大兴安岭的明天。我们要走的路子是，不拘泥于林业，走向自然资源的广阔空间。在抓住主体产业的同时，发展替代产业，建设多个经济支撑点，形成大兴安岭林区经济新格局。"

　　"你们将怎样实现这个目标？"

　　"概括起来是：一个加强，两个调整。"王汉忠说，"那就是加强森林资源的保护、培育、发展和利用，调整施业区划，调整产业结构。"

　　他说，准备分 3 个阶段实施。

　　第一个阶段从现在到 1995 年，为开发布局调整期。这个期间，我们主要是针对火灾后资源、生产能力、经济出现了不平衡的实际情况，把 4 个待开发区划给大火之后无林可采的百和林业局。同时，对老局内部之间的施业区也做相应调整，把资产存量和增量结合，实行优化配置，加速新区开发建设，使老区资源得到休养生息，新区资源得到开发利用。与此同时，积极调整产业结构，建设古莲河煤矿，改造与扩建十八站纸厂和塔

河纸厂,大力发展地方工业,创一批名牌产品,如北芪茶、红豆饮料和多稀糠等产品,为"九五"大发展积攒后劲。

第二个阶段从 1995 年到 2000 年,为经济高速发展期。这期间,我们要营造人工速生丰产林 750 万亩,改培天然林为天然速生丰产林 1 000 万亩,建成图强华夫板厂、呼中中密度胶合板厂等 6 个大中型企业,培育好支柱产业,抓住林、金、纸、煤、菜"五色"经济。人造板产量将达到 10 万立方米、家具 10 万件,还有桦木系列产品,黄金生产将有很大增长,纸达到 8～10 万吨,煤 100～120 万吨,酱菜产值也将达到两亿元。

第三个阶段从 20 世纪末开始,为良性循环期。这时,大兴安岭林区的主导产业、基础产业和支柱产业等均形成规模。届时,森林蓄积量将达到 6.4 亿立方米,森林覆被率达到 77% 以上,年木材生长量达到 1 200 万立方米,年消耗资源 900 万立方米,实现长大于消。全林区将达到生产、经济、资源 3 个平衡点和生态、经济、社会 3 个效益的和谐统一,走出一条越采越多,越采越好,青山常在的新路子。

王汉忠说:"这就是我们抓住当前机遇,实现大兴安岭林区避危兴林的规划和目标。我们将带领全林区职工,为实现这一目标而努力奋斗。"

1993.3

完成大使命之后

3月31日下午4时20分,八届全国人大一次会议在雄壮的国歌声中闭幕。

出席本次会议的黑龙江省代表,一个个喜挂眉梢,走出人民大会堂。他们在历时17天的会议里,认真地行使了人民所赋予的权力,完成了他们所肩负的光荣使命。一位代表说:"会议以后的使命将更沉重而久远。我们脚下的路,以本次会议为起点,将是漫长的。"

齐齐哈尔市市长迟建福在返回驻地的汽车上对记者说:"我在会议期间已经提出,抓住当前的大好机遇,改造老工业基地,重振齐齐哈尔雄风。老工业基地怎么改造? 这雄风怎么振?"他摘下眼镜颇有些激动地说:"现在是机遇来了,方向明了,目标定了,措施有了。我们不能只是把这些写在纸上,说在会上,而是我们回去以后,上上下下,左左右右,拧成一股绳,朝着既定的方向和目标,脚踏实地,一步一个脚窝地去开拓,去实干,去实施。"

他停了停说:"归根结底,就是两个字:落实。"

这时,我们的车队已驶过了天安门广场。

"老迟,你说得很对。要把这次会议精神贯彻到实际工作中去,就得靠这两个字。"并排而坐的伊春市市长滕昭祥接过话头说。"落实的关键是什么呢?"他自问自答地说,"我们是唯物论者。我看是三句话:一靠主观努力,二靠充分利用客观条件,三靠用好用足现有政策。总之,机遇不可多得,我们无论如何得抓住这个机遇,把我们的事业搞上去。"

坐在后面的省森工总局局长孙丕文,总是那么举止沉稳,谈吐自若。

他也加入了我们的谈话圈。他缓缓地说:"我们森工企业虽然大部分处在'治危兴林'中,但又各有不同,有的替代产业起步较早,效益也好,有的起步较迟,发展也慢。所以,我们在贯彻实施中,也不搞一刀切。要像江总书记来咱团讲的那样去做,既要解放思想,又要实事求是。要从各自的实际出发,在大好的机遇面前,进一步规划自己,摆正自己,发展自己。"

代表团里年纪最轻的市地级领导干部、鹤岗市市长王悦华恰好坐在我们的前面。记者早已发现,他在一边听着一边想着什么。

当孙丕文的语音刚落,他便回过身来说:"他们几位说得都对路,现在确实是机遇来了,方向明了,目标定了,措施有了。迟市长的这几条概括得很好,我想再给加上一条,那就是只要'政策给了',我们若是再干不上去,那问题就全在我们身上了。"

他诚挚地说:"我们希望国家对我们省的石油、林业、煤炭、大中型企业和农业,该需要给政策的就尽快给。有了这一条,我们黑龙江就真的会像江总书记说的那样,'前景还是很广阔的'!"

1993.3

困难·潜力·希望

——省人大代表纵议我省十年规划和"八五"计划纲要

这次人代会把审议黑龙江省国民经济和社会发展十年规划、"八五"计划纲要作为中心议题,一会管 10 年。我们将带着"七五"不寻常的重负,迈入"八五"新的征程。

恰似乍暖还寒的早春天气——很多代表这样来认识当前我省面临的经济困难。王人生代表说:"在困境中不能失去信心,经济遇到困难,精神上不能疲软。"这是 500 名人大代表的共识。

"正视困难是一种勇气。"方贻春代表说,"政府工作报告和规划纲要不讳言当前的困难,敢于道实情,讲真话,喜忧兼报。在这样的基础上提出的 90 年代奋斗目标,我们感到有信心。"

"把解决困难的措施立在实地上,更难能可贵。"李培福代表说,"《纲要》在确定 10 年任务时,把调整产业结构、提高经济效益摆在核心位置,从而找到了解决经济生活深层次矛盾的关键和启动点,这显示了省领导带领全省人民克服当前困难的信心和能力。"

统一思想,共渡难关,这是人大代表在讨论《纲要》中的一个主要话题。虽然林区的代表说"两危",大中型企业的代表话"积压",农村代表数说"卖粮难"……但更多的还是对现实问题的冷静分析和理性思考。

"光一味地埋怨,解决不了实际问题。"齐齐哈尔代表魏玉令说,"好比居家过日子,面对举饮缺米之忧,光是唉声叹气不行,仅仅指出'家里快没米吃了'也还不够。最现实的是想办法搞到米。"

"献计献策""我建议……""我们认为……"这是此次人代会简报中出现频率最高的3个词组。一个个经过深思熟虑的主意、办法、建议，从代表们头脑中涌出，使人强烈地感受到他们那高度负责的主人翁精神和不断提高的参政议政水平。

双鸭山煤矿代表周世杰就如何把握我省经济运行轨迹、优化资金结构等问题提出建议，一要在促进盈利企业发展的同时，兼顾亏损企业的扭亏增盈。二要严格控制本省资金外流……

黑河地区王国生代表就壮大地方财力、发展边贸等问题提出建议，应在边境地区建立一些立足资源优势的中小企业，从本地情况看，只要少量投资就可见效……

今后10年间，我省国民生产总值增长幅度将超过全国平均水平。代表们冷静分析，从发挥本省相对优势中看到了潜力和希望。宫本言代表说："龙江经济在20世纪90年代要想有个大发展，必须从发挥'农、木、煤、油、机'的优势上找出路，必须形成大的企业集团，在开发有竞争力的新产品上找出路。"

"落后也是一种潜力。"张福如代表说，"我省的百元固定资产原值利税率，已经低得不能再低了，而百元产值物资消耗率却高达57%。只要我们在管理、技术进步上多下功夫，百元产值物资消耗率降低一个百分点，就可增加净产值16亿元。"

杨瑞华代表从我省机械工业过去10年两度下滑的比较中分析潜力所在。他说，1980年国家压缩基本建设投资10.5%，1981年全省机械工业产值下降15.9%，出现大幅度滑坡。而1989年国家压缩基本建设投资24.4%，全省机械行业产值当年却增长4.6%，去年仅下降7.4%，下滑幅度明显减小。这说明，全省机械工业生产调度和组织协调能力增强了，企业的应变能力增强了。

"完成90年代奋斗目标，克服困难的措施已经明确，成功的希望已经看到，而关键在于各地齐心协力抓落实。"张福如代表的这番话说出了代表们的心声。

来自省城的代表在思考:"龙头"如何昂起来? 王人生代表说,充分发挥大中型企业的产业优势,以及闲置的人才、技术,创办发展更多的集体企业将是哈市今后几年的突出任务。

我省贫困县之一 ——延寿县的代表金哲珠说,当前形势虽然严峻,但潜力和希望并存,我们将立足于科技潜力和资源潜力的结合,使我们偏远农村释放出巨大的能量。

"自己的梦还得自己圆。"来自大中型企业的代表邬宗祥快人快语,"还是那句老话,眼睛向内,调整挖潜。单单指望外部环境改变的厂长,不能说是好企业家。"

愈是到讨论后期,代表们的思考就愈冷静、愈实际——而这正是人代会充分发扬民主,集思广益的合乎逻辑的发展结果。由会内想到会外,如果我省3 700万人都把脑筋开动起来,面对本单位、本行业、本地区的困难出主意,想办法,提建议,抓落实,实现我省到20世纪末国民生产总值翻一番的宏伟目标就大有希望。这是我们透过省人代会这个"窗口"看到的鲜明的前景。

合作者:武从端

1991.3

情急心切话落实

"求是务实,锐意创新。"人大代表们这样评价邵奇惠省长的《政府工作报告》。

然而,在审议《报告》时,无论是专题发言还是小组讨论,代表们又常常流露出担心:这个报告,能不能得到真正的贯彻落实?

小康旗帜与"文山""会海"

代表中有许多县长、县委书记。就在去年底今年初,他们当中的一些人一连20几天坐在市里、省里开会。他们戏称"被悠起来了"。

据有关部门统计,去年一年,省直32个单位共召开有基层领导参加的会议达70多次。这70多次会议的时间加在一起有半年之长。不仅如此,有的会议省里开完了,市里还要开,市里开完了,县里还要开,甚至乡镇也要开。而且,都认为会议规格越高越好,会期越长越好,上级领导与会越多越好……

"会海"如此,"文山"更是可怕。

有人为省领导做过一次粗略的统计:每天,一位省领导要收阅的文件、资料、经验汇报达十几万字,相当于一本理论专著。领导同志根本看不过来。而送来这些材料的单位,都是煞费苦心组织人力写的。领导看不过来,岂不是精力白费。

某市的一位区长告诉记者,就连他这小小的芝麻官,一天也要批阅十几份文件。一上班就被文件压在办公桌前……

会议开了这么多,文件也发了这么多,我们政治、经济生活中的重大问题和矛盾,究竟解决得怎样呢?

代表们的议论是:"在历史的机遇面前,有些事情,我们是'醒得早,起得晚'。"

"我在县里当县长,几乎天天被拖去应酬,没有时间去想正事。"

"上边一下来检查,就问会开了没有,文件传达了没有,却很少问哪项工作落实了没有。"

机构臃肿也是腐败

省人大代表、齐齐哈尔市富拉尔基区委书记张泽民告诉记者,在齐市像"临时领导小组"这样的机构有近百个。绥棱县县委书记杨贵才当县长那阵,一身兼任了57个临时机构的职务,结果是哪一项工作也没能煞下心抓。

"本来主管部门能抓、该抓的事,却偏要成立临时机构去干,反倒造成该干的不干,该管的不管,临时管的管不好,挂名干的干不了。"省人大代表、绥棱县人大常委会主任孙秀在谈到这个问题时,感慨颇多。

代表们在探讨如何强化"一本经念到底,一件事抓出头"的落实意识时,对工作沉不下去,作风实不起来的原因探讨了许多。其中,机构臃肿、人浮于事是一大原因,

对此,张泽民提出了自己的观点,"机构臃肿也是腐败"。

他在基层工作多年,对由于机构臃肿造成的工作虚、作风浮有深切的体会。去年一年,他光接待卫生检查就达8次。他说,上边机构很大,什么事都得往下贯彻,下边基层单位实在承受不了。为了应付上边来的检查、评比、会议,基层只好把有限的人力、精力分扯成几块、十几块。弄虚作假、报好瞒差的事也就应运而生了。从某种意义上说,这是"逼"出来的。

基层代表反映最强烈的就是评比、检查、竞赛太多。上边来人了,基层主要领导不出面就不满意,甚至给扣分。而上边来的领导又往往是听了汇报就走人,很少深入实际。基层干部的时间被这种应酬给占用了,没

有时间去抓具体工作,工作起来只好跑粗……

张泽民说:"现在的检查可以说五花八门,可很少有检查各项工作落实情况的,很少有检查经济工作这一中心任务的。"

不要老支"黄瓜架"

有一首歌,很多人都会唱:"一个篱笆三个桩,一个好汉三个帮。为了大家都幸福,世界需要热心肠。"

其实,我省各项工作的开展,又何尝不需要各部门之间的相互配合、相互支持? 一项政策的执行,往往要涉及许多部门。如果部门之间各行其是,互不买账,甚至互相拆台,"大合唱"是唱不起来的。

近年来,省委、省政府在出台各项政策,布置一些重大工作时,都一再强调各部门要齐抓共管,形成合力,特别是在对待我省的经济工作和深化改革上,省领导多次提出要搞"大合唱"。然而时至今日,代表们仍在忧心忡忡地议论着这个问题。有些部门只注重自己的局部利益,搞地区封锁、市场"保护"……

省人大代表、绥化地区人大常委会秘书长李仲启说:"我省这些年出台了许多好政策,但是有些地方并没有很好地贯彻落实。原因之一就是,政策一到下边就悬空。部门之间互相推诿,就像农民支黄瓜架似的,把一个好端端的政策给悬了起来。"

对此,代表们也提出了一些建议:

——考核一个部门及其主要领导,不仅要看他自身工作的情况,还要看他配合省委、省政府中心工作的态度和行动。

——坚决撤掉那些造成"政策梗阻"的部门领导,让能够配合中心工作、促进中心工作的干部去担当重任。

——建立基层反馈制度,监督保证各项政策的全面落实。

抓落实,不一定就是靠主要领导现场办公,也不一定就是非派多少个工作组下去检查。"文革"十年,知识分子被批。然而一个高考制度的恢复,就又唤起了人们对知识的追求。建立一个重实干、看实绩的干部考核、任用制度,一定能够转变领导干部的工作作风。这是许多代表的共同看法。

有的代表还向记者建议,像"中国质量万里行采访"那样,搞一个"抓落实千里追访",用舆论的力量去扭转风气。

千言方语,声声呼唤,都在表达着一个愿望:抓好落实龙江兴旺,空谈下去龙江衰亡!

合作者:卞浩南

1992.3

把目光投向市场

——省人大代表纵谈我省乡镇企业

异军突起的乡镇企业给我们带来了什么？

出席省八届人大一次会议的代表认为：十几年来，我省乡镇企业尽管经历了风风雨雨，却似一株幼树，在竞相生长的万木丛中，以其顽强的生命力在成长、壮大，尤其近年来，正在发育成为我省农村经济的重要支柱。它带给我们的是无限美好的希望。

然而，代表们指出：就我省目前的状况而言，异军虽已突起，仍需开拓进取。

那么，制约我省乡镇企业更快发展的症结是什么？

来自各地的代表，以其所见所闻分析了制约我省乡镇企业飞速发展的种种因素。

省人大代表、拜泉县县长王树清说："'脑筋'不换，'四肢'放挺。这是最主要的因素。"他指出，首先是缺乏市场经济意识。一些领导人至今还没有摆脱在长期的自然经济、产品经济和传统的计划经济模式中所形成的思维模式，办事、"走路"仍然习惯于"循计划经济之规，蹈计划经济之矩"。发展乡镇企业，不是以市场为导向寻项目、筹资金、引人才，而是两手向上，等上面给项目、给资金、给人才。上面怎么给，给什么，就接什么，干什么，不给就放挺。在发展个体私营企业、股份制合作企业以及推行利税统算等方面，也都不敢放手，而是疑虑多端。其次是缺乏速度意识。一些领导干部对发展乡镇企业没有紧迫感，不慌不忙，不紧不慢，

"只闻其声,不见其行"。特别是有些领导人面对江、浙、鲁等先进省份的高速度,只是长吁短叹,手足无措。有的则是盲目乐观,不注意自己的发展层次,只满足于纵向自己比自己。再次是缺乏开放意识。主要表现为横向联合的广度和深度不够,只搞本地区内的以城带乡、以大带小,还没有跨出省门走向外地,眼界不宽,思路狭窄。

"政策落实不到位、不配套。这是制约我省乡镇企业发展的另一重要因素。"省人大代表、讷河市人大常委会主任吴国勋指出,省政府已经规定的政策,至今仍有部分落实不到位,成为乡企发展的障碍因素。省政府关于市县从可用财力中拿出1%用于乡镇企业的规定,没有完全落实。记者从有关方面获悉:至今,尚有10%的县根本没有执行,40%左右的县没有达到要求比例。关于推行利税统算的规定,全省只有600多户乡村企业试点,绝大多数企业没执行。关于发展农民股份合作企业的规定,多数地区没有采取有效措施来抓。关于乡镇企业税后利润按7∶2∶1的比例分配的规定,相当一部分市县执行得不好。

一些来自农村的代表感触尤深地说:"缺人才、缺技术、缺项目,这是乡镇企业最感挠头的问题。"他们说,我们已把发展乡镇企业作为奔小康的主要途径。可是,没有人才,没有技术,没有项目,想闯闯不了,想干干不成。特别需要有人帮助他们开发人才市场、科技市场,解决"三缺",大干快上。

"资金缺口过大也是阻碍乡镇企业发展的一个重要问题。"省人大代表、克山县人大常委会主任张殿贵说,"这已是个老问题了。据有关部门提供的资料表明,我省今年乡镇企业所需资金投入27.3亿元。除企业自筹、农民集资、财政支持、银行贷款等途径可解决19.5亿元外,仍有缺口7.8亿元。"

我们的基本对策

代表们认为,加快乡企发展的指导思想,应以市场为导向,坚持多"轮"驱动,狠抓产品开发、科技进步和发展外向型经济。一是抓发展,上速度。要本着"因地制宜,发挥优势"的原则,上项目、搞改造,把"八五"计划后3年翻番规划落实到项目上。我们的目标是:在全省建成一大批产品前途好、企业素质高的骨干企业。二是抓开发,上水平。代表们指出,乡镇企业跟国有大企业一样,没有新产品开发,就没有生存力。我们乡镇企业更应大力进行新产品开发和新技术、适用技术的推广。三是把外向型经济作为牵动乡镇企业发展的突破口来抓,广泛开辟渠道,加强引导和服务,发展和强化出口创汇的外向型企业、三资企业。对独联体的边境贸易应"战略升级",由主要是易货贸易逐步向经济技术合作化方面转化,应扩大境外办厂,扩大劳务输出,到境外去发展。四是引进和培养人才,优化乡镇企业人才结构。应通过选聘和培养,造就一批以厂长、经理、技术人员和销售人员为骨干的发展乡镇企业的带头人,进一步优化乡镇企业的人才结构。五是立足乡村和农民,多渠道、全方位地筹措资金。代表们说,过去一提到资金,立刻就想到向上要。结果是年年缺,年年要,年年解决不了。其实,向上要这是传统的计划经济观念的反映。我们现在要搞的是社会主义市场经济,为什么不把注意力放在市场上?我们首先应向自己要,向市场要。国家支持是必要的,但不是主要的。代表们提出,目前应该在继续抓好用足财务政策的同时,抓好农业合作基金会资金的使用,使其主要用于发展乡镇企业,积极争取各级财政扶持资金到位,用好财政周转金;大力引进资金,通过开发区、边贸优惠政策吸引系统外、省外资金和国外资金;争取通过各级农行调整贷款结构,增加对乡企的投入。

应采取哪些措施

代表们从各地的实际出发,提出很多有针对性的措施。

要继续坚持主要领导亲自抓、各部门合力抓的方针。当前一要树立速度意识,只要有效益、有市场,能发展什么就发展什么,能发展多快就发展多快。二要树立联合意识,动员乡镇企业主动出击,找能人,找靠山。三要树立市场意识,面向国际、国内两个市场开发资源、开发产品,把产品打入省外、国外市场,提高市场占领率。四要树立质量意识,以质量占领市场,以质量求生存发展。

应加快开发区和市场建设。抓紧开发区的启动和运行,完善开发区政策,增强招商引资的吸引力、凝聚力,使其成为发展乡镇企业的小特区。要继续组织乡镇企业参与市场的规划、投资、建设和管理,带动第三产业的发展。

要广泛开展挂、网、联活动。在省内继续抓好以城带乡、以大带小的挂、网、联工作,同时拓宽与外省市企业间、部门间、政府间的合作和协作领域,取得外省市在信息、项目、人才、技术、资金和市场等方面的帮助与支持。应继续抓好政策落实,为乡企发展创造宽松环境。

1993.1

市场经济尤需法律去规范

——访省人大代表、齐齐哈尔市人大常委会主任石忠智

　　"社会主义市场经济,尤需法律去规范、去管理。"记者同省人大代表、齐齐哈尔市人大常委会主任石忠智一见面,他就深有感触地提出了这样一个话题。我们也就自然地谈起市场和法律的关系。

　　老石原是齐齐哈尔市委副书记。他曾当过公司的财务股长、商店经理、区委财贸部部长。对经济,可以说不外行,特别是很熟悉市场。

　　老石说,市场经济实质上可以说是法制经济。它需要用法律去规范、去调整经济关系,以促进生产力的发展。没有法制或者法制不配套、不健全的市场经济,都会造成不同程度的经济秩序的混乱,甚至引发社会的混乱。

　　谈到这里,老石讲起了齐齐哈尔一些市县市场的情况。他说,就目前的情况看,一个突出的问题是:地方法制建设仍然滞后于市场经济的发展,滞后于改革开放的进程。老石说,在经济建设的许多方面,我们尚无法可依。只能是制定一些政策、举措代而行之。有些方面虽有法规、法令,但某些部门由于过于强调各自的权力和利益,有法不依、执法不严的现象屡有发生,有些机关、企事业单位的领导者法制观念淡薄,在工作中仍习惯于以言代法、以权代法、以罚代法。这些问题和现象不从根本上解决,势必影响我省社会主义市场经济体制的建立和完善,影响社会主义市场经济的健康发展。

　　石忠智认为,发展社会主义市场经济,必须逐步完善与之相适应的法律体系,强化法制手段。我省在当前,更应进一步解放思想,更新观念,根据宪法和有关法律逐步完善以规范市场主体、保证市场经济秩序、规范政府发育和调控市场行为、涉外经济等为基本方面的地方法规体系。他建议,在目前国家经济法律尚不健全的情况下,应根据社会主义市场经济发展的迫切需要,制定一些具有预见性和超前性的地方法规。

　　老石说,在这方面我们应结合"二五"普法教育,在适当的范围内开展《企业法》等经济法律、法规的教育,不断提高人民的法制观念。同时,进一步强化法律监督机制。

1993.2

既要规划长远　又要顾及当前

——访省人大代表、五常县县委书记高洪吉

"今后如何加强农业的基础地位,确保农村经济持续、稳定发展,这是我们搞农村工作的同志最为关心的问题。"省人大代表、五常县县委书记高洪吉说。

记者请他具体谈谈他的看法。

高洪吉说,当前影响农村经济发展的问题,除了产业结构单一、政策措施不配套、服务体系不健全、集体经济薄弱等内部因素外,就近期而言,还有以下问题,应予以高度重视,

一是农用工业发展滞后问题。

老高从学校门出来以后,二十几年一直搞农村工作。他举例说,这几年我们乡听到一片要肥声。今年,我们计划投入化肥11万标吨,国家分配只有5.2万吨。不足部分,基层干部、农民得到处跑,还要花大价钱。

老高认为,农用工业上不去,农业经济就很难发展。省里应下大决心,真正把农用工业放在优先发展的地位,不能等到火上了房才想到了打井。当前,应继续对农用工业实行倾斜政策,在资金、原料、技术等方面实行重点投放,对农用工业要重点保护,优先发展,特别应优先发展化肥工业。

二是农业资金投入不足问题。

老高说,五常是产水稻的大县,但水利工程老化、设施不配套,依靠地方财力,很难一下子解决。

　　老高认为,解决投入不足、不到位问题,需要各个部门、各个方面协同动作。他提出,省里应制定一个有利于强化农业基础,与国民经济涨幅相适应,逐年加大的投资比例;制定有关农业专项资金投入的政策法规,凡属支农资金,其他行业、部门不得借故截扣挪用,以确保专项资金足额到位;要引导、强化集体和农民的收入,建立、完善以村级资金、土地耕暄培肥、劳动积累为内容的投入机制。

1991.3

纵谈干部下乡

1990年3月3日上午,齐齐哈尔代表团第一小组在审议《政府工作报告》时,很多代表都谈到政府干部应该是既要廉政,又要勤政。于是,谈到了干部下乡问题。

杜尔伯特蒙古族自治县县长常树林(蒙古族)说:"最近干部大下基层,转变工作作风,倾听群众呼声,帮助基层解决实际问题,这是我们党的优良传统,基层干部和群众是欢迎的。"

他说:"可是,现在有些干部却不然。"

他列举了几种现象:

——有人下乡是"人到心不到"。煞不下心,躬不下腰,不愿跨进群众的门槛,而只是草草地听听基层干部的汇报就算了事,连住都不肯住一宿。

——有人下乡下不到底层,只是下到"乡"就止步了。他们是带着"下乡任务"不得不来的,但却不肯涉足村屯,只是浮在"乡"这一层上听听、问问就提着皮包往回跑。

——也有人是吃够了县里一菜一汤的工作餐,想到乡下解解馋,因而跑下来。他们以为乡里不受其限,可以放得开……

常树林说:"像这样的下乡,我们是不欢迎的。不解决问题不说,我们还要派车同行,派人陪同,还得安排伙食,反倒添麻烦。我们的希望是,下乡下到底,认真倾听群众的呼声,切身体察民情,真正帮助我们解决实际问题,为群众办几件实事。"

代表们都说:"这不只是小常的意见,也是我们的呼声!"

1990.3

贵在务实高效

1990年3月2日上午,邵奇惠省长在齐齐哈尔代表团第一小组听取了代表的意见。《黑龙江日报》3月3日曾以"邵省长参加小组会"为题做过报道。当时,讷河县人大常委会主任吴国勋提出了4个问题。

邵省长非常认真地记在了笔记本上。

散会后,吴国勋想:省长是把问题记在了本上,可是什么时候才能有回音呢?

这天下午2时,吴国勋刚在小组会议室坐下,联络员就通知他:有3个同志来拜访。

吴国勋接待了3位访客。其中一位介绍说:"我姓吴,是省政府办公厅一处的。另两位,一位是我的同事,一位是省计委的。你上午提的问题,邵省长很重视,指示我们详细了解一下情况。并且要我们听听你对解决这些问题的意见。"

吴国勋详细地反映了农民对机用柴油供不应求、边贸化肥多头经营、地方储粮占用资金和粮食定购品种分配不合理等问题的意见,并谈了解决这些问题的想法。

3月3日上午,吴同志等3人再次拜访了吴国勋。吴同志说:"你提的4个问题,有两个已经定下来了:其一,边贸化肥多头经营、多种价格问题,省政府决定,今后实行专营,一个价格。邵省长要求,省政府要监督,下边各级政府也要监督,上下一齐管住它。其二,粮食定购品种分配不合理问题,粮食部门决定,尊重讷河的意见,在品种上予以调整。"

吴同志说:"另外两个问题,省府有关部门正研究措施和对策。不久就会答复。"

六旬开外的吴国勋说："我当了这么多年的县长、县委书记,还从来没见过省长、省政府在工作上这么务实,这么高效!"

1990.3

歌颂夕阳
GESONGXIYANG

不了情

——黑龙江省巴彦县领导干部敬老纪实

他已经退休多年了；

他已经离开人世许久了；

他也已积劳成疾卧床不起了……

这些曾为建立共和国而流血流汗，并在五星红旗下为共和国的繁荣与昌盛而写下光辉篇章的人，如今，在某些人特别是某些领导者的脑际里，很容易成为"被遗忘的角落"。

然而，更多的人，面对正步入社会主义市场经济的日趋繁荣的社会主义祖国，是无论如何也忘却不了那些为共和国的诞生与发展而默默奉献了一生的一代老人。

已步入中年的黑龙江省巴彦县县委书记房殿奎，县委副书记、县长陈治国就是这样的人。

人虽退了，情未却

1996年初，房殿奎被任命为县委书记。曾在通河任县委副书记的陈治国，奉调为巴彦县县委副书记、副县长、代县长。

新官上任伊始，工作千头万绪。年富力强的房、陈二人有一个共同的志向：上至国计民生的大事一定要抓好，下至黎民百姓的小事也一定要管好。

上任不久，房殿奎、陈治国就听说，离休干部刘敬杰的房子要塌了，而这位老干部又觉得自己是退下来的人,不愿去给领导添麻烦。

一天,房殿奎对陈治国说:"治国,对这位老同志的事,你抽空去看看,想想办法。"

陈治国先向有关部门了解了情况,并又访问了这位老干部。他了解到:这位老同志已经63岁了,参加工作后,当过小学教师,任过中学校长,长期从事教育工作。离休前,被选为县政协副主席,是位党外人士。

他现实生活中的主要困难是:居住无保障。三间草房是新中国成立前建造的,至今已七八十年了,且东倒西歪,摇摇欲坠。除此,家庭境况也不好,老伴儿精神异常,还有个痴呆儿。

"这些情况,咋不早点向县里反映呢?"陈治国关切地问。

"这毕竟是我个人的困难。"这位老同志说,"个人的事再大,也是小事。我怎能轻易地给县里添麻烦!再说,也还未到千钧一发之际啊。"

"多么可敬的老同志啊!"陈治国感触颇深。晚上,他在工作笔记上写下了这样的话:

"我们不能忘记老同志。忘掉了老同志,就是忘记了过去,忘记了历史。"

"可以说,老同志的昨天,恰是我们的今天;老同志的今天,又是我们的明天。昨天、今天、明天,这就是历史的发展和延续。"

"谁是历史的主人呢?显然,昨天的老同志、今天的我们、明天的一代又一代……今天的我们,不能忘记昨天的他们;明天的他们,同样不能忘记今天的我们。这是历史发展的需要。"

陈治国把情况和想法向房殿奎做了汇报。房殿奎说:"治国,你对老同志的态度很对。你的想法就是我的想法,你就亲自解决吧!"

一天,陈治国把有关部门的负责人找到一起,介绍了情况,让大家协力解决。有的说,财政状况不好;有的表示,心有余而力不足……

陈治国听后没有生说硬教,而是意味深长地说了这样一席话:"各位现在正值年富力强之时,而且又都是领导干部了。我不知道各位想没想过,老同志的今天,就是我们的明天。这是一个很值得我们现在就应深思的问题。假如明天你也遇到了像刘敬杰这位老同志所遇到的问题,你将怎样渡过难关? 你对当任的领导会有怎样的寄托? 假如当任领导以各种理由推托、搪塞,你的心情又会是怎样⋯⋯"

陈治国最后说:"今天,我们就不谈了,明天早上来汇报你们是怎么想的⋯⋯"

这席话,大家颇感耐人寻味。于是,一边琢磨着,一边散去了。

第二天,大家来了,什么困难都没说,各自拿出各自的办法,共同为这位老干部解决了一笔建房款。

这位老同志很快就把这座新中国成立前的旧草房翻建成一座新砖房。他深深地感到:这新与旧的变迁,是党的关怀的结果。我虽然是退下来的人,但我也要为"兴教富县"奉献余力。

人虽走了,情未了

1997 年 2 月的一天,驿马山下的巴彦县城,朔风呼啸,大雪纷飞。

在通往李玉安家的落满厚厚一层白雪的路上,留下了两行清晰的脚印。县委书记房殿奎、县长陈治国,浑身挂满了霜雪,去探望李玉安的家属。

李玉安,这位不朽的英雄人物,就是著名作家魏巍在其名著《谁是最可爱的人》中描写的主人公之一。李玉安在这部作品中,被作者误列入烈士名单中。在松骨峰战役中,李玉安英勇无畏,身负重伤,在众多的牺牲者中竟然幸存下来。

李玉安,1947 年 7 月参加人民解放军,为推翻蒋家王朝、建立新中国出生入死,南征北战,荣立战功十余次。1950 年 10 月,他响应党中央毛主席的号召,投入中国人民志愿军的行列,跨过鸭绿江,开赴朝鲜战场。

抗美援朝战争结束后,他带着满身伤痕,荣转回乡。在一个穷乡僻壤的粮库里无声无息,居功不表,身世不露。年复一年,他日出而作,日落而息,默默无私地奉献着。直至 1997 年 2 月因病而去。

房殿奎和陈治国的来访,为李玉安的老伴儿和家人带来了安慰和鼓舞。李玉安年迈体衰的老伴儿拉着房、陈二人的手,感激涕零地说:"你们那么忙还来看我们。这看出来了,老李人虽走了,可你们对他的情还没断啊!"

"大娘啊,对老李,党的情、国家的情、人民的情,是永远不会了的。"房、陈二人说,"大娘,我们这次来,是看你老人家还有啥事没办,还有啥困难没解决,没落实。老李人走了,剩下的事我们办,有困难我们解决。"

李大娘轻声慢语地说:"给领导添麻烦,实在难于出口哇……"

这时,房殿奎忙接过话头说:"大娘啊,老李的医疗费我们已经安排了,全部由粮库一分不少地核销。"

李大娘听后如释重负地说:"老李走后,我就一直把这件事挂在心上,总也放不下。我得怎么感谢党,感谢政府,感谢你们领导啊!"她又指着房子说:"这不是,老房子倒了,新房子起来了。若不是你们的精心安排,哪会有新房子啊!现在呀,可以说啥困难也没有了,真是比老李在世时还安心、顺心。"

临走时,李大娘拉着房、陈二人的手,一直送到大门外,直至二人的身影隐没于风雪中……

人虽病了,情未断

1997 年初,县委和县政府正忙着规划新的一年工作大计。一天,县委书记房殿奎和县长陈治国交流情况时,最后不约而同地谈到了原县人大常委会主任徐家兴患病及其住房的事。陈治国说:"详细情况还不太清楚,我再进一步摸一摸。"

房殿奎十分满意陈治国对工作始终热情,既认真又负责的态度;对人始终充满热心,既关爱又鼎力相助的精神。于是说:"治国,咱们就得这样,不管工作怎么忙,也不要忘了关心人,特别是已不在职的那些老干部。"

"是这样。"陈治国说,"在职的要关怀,不在职的更要关怀。"

陈治国听说这位老同志不愿意向组织上谈自己的困难,便到老干部局详细了解情况。他从中得知,老徐离岗前,担任过乡党委书记、副县长、县人大常委会主任等职。在职期间,他的住房问题就该解决,但他总感到应该先给别人解决。退下以后,老房子实在维持不下去了,只好贷款 1 万元换了新房。可是,贷款后长期偿还不清,弄得他疾病缠身,精神也越发萎靡不振……

陈治国越发感到这位老同志十分可敬:该得的时候他不要,该向组织申请的时候又闭口不言。多么可贵的精神啊!陈治国从老徐的身上更加深刻地感受到:人,一旦退下来,原来的一些困难就会日渐突出。由于这些困难的困扰,又很容易导致疾病缠身。特别是像老徐这样不愿声张困难,不愿给组织上添麻烦的老同志,尤其需要我们主动去关怀他们,去帮助他们解决其自身无力解决的困难。这样,才能使他们早日得到精神上的解放,更好地安度晚年。

不久,陈治国通过各种可行的渠道,为徐家解决了 15 000 元房款,使他拖欠多时的住房贷款得以一次还清。

在采访中,我们问过许多老同志:"你们的县委书记、县长为什么总是那么牵挂你们?"他们的回答是:"牵挂我们的根是'不了情'。"

1998.11

不可遗忘的角落

被遗忘的角落,印上了新的足迹……

——群众的赞语

不久前,党委书记高殿贵对带岭林业实验局的干部有过这样一番谈话:

"……那些在职的,特别是有点名望的人,他们很容易被人记忆着,关怀着,这是理所当然的;而那些当今已经不在职的普通工人,特别是那些已故者的家属,却往往成为被遗忘的角落。"

"我们不仅要关心那些在职的,更要关心那些已经不在职的,过去对党、对人民有过贡献的人,以及那些已故者的家庭。这本是我们党的好传统。"

老高是 1980 年 3 月转来带岭的。

他做得怎样呢?

在带岭,我们寻迹走访了那些曾被遗忘的角落。

1981 年初秋的一个傍晚。

落日的余晖,为永翠河畔这个山区小镇抹上了一层金。喧闹了一天的街市开始宁静下来。一双双青年情侣,幽会于树影婆娑的河畔;三三两两的老年人,漫步于秋风瑟瑟的街头……

就在这个时刻,在一条过去居官者的足迹罕至的街巷里,一个略微驼背的 50 岁开外的人,时而是东家的不速之客,时而又是西家的过往熟人。

这个人,就是老高。他来带岭后,把业余时间的一部分,尽心地用在了"家访"上。这使他熟悉了很多普通的群众,他从他们那里,不仅直接了解到了带有社会性的问题,而且体会到了各家又都有各家的"难唱曲"。他想:在政策允许的条件下,如能切实解决那些带有共性的问题,又能认真解决各家的"难唱曲",虽然要花费不少的时间和精力,但这样做了,不是可以使人心稳定、社会安宁,人们的精神也会因此而更加振奋起来吗?

这天晚上,老高初访了几个鳏寡孤独的老人之后,再次来到了已故退休老工人苑德明家。

一进门,老高就问:"苑大婶子在家吗? 水井打了没有?"

苑大妈闻声下炕一看:"哎呀,是老高啊!"她喜不胜喜地拽着老高的胳膊就往屋里请,边走边指着旁边说:"多亏你了,那不是新打了一眼井吗! 这回,可真是屋里有水井,屋外有柴垛了。"

原来,老高刚来时一搭手就了解普通群众的生活情况。他听说有个老工人退休后去世了,家里只剩下个无依无靠的老伴儿。他想:她的困难一定不少。于是,问清了住址,就登门访问了这个素不相识的苑家。

苑大妈已73岁高龄了。老头儿去世后,他有两个困难:一是没人担水,二是没人弄柴。老高回去后,就通知福利科,要在苑大妈家屋里打一眼井,并按时送柴来。没过多久,两件事都落实了。苑大妈从来人打井那天起,就想弄清来访的那个爽直热情、略带驼背的干部是谁,直到井出了水,她才弄清,那是局党委书记老高。她由衷地感激道:"共产党的干部谁也比不了!"

老高从苑大妈家里出来后,在一条小巷的道口碰上了一个须发皆白的老人。

老高谦恭地迎上去说:"老同志贵姓,多大岁数了?"

白胡子老人也很爽直:"我姓张,叫张文学,今年71岁了。"

"住在哪啊,家里都有啥人啊?"

"就住在铁道南,我是人走家搬——光棍一个。啊,不……"他立刻又补充道,"我们现在是'三个和尚'一个庙……"

老高有些不解。

白胡子老人继续说："我们仨退休后，光是待在敬老院里，做梦也没有想到'文化大革命'弄得我们'家'破人散……"

"噢……"老高突然记忆起，这几个老头儿是不是我正在寻找的那几个退休老工人啊！他见天色不早，便向白胡子老人告辞说："老同志，天不早了，你也该休息了，咱改日再会吧。"

白胡子老人对这个不懈而遇的陌生人并没有留意，但这个陌生人真的践约登门拜访了。

这是第二天的晚饭后，白胡子老人刚要照例去"饭后百步走"，昏暗中突然闯进来一个人来。

那人冲口就问："认识我不？"

白胡子老人定睛一看："噢……你真来了，昨晚不是在街上见了一面吗？"他有些抱歉地问，"昨天忘了问你贵姓、在哪儿工作……"

"我姓高，在局党委工作。"

步老高后尘跟进来的一个邻居老头儿反应很快："你是高书记吧？"

"我叫高殿贵。"

这个凌乱的，带有异常气味的小屋顿时活跃起来。"文化大革命"以来，历届党委书记从未登过他们的家门。老高的到来，使这3个过去对党、对人民有过贡献的老工人重新感受到了党组织对他们的温暖、热切的关怀。3个老头儿中听觉、视觉、感觉唯一健康的，又善于言表的白胡子老头儿，早已代表三兄弟在昏暗的灯光下，摆上了酒和剩菜，非要和老高共饮一杯不可。出于"三老"的盛情，也是出于老高对"三老"的感情，他端起尚带土腥味的小瓷杯，同"三老"饮下了这杯交心酒。在"三老"退休后的全部经历中，有谁和党委书记一块儿促膝谈心，又同饮一壶酒呢？

灯光下，老高发现，除白胡子老头儿外，一个虽然能够交谈，但却目光发直；一个虽然有视觉，但却始终只字不吐。通过交谈，老高了解到，白胡子老头儿从20几岁就当工人，是林场管材料供应的，一年四季，特别是每当冬运大忙季节，他都背上上百斤重的生产资料，山上山下，风里来，雪中去。那个目光发直的老头儿叫贾文田，已经 56 岁了，是伐木工人，在一次伐木中双眼被树条子抽伤，久治无效，失去光明。那个只字不吐的老人叫李成树，71 岁，退休前一直在林场当杂工，干众人不愿干的杂活，"文革"中遭诬陷致残，失去讲话的能力。他们都是只身一人，特别是后两人，已经失去了生活自理能力，退休后被送进敬老院。"十年浩劫"，这无辜的"三老"都未能幸免。后来，他们就被安置在这个机关的人很少出进的小屋……

交谈中，老高感触很深，想得很远：他们是有过贡献的人。然而今天，由于诸多的因素，他们又是最容易被遗忘的人。在目前的条件下，如何把他们今天的生活安排得更好一些，让党的温暖始终温暖着这些曾经有过贡献的人，这是我们的责任和义务。然而，为什么只要能够稍微注意一下就可以做好的事情却没能做好，甚至做不到？老高认为，这倒是很值得我们每一个负责同志深思和认真对待的问题了……

老高和"三老"谈到很晚。临行前，老高对他们说："你们放心，党组织是不会忘掉你们的。"

他回去后，和工会的同志一起商量，进一步安排落实了一个专门照顾"三老"生活的人，每天帮他们做饭、打扫卫生。从此，"三老"的个人卫生面貌、生活环境焕然一新。更使他们感到宽慰的是，檐下之门不再冷落了，老高成了这里的"常客"，工会的干部也常来常往了……

有人说："带岭和哈尔滨相比，虽然是个山区小镇，但也有上万户的家庭啊！"说这话的人，原意是，一个党委书记哪能管得过来千家万户的那些"小事"！相反，这话倒鞭策了老高。他想：苑家的"难唱曲"是没人挑水，"三老"的难唱曲是没人做饭。那么，张家、李家呢？

他不放过一切机会，充分利用一切可以利用的时间，登门访问那些"上访找不到门，欲诉找不到人"的普通职工、普通居民。今年秋天，他和机关干部参加"两管五改"劳动，休息时，有的闲聊，有的甩起扑克牌，而他却来到一户"进门要猫腰，伸手可碰'天'"的老大娘家。

"同志啊，你找谁？"

"我是局里的工作人员,到这儿来看看。"

老大娘有些疑惑:"莫非是来调查啥的?"她见来人和蔼可亲,就同他聊起来……

老大娘姓赵,叫赵景兰。她说,她有个儿子,在林场当工人。儿子要把她接到山上去,可儿媳不依。无奈,她只好独立门户,靠给别人家看孩子每月15元的收入过活……

在拉家常中,大娘见老高很实在,也就无话不说了。她说,她已经77岁了,高中毕业的大孙女若能在身边找个活儿干,早晚也就有了依靠了……

老高心想:这既是老太太的"难唱曲",也是她儿子在山上不安心的因素。若是把这个问题解决了,老太太静心了,她儿子也就没有牵挂了,就会把精力都集中在搞好生产上了……

老高出门时,邻居家的3个老太太一看是曾经访问过她们家的老高,便悄悄地对赵景兰老大娘说:"那是局里的高书记!"

老大娘诧异地说:"啊!"她又摇摇头,"也不像啊!"

老高回到局里后,便告诉了有关部门,集体企业招工时,要优先考虑赵大娘的困难。

一次,老高从哈尔滨开会回来,下车后没往家走。同行的人问他:"高书记,你到哪儿去?"

"我去办点儿事。"

原来,在哈尔滨开会期间,他就听说储木加工厂的老厂长齐春林因病去世了。会后,他问清了地址,下车就径直来到老厂长家。只见家里只有一老一小。老的是厂长老伴儿,正犯心脏病,小的是她女儿,在点火做饭,灶膛里还直冒烟……

事后,老高安排人到她家改修了火墙、火炕和锅灶,还通知有关部门陪厂长老伴儿去医院看了病……

老高来到这个山区小镇一年多来,他自己也说不清究竟走访过多少普通的家庭。偶尔,老伴儿带有几分埋怨情绪地说:"老高,你看谁像你,家里的事不管,可一有空就走东串西的……"

老高没有和老伴儿去争辩,但他心里却在活动着,我已经干了24年的党委书记工作了,感受最深的一条,或称经验,或称教训均可,那就是:作为党的一个负责干部,不管到什么时候,都要眼里有"人"。要了解他们,要熟悉他们,要关心他们,要帮助他们解决应该解决的困难和问题。让他们一心无挂地为党、为人民工作。社会的前进、历史的发展,靠的是啥呀? 归根结底是人。

他情不自禁地说:"眼里没人行吗?"

1981.11

谱写夕阳曲　歌唱夕阳红

既求有生乐,也知虚生忧,

年年岁岁花相似,岁岁年年人不同,

活好每一天,过好每一年,乐天知命寿自高。

　　这是《老年报》主编王福林 1996 年应湖北老年朋友之约,为其作词、作曲的一首歌——《全军莫言老》。这首歌在《老年报》上刊发后,已飞过白山黑水,飘过长城内外,给了广大老年朋友以极大的精神鼓舞。如今,仍到处可听见"年年岁岁花相似,岁岁年年人不同,活好每一天,过好每一年……"的悠扬的歌声。

　　由《黑龙江日报》主办的全国首家为老年人服务的报纸——《老年报》,坚持从多方面为老年人服务,特别是从文化、情感方面满足了老年人的渴求,赢得了众多老年朋友的喜爱。如今,这张《老年报》已成为全国范围内广大老年朋友的良师益友。一位读者在致《老年报》的一封信中说:"不论何种报纸杂志,如都能像《老年报》那样发自内心地与读者心连心,真诚地为读者提供多方面的特别是文化、情感方面的服务,那读者自会与之心心相印……"

　　1995 年,王福林应邀在省电台、电视台的《老年心理讲座》节目里,为老年朋友进行心理讲座。许多老年朋友打电话到直播间询问各类老龄问题,其中不少是老年婚恋问题。王福林颇感《老年报》应为老年朋友推出一首婚恋方面的歌曲。很快,他就创作了一首歌《握着你的手》。其中的一段歌词是:

就这样握着你的手，莫问有多久，

都说爱就是糊里又糊涂，说也说不清楚。

不问气候多变，不管风浪多险，

只要握着你的手，就能够保持永恒的温柔。

这首歌在《老年报》《生活报》《黑龙江农村报》《黑龙江广播电视报》以及《哈尔滨广播电视周报》上发表，电台、电视台也相继播放，受到广大老年朋友的欢迎。一次，河南、河北等省老干部局的领导公出来哈，一酒家女歌手在为客人献歌时，竟唱的是《握着你的手》，令客人十分欣喜。歌手说："这首歌，我是从《老年报》上学来的。"当她得知这首歌的作者就是陪客的《老年报》主编王福林时，便握着王福林的手说："我现在虽然还未到老年，但我很喜欢这首歌，希望您多为老年人写些能焕发青春，能激起他们美好回忆与向往的歌曲……"

1996 年 6 月，《老年报》主编王福林接到西安市离休老干部李建民的一封来信。信中说，他 23 岁从山东老家参军，经过南征北战之后，最终落脚于西安。他说："我真切地盼望你能谱出一首 4/4 拍、慢节奏、沉思故乡的通俗歌曲。"他还要求歌首有序曲、中有过门、尾有余音，二胡伴奏。

不久，《老年报》就在四版刊发了李建林的来信和王福林的回信。同时，刊发了由王福林作词、作曲的通俗歌曲——《情思故乡》。王福林在回信中说："作为以为老年人服务为宗旨的我，无法也不会拒绝您对《老年报》的希望和要求，只好遵命吟歌一首，只是担心作品不尽君意……"

1996 年 6 月 24 日下午，正在企盼着的李建民突然接到了 6 月 20 日出版的《老年报》，当他从报上看到王福林的回信和《情思故乡》一曲时，激动得当即摸过二锅头酒瓶，深情满怀地遥向《老年报》的出版地哈尔滨敬起酒来。随即，他操起二胡，自拉自唱起来：

梦似秋叶飞，飘飘不言归，旧梦已随芳草绿，竟在天涯翠。

梦悠悠，情悠悠，

家中父老少时友,时时挂心头……

　　兴奋之余,李建民连夜复信给王福林:"这首歌委婉热切,饱含深情,无时不在激起我思乡爱国之情。《老年报》真可谓:情漫九州城,曲点心灵通。"

　　这首歌在报上发表后,引起全国许多地方老年朋友的共鸣。北京市退休干部刘沛深、朴秀英夫妇来信说,《情思故乡》一歌,深深地表达了他们对故乡的思念和眷恋之情。晨练之时,大家都在学唱这首拨动心弦的歌。四川省自贡市退休干部李风来信,要把这首歌录成磁带,向全国发行。湖北枝城山区大三线的余美民,是华中精密仪器厂"夕阳红"文艺队的队长,她在写给《老年报》的信中说,他们那里的老哥、老姐都钟情于这首歌,每当大家唱起就会热泪盈眶,就像和远在异地的骨肉同胞叙说别离之情。她说,她和枝城山区的老哥、老姐都是20世纪60年代初从祖国的四面八方来到枝城山区搞三线建设的。当年的她是黑发青年,如今已成为白发老人。30多年来,他们远离故乡,"飘飘不言归,竟在天涯翠",奉献了自己的一生。她说,现在他们那里的老哥、老姐都会唱《情思故乡》这首歌,越唱越思念故乡,也就更加热爱我们的祖国。现在,她的第二故乡虽然还没有完全摆脱经济困难,但明天会创造出辉煌。她期待着《老年报》在今后的岁月里,一如既往地为老年朋友不断推出新歌,为老年人提供更丰富的文化服务和情感服务。

　　我省北大荒人对《老年报》推出的这首《情思故乡》更是情有独钟。早已落户北大荒的转业官兵,已扎根于北大荒的"老知青",有谁能与之相比思乡爱国之情呢? 在乌苏里江畔八五八农场生活、耕耘了近40年的退休农工罗远堂,以及出生于四川的老伴儿张玉华,他们1958年随10万转业官兵来到北大荒。40年来,他们已将北大荒建成富饶的北大仓。但他们又怎能不思念生育他们的故乡,倍加热爱自己的祖国呢! 他们说,他们从《老年报》上看到这首歌就被打动了,它不仅激起了他们的思乡之情,更激起了他们的爱国之心。罗远堂和老伴儿已将这首《情思故乡》录成磁带,由老伴儿演唱,罗远堂口琴伴奏。罗远堂说,要用这首歌激发大家的思乡爱国之情,靠大家勤劳的双手把第二故乡建设得更加美好。

1996 年 10 月,王福林与《老年报》的同仁来到湖北枝城的山区采访,亲眼看到这里远离故土的老哥、老姐们,在较为贫困的境遇中活得那样潇洒,那样富有生气,深深地感动了:"我们应该为这些老哥、老姐们奉献点什么呢……"

临别之前,王福林为山区的老哥、老姐留下了一首歌——《活出一个自我来》。

其中的一段歌词是:

> 迷人的树叶数秋枫,
> 西边的太阳飞彩虹,活出一个自我来,唱出一片夕阳红……

这里的"夕阳红"文艺宣传队已将这首歌定为队歌。他们说,要让这首歌来激励山区的老哥、老姐,老骥伏枥,奋发图强,为建设美好的枝城山区做出新的贡献!

> 在你深情的眼睛里,看到了我,
> 在我晶莹的泪珠中,看到了你,
> 看到了我的情我的爱,
> 看到了你的心你的情……

这首优美动人的旋律,是《老年报》的工作人员 1996 年 7 月赴大庆市与该市老龄公寓的老人们联谊时奉献的一首歌——《看到了你,看到了我》。在联谊活动中,这首歌打动了一对又一对当年为开发大庆油田立下汗马功劳,如今已嬬染两鬓的夫妻,他们纷纷走上舞台,情义满怀地唱起这首歌。他们边歌边舞,仿佛从这歌舞中看到了当年的你、当年的我,也看到了未来的你、未来的我……

一张报、一首歌的鼓舞力、激发力是无形的。然而,又是多么无穷无尽啊!

东瀛之行

DONGYINGZHIXING

教育结构清晰

——访札幌平冈中央中学（上）

1995 年 6 月 22 日晨，微风习习，天空中白云朵朵。

我们来到拥有 167 万人口的日本国第五大城市——北海道道厅所在地札幌。

这是日本列岛一座静洁、繁华而温煦的北陲之都。

一个城市乃至一个国家、一个民族的兴旺与发达，其关键在于人的文化素质，而文化素质的基础又取决于教育。了解一下日本的教育现状，是我们此次东瀛之行的主要采访内容之一。

早餐后，当地时间 8 时 40 分，北京时间 7 时 40 分，我们在北海道新闻社编辑委员金田昌南先生等日本朋友的陪同下，驱车来到位于札幌市郊的札幌市立平冈中央中学校。

这是一座场地宽阔、校园清静的中学。

我们踏进楼门，只见宽敞的大厅内摆放着一排整齐的鞋柜，校方彬彬有礼地迎候着我们，并示意换上已经摆放在那里的拖鞋。陪同的人忙介绍说："他们实行整洁化管理，师生进入校舍，一律要换拖鞋。"

大厅、走廊无一杂物，洁净如洗，且悄然无声。怎能相信，这竟是一座中学。

我们被引入二楼校长室。按照日本人接待外国人的惯例，宾主首先交换名片，互做介绍。接着，校长井内良彦介绍了学校的概况。随即他说："请各位朋友看看我们上课的情况。各位可以边看边问，我们随问即答。"

在通往教室的走廊里,我们看到墙壁上贴着各种图表、文章和画页。令人惊奇的是,上面写的全是汉字。而且都是繁体字,写得又是那么潇洒。此刻,颇有步入中国学校之感。

我们边走边谈。"请谈谈日本的教育制度好吗?"

平冈中学教务长林修二先生告诉我们,日本小学从 7 岁开始到 12 岁,5 年制;中学从 13 岁开始到 15 岁,3 年制。这两个阶段,按照日本教育基本法规定,为义务教育。学校分公立、私立两种,生徒(学生)可自选。

林修二教务长说,中学之后,生徒要通过考试升入 3 类学校。一是全日制学校(局中),年龄段为 16 岁至 18 岁,一年制。学校也分为公立、私立两种。二是定时制高校(普通科、职业科)和通信制一向校,学时为 4 年,毕业后可谋求就职。三是高等专门学校(分国立和市立两种),学时为 5 年,毕业后可谋求就职。还有职业训练设施和专修学校等。

"请问,这个阶段的升学率如何?"

林修二教务长的回答是:"进学率96.2%。"

"那么上局校之后学生的去向怎样呢?"

林修二教务长说,全日制学校的生徒,毕业后的主要去向是大学。年龄段为 19 岁至 22 岁,4 年制。学校有国立、公立、私立 3 种。生徒大学毕业后可升入大学院,学时一年。之后,要通过录用单位的考试就职。

他补充道,全日制高校毕业的生徒,也有一部分要进入短期大学,学时是两年,还有一部分要进入专门学校,学时为 3 年。他们毕业后,也都要通过录用单位的考试才能被录用。

交谈之中,我们被带入一间教室。首先使我们感到异样的是,课桌均为两排对放,生徒对面而坐,侧向黑板。而且教室宽松,生徒显得稀疏。我们看到,教师教课用字均为汉字,少许英文,却不见一个日文。无须翻译,从黑板上的汉字中我们就知道,他们正在上地理课。我们还发现,教师讲毕,对坐的生徒可以互相讨论、交流,而且很活跃。然后,再回答教师的提问。

我们拍了几张生徒对面研讨的照片后,便离开了这间教室。于是,我们提出一个问题:"在日本,中小学一个班的限额是多少?"

回答是:最多不超过 40 人。

1995.7

教育目的明确

——访札幌平冈中央中学（下）

日本中学的教育目的简洁明确。林修二教务长向我们介绍说："学生时代是健康国民的育成期。我们的教育目的是,培养生徒良好的人格,使其懂得真理,主持正义,热爱和平,珍视个人价值,富有自主精神。"

他说,在中学时期,主要是使学生在小学教育的基础上,受到普通中等教育,使其成为身心健康的具有必要资质的一代新人。

我们来到一间教室,学生们在教师的指导下,正在选题作画。林修二轻声介绍说："我们学校一、二、三年级,每周都上 30 节课。课程设置有国语、社会、数学、理科、音乐、美术、体育、家庭技术、道德,每节课是 50 分钟。"

欣闻"道德教育",我们颇感兴趣,便问："可否谈谈道德教育的内容?"

林修二答曰："我们的道德教育,主要是人格教育、情操教育,启发学生如何做人,如何生存、生活。"

随后,我们来到正在上家庭技术课的教室。这是一间特备的教室,专门用作上家庭技术课。孩子们腰系彩色围裙,有的在洗菜,有的在切菜,一个个俨如家庭小主妇,做得是那么认真。

林修二说："我校 3 个年级,每个年级每周都有两节家庭技术课,从小就培养他们操持家务的能力。"

于是我们问："学生在校期间,除上课外,还搞其他活动吗?"

教务长的回答是："每学期开学后,都要对学生进行身体测定,包括内科检诊、眼科检诊、口腔耳鼻科检诊,还有避难训练,还有毕业生修学旅行,在校生宿泊学习、野外学习和歌咏会等活动。"

林修二说:"我们的学生在校期间,一律穿着由学校统一制作的校服。中午要在学校就餐,由学校配膳,每餐 240 日元,不足部分由国家补贴。"

我们借题发问:"一个中学生的学杂费每年是多少?"

回答是:"义务教育期间,教科书不花钱,由学生自负的部分是辅导性的材料和校服、体育服装等。每个学生平均每年大约 7 万日元。这对当今日本的家庭是微不足道的。"

我们还参观了该校的微机室、理化室、音乐室、图书室、放送室、多目的室、教材室、视听觉室、调理室、医疗保健室和体育馆。

回到校长室后,我们说:"我们还有最后一个问题,请谈谈在日本,教师的社会地位和待遇情况。"

校长井内良彦十分爽朗地说:"在日本,教师的社会地位是很高的。教师属于地方公务员,很多人都想当教师,其收入可观,平均每人年收入 500 万以上日元。教师退休不分男女,一律是 60 岁,而且退休时可一次领取 3 000 万日元的退休金,每月还要领取工资额的 70%。而且可另寻职再就业。"

日本朋友也毫不隐讳,主动谈了我们欲问未问的问题,即青少年犯罪问题。井内良彦说:"目前在日本,青少年犯罪呈上升趋势,中学生占 40.2%,高校生占 27.2%,合计为 67.4%。男生多是盗窃自行车,女生则是性犯罪。"

在我们即将离开平冈中学时,随同采访的北海道新闻社年轻女记者一再追问:"请问,你们采访了平冈中学后,最深的印象是什么?"

我们的回答是:"教育目的明确、课程结构合理、施教设备完善、校务管理有序。"

采访只有两个小时,我们颇感时间太仓促了。当我们在一楼大厅换下拖鞋回首告别时,只见校长井内良彦等已在那里 45°鞠躬再见了……

1995.7

阿伊奴族的今昔

日本国唯一一个少数民族是阿伊奴族。

这个人数不多的民族的今昔,是我们此次东瀛之行所要进行的第二个采访题目。而旭川市川村阿伊奴族纪念馆的馆长川村兼一先生则成了我们此行的主要采访对象。

6月24日上午,我们在北海道的第二大城市、日本列岛北方重镇——旭川市采访了这个少数民族的今昔。

据介绍,在日本要想了解一下阿伊奴族的情况,只有到旭川来。因为自古这里就是阿伊奴族聚居的地方。

我们在日本朋友的陪同下,来到唯一能够展现阿伊奴族历史的川村阿伊奴族纪念馆。

这是一座民族特色颇浓的木质结构的房子。浓眉大眼、须发皆长,年约40的馆长川村兼一已迎候在那里。接触特别是采访异国的少数民族,这对于我们还是第一次。我们饶有兴趣地参观了这座纪念馆,川村先生向我们做了详略得当的介绍。

阿伊奴族的历史已有2 000余年。自古,栖息于千岛群岛和北海道等地。江户时代,这个民族的人口有50万人。可是后来由于民族迫害,加之天花、梅毒等疾病的浸染,人口激减,原本就不发达的民族经济、文化,更加每况愈下。

这个民族是以狩猎和渔猎为主,辅以农耕的民族。从展馆所展示的这个民族赖以生存的猎具、渔具、农具以及衣物、服饰和婚俗等展物看,酷似我国黑龙江的鄂伦春族。他们的主要食物是鹿肉、鱼类和谷物。过去,所穿用的多为自织的土布,还有鱼皮、兽皮缝制的鞋、靴等。他们的栖息之处多是河流两岸、密林之中。

阿伊奴族有本民族的语言、习俗和文化。据传，现在北海道地区有
4.8 万个地名均为阿伊奴族语。旭川，这个地名就是阿伊奴族语，其意是
太阳已经升起。这个民族，也曾与我国鄂伦春族有过绢织物等的文化、贸
易交流。

但由于明治时代（即 1899 年），明治政府制定了《北海道旧土人保护
法》，从此被视为土人的阿伊奴族便失去了民族的平等地位，成为被歧视
的民族，故民族经济、民族文化得不到相应发展。在对外交往上，不敢承
认自己是阿伊奴族，也不敢对子女说是阿伊奴族。

那么，阿伊奴族的现状如何呢？现在，阿伊奴族的人口，在北海道有
7.7 万人。除此，尚有 1 400 余人散落他乡。据介绍，其中从事农业的人
口达 30%，从事工商业的有 10%，仍从事渔业的还有 30%，另有 30% 是
季节性劳动者。总之，从业结构已较之过去发生很大变化。

由于从业结构的变化，他们的社会地位也有了相应改变。首先，都敢
于承认自己是阿伊奴民族了，在地方议会里也有了他们的代表人物。他
们当中也出现了优秀的滑雪、摔跤运动员，在体坛展现了一个民族的风
采。民族教育事业，随着经济地位的改变也有了新的发展。在北海道，属
于本民族的学校已有 12 所，学科设置除与社会上的学校相同以外，每周
日都要学习阿伊奴族语言。政府每年还拨出 3 亿日元发展民族教育。除
此，尽管目前进学率不高，但在高校（高中）和大学里，已有了阿伊奴族后
代的身影。

川村说："我们民族的文化也正在复兴，各种传统的文化活动在复
活。我们可以自由地讴歌我们这个过去经历曲折，现在正逐渐复兴的民
族了。"

现在，阿伊奴族的衣着服饰也不再是往昔的土布、鱼皮了。除了节日
要穿着民族服饰外，平时也都与大和民族一样，比较现代化了。据闻，正
日益兴旺的阿伊奴族人民，目前还在为废除明治时期所制定的《北海道
旧土人保护法》，以求得整个民族的复兴而努力。

1995.8

东瀛之行琐录

日本是世界上经济发达的国家之一。其国民的文化素质、文明程度也是世人皆知的。这里,我想把此次东瀛之行的星点之见琐录于此,也许它能从某些方面给我们一些启示。

包装袋不是商品

在日本,无论是在繁华的首都东京,还是在整洁的北海道道厅所在地札幌,或是在大雪山下的北陲小镇旭川,包装袋均不是商品。

到达北海道,我们得知,北海道副知事松田利民、札幌市长桂信雄要会见采访团。按照日本人接待外宾的礼节,会见时要互赠纪念品的。我们出国前已做了准备,可是礼品没有包装袋,怎么携带啊?同行的王福林说:"我们到宾馆一楼的商店买几个吧!"

早餐后,来到宾馆的商店,我们发现,无论商品贵与贱、大与小,都非常讲究包装,哪怕一件低廉的商品,也都包装得很精美。即使这样,顾客购物后,还要给你一个很精致的包装袋把物品带走。于是,我们来到服务小姐面前:"小姐,我们需要几个包装袋。""多少?""十几个吧。"

服务小姐迅捷地拿给我们很厚一沓精美的塑料包装袋。我们随即掏出日元:"请问,多少钱?"服务小姐彬彬有礼地回答说:"包装袋不是商品,不要钱的。"

汽车给人让路

在日本,我们的另一新奇之感是:汽车给人让路。

在札幌街头,特别是交通要道口,只见红绿灯的闪亮,不见警察的踪影。只要红灯一亮,行人即刻驻足,车辆立即停驶。而且车辆整齐地分列在横道线外,没有一辆越线或压线的。就是行人,也不见一个乘机抢先过道,而是自觉地等候在那里。

日本,无论是汽车、火车,还是行人,一律左侧通行。一次过马路,我们前进方向的路口绿灯亮了。于是,车辆潮涌般地前进了,行人也缓缓启足。当我们行至横路路口左拐弯处时,恰逢一辆黑色轿车正左拐而行,车速很慢。我们欲停步让路,可这辆属正常行驶的黑色轿车却先停下了。我们一行人走过后,这辆轿车才又启动。我情不自禁地迸发出感慨:"这不是汽车给人让路吗!这可能吗?是不是这个司机心眼好才这样的……"

到了下一个路口,我们有意识地"测验"了一下。与前一个路口一样,属于正常行驶的左行车,在路口见到过路行人即缓缓停下,等行人过后才启车左行。

汽车给人让路,看来,在日本这是法规,是路风,也是司机的美德。数日后,我们到了旭川市和东京市,所遇情景也同札幌一样。

街头行人寥寥

日本国的第五大都市,拥有167万人口的札幌,是北海道政治、经济、文化的中心。鳞次栉比的楼房被彩化得五颜六色,纵横交错的马路净洁如洗。然而,街头却行人寥寥。我们几次散步于街头,却几乎未见有人闲逛于街面,或吃喝于巷尾。即使身旁偶遇行人,也都是擦肩而过,匆匆而去。我们不免发问:"这么大个城市,怎么街面上见不到几个人影?"

一直陪同我们的嶋田先生说:"白天,大家都在上班工作,是没有时间出来的。我们所看到的走起路来很匆忙的,那都是出来办事的,而且不能误时。误时、误事,老板要解雇的。""那么,他们什么时间上街办自己的事呢?""当然是下班之后,还有星期天、节假日了。"

街头,人影稀疏。商店恐怕人流如潮吧?然而,景况却非如此。在札幌、旭川乃至东京,我们逛了许多家商店,商品琳琅满目,而闲逛者几乎不见,购物者亦是寥寥。于是,我们问营业小姐:"顾客为何这么少?""上班时间是没有多少顾客的。""那什么时间才有顾客呢?""当然是下班以后了,还有星期天……"

公园竟无游人

6月21日下午3时多,日本朋友说:"一天来,你们太紧张了,我们到旭山公园放松一下吧!"

旭山公园位于札幌市北郊,树木葱郁,清静幽雅。可俯瞰旭川全貌,可远眺驰名的大雪山。

然而,这幽静的公园里,却无游人。"嶋田先生,这公园里怎么不见游人?""不到礼拜天和假日,公园里是见不到游人的。"

我们在这座幽香四溢的公园里拍照、散步、闲聊大约40分钟。当我们即将起步离去时,偶见一对青年男女牵着两只小狗走进公园。他们两臂平伸,坐在长条靠背椅上,任小狗在他们的周围跳来跳去,他们似疲倦地仰望着深邃湛蓝的天空……

嶋田先生说:"不用问,他们是住在附近的,而且是刚刚下了班回家的……"

面对没有游人的公园,在离去的路上,大家似乎都在默默地想着同一个问题……

1995.8

版纳纪行

BANNAJIXING

神奇美丽的西双版纳

在祖国西南边疆的版图上,有一块神奇、古老、美丽的土地——西双版纳。她,如花引蝶,不仅吸引着众多的国内游人,更吸引着无数的国外宾客。

是呀,古往今来,多少人渴望涉足一睹她的自然风光,领略她的民俗风情,探测她的神奇传说呀!

我像所有未曾涉足的人一样,在幻想着,渴望着。

1988 年 4 月初,幻想竟成现实,渴望居然实现。

我作为中国记协采访团的成员,由北京乘飞机至昆明,又驱车 3 日,进入昆明西南部与缅甸、老挝相接壤的西双版纳傣族自治州。

西双版纳的美丽象征——笋塔

"西双版纳的含义是什么? 为什么要叫西双版纳?"这是我们进入西双版纳境内后第一个想到的问题。

我们的向导老李,可谓"版纳通"。他说,西双版纳的地名有 3 种情况:一种是少数民族语地名,一种是汉语地名,一种是少数民族语和汉语混用的地名。西双版纳是傣语地名。原意为种两个田赋单位,后为 12 个行政区。西双,即 12;版纳,即 1 个千块田。早在 1570 年,傣族第 22 世召片领(封建领主),把所辖地区分成 12 个千块田(水田),分封给 12 个大臣去管理。后来,这个召片领就以这 12 个千块田为基础,建立了 12 个行政区,即西双版纳。这个名称,一直沿用至今。

富有傣族建筑艺术特色的晶洁的曼飞笋塔,已成为西双版纳的一种美丽的象征。

凡来西双版纳的人,首先都要跑到曼听公园,游览这一圣迹,而且要从不同的角度把它摄入镜头。正如有人所说:"不把笋塔摄入镜头,就等于没有到过西双版纳。"

没到过西双版纳的人,只要从报刊或画报上看到这一独特的建筑的图片,就会脱口说出:"这是西双版纳!"

可见,笋塔确已成为西双版纳一种美丽的象征了。

这座建筑,坐落在西双版纳州州府所在地——景洪县勐龙区曼听公园内曼飞龙后山之巅。傣语叫"塔糯",译成汉语为笋塔。始建于公元1207年,即傣历670年。

我们记协采访团来到西双版纳的第二天,无论是六旬开外的前辈,还是年富力强的中年汉子,或是步入记者行列只有几年的青年人,个个都兴致满怀地架起照相机,冒着35摄氏度的高温,赶到中外游人如织的曼听公园。

这里有奇异的热带树木,有香气飘逸的花草。但最引人入胜的是那座驰名中外的笋塔。它形如雨后春笋。在灿烂的阳光下,显得晶洁如玉。这座建筑群,由1座母塔和8座子塔组成。塔身周长40余米,母塔高20米,子塔高十余米,仿佛一株株刚劲挺拔的大龙竹下冒出来的竹笋。

多么奇妙的景观呀!那身着五颜六色服饰的傣族姑娘,有的手擎花伞在塔下拍照,有的仰首观赏那高耸入云的塔尖……

她们一个个头上都打着发髻,插有各异的鲜花。上身着无领大襟长袖贴身衫,细细的腰部系有一条银质腰带,下身自腰至脚,则是一条色彩鲜艳的长筒裙,肩头上都挎有一个漂亮的"傣式"挎包。

她们个个都生有一双明亮的眼睛,睫毛很长,肤色洁白。那修长的身材、苗条的腰段,使她们行走如飘,轻步如云。

多么壮观的笋塔,多么美丽的傣家姑娘!

采访团的"三代人",各显其能,从不同角度把这座西双版纳的象征,把这些西双版纳最富魅力的傣家少女摄入了自己的镜头。

拍摄之余,我又细细观察了这座距今已 780 余年的古代艺术建筑。只见 8 座子塔各有一座神龛,每座神龛里都有一尊佛雕、一幅佛像。佛雕,塑得仪态从容,栩栩如生;佛像,画得色彩明快,神色自若。子塔的顶端,各挂有一具铜佛标,母塔尖端装饰着工艺精美的铜制"天笛"。据说,每当山风一起,这天笛便奏起悦耳的曲调,那佛标也会发出"叮叮咚咚"的优美声响……

我在采访中了解到,这笋塔尤其在东南亚一带很有名声。这是因为其中有一佛教"圣迹"。原来,笋塔朝南的一面有一扇小门,门内有两具金身佛像厮守着半只长 80 厘米、宽 58 厘米的巨大脚印。脚印深深嵌在一块青石上,前面有一眼井。这井虽只 1 米深,但水花汩汩,永不干涸。据传,很久之前,在孔雀飞满了坝子的一年,佛祖帕召来到大勐龙禅经。当时,这里正准备建造笋塔,但一直苦于没有合适的地址。帕召得知这一消息后,左脚一跺,在一块大青石上留下了这半只脚印。后来,这里的人们就在帕召的脚印上建造了这座笋塔。

这更增加了这座笋塔的神奇色彩。相传,当时帕召禅经口干舌燥,7 个青年从山下寨子里为他挑水解渴,直到把 33 眼水井挑干,也未解其渴。于是,帕召大显佛法,用手里的禅杖在地上一戳,戳出个 1 米深的洞。洞中即刻涌出一股舀不干、溢不出的清泉水,方得使他解了渴。后来,前来拜佛的人,每次都要带一葫芦仙井里的水回去。他们说,瞎子用这仙水洗了眼睛,可重见光明;哑巴喝了这仙水,可放声歌唱;聋子喝了这仙水,可耳听八方……

这后一传说就更为神奇了,也就更加吸引了东南亚一带许许多多的朝圣香客。

这虽然是一种神奇、美妙的传说,却反映了傣族人民历史文化的悠久。这笋塔,正是这种民族思想、文化和智慧的光辉结晶。当然,也就成为西双版纳一种神奇、悠久而美丽的象征了。

相思树下的寻觅

云南,被称为植物的王国、动物的王国。而西双版纳,则被称为这个王国里的王冠。

4月9日,我们采访团来到位于西双版纳州勐腊县勐岭镇的中国科学院西双版纳热带植物园。这片占地面积达1.3万亩的植物园内,到处都是北方人从未见过的热带植物。有的花满枝头,有的果实压枝。同行的"安徽岚"赞叹道:"我们真的置身于热带植物王国了!"

植物园的老赵介绍说,全园植物有2 000多种,其中由国外引进的就有1 000余种。"你们看!"老赵用手一指说,"那就是歌里唱的'高高的树上结槟榔'的槟榔树。"

我们放眼望去。只见那槟榔树又细又高又直,只有顶端有一丛叶子,像一把把插在地上的掸子一样。

接着,我们看到了枝如藤蔓的灯笼花树,几只树干绞在一起的常绿臭椿树,花气袭人的紫薇树,树皮纹路如雨状的雨树,干似竹节的胡椒树,还有树干高达六七十米的望天树,有枝无叶的光棍树……

当我们来到两株枝叶繁茂的高大乔木下时,只见许多傣族青年男女,还有上了年岁的人,正在树下寻觅着。

他们在寻觅什么呢?

"这是我国稀有的可以用它的红果来寄托男女情思的相思树。"老赵说,"他们是在寻觅红豆——扁圆形的相思豆。这种树,在我国只有西双版纳有,广东有少许,其他地方是绝迹的。"

"噢,他们是在寻觅爱情,寻觅幸福啊!"采访团中几个年轻人闻后蜂拥而至,混入了那寻觅相思豆的人群。

相传,过去有一位傣族姑娘,在庆祝傣历新年的丢包场上,把寄托情思的菱形绣包丢给了一位高鼻梁、大眼睛的男青年。两人相约,在一个星斗满天的夜晚,来到澜沧江支流罗梭江畔的一株大榕树下。

男青年:"阿妹,我家可以托媒到你家提亲了?"

女青年:"不,还不能。"

男青年一听,有些发蒙:"怎么,还不能? 你不是把包丢给我了吗?"

女青年:"是啊,我以包寄情,把包丢给了你。那么,你以何物寄情于我啊?"

"对呀,我用什么来寄托我的情思啊?"男青年听后,乐得跳起来,"阿妹哟,你等着……"

男青年走后,一夜未眠。他苦苦地思索着:我用什么来寄托我的情思呢?他终于想到了寨后那株相思树。用相思树结下的相思豆寄托我的情思,她一定会满意的……

第二天,天刚破晓,他便跑到寨后那株相思树下。晨风习习,碧野青青。他一个人在树下寻觅起来。可是,他虽起得早,却为时已迟。满树的相思豆,早已被人寻光。树下的每一片落叶下,每一株草下,他都寻遍了,竟不见一颗相思豆。他失望地坐在这株对他仿佛无情无义的相思树下流起泪来……

一阵山风过后,从树林中走出一位长须老汉。他见状便问:"那后生,莫非是来寻红豆的?"

"是的。可是,我已来迟了。"

"看来,你寻相思豆是情真意切。那么,我就送你一颗吧。"说着,便从怀里掏出一颗红亮的相思豆,递给了那青年,"去吧,情思久远,幸福无边。"

又是一个星斗满天的夜晚。两青年相约,再次来到罗梭江畔,男青年将那颗红豆轻轻地塞入女青年的手中。女青年凭感觉判断:是颗红豆。于是,十分珍爱地将它藏在怀里。她挽着他的手:"你为何不早把红豆送给我?"

寻相思豆的故事,感染着寻相思豆的人。

他们寻遍了相思树下每一片落叶、每一个角落。每一个人都渴望着寻到爱情,寻到幸福。"我寻到了!"随采访团前来西双版纳体验生活的东方歌舞团的小韩,突然高兴地喊道,"我寻到了两颗!"

他的爱人,采访团成员、《中国日报》记者小赵兴奋不已地跑过去:"快拿给我看看。"

他们夫妻俩幸福满怀地来到相思树下,将两颗红豆捧给采访团中3

位 64 岁的老前辈看。三老喜挂眉梢,十分风趣而幽默地说:"爱情、幸福,属于你们,也属于我们!"

傣家乔迁

傣家由旧竹楼搬进新竹楼,无论贫富,都要沿袭古老的传统习俗,举行庆祝活动。而且,要持续 3 天 3 夜。

一天,我们采访团在西双版纳报社一位傣族兄弟的引导下,在川府所在地景洪县城内,参加了一位名叫崖罕的傣家人的乔迁庆祝活动。

如今,傣家竹楼形状依旧,但已非竹制,完全改成木质结构。一楼闲置不用,居家老小均住二楼。100 余平方米的二楼,其格局是一分为二:1/4 为居室,居家几代同居于此,3/4 为客室,一切陈设均摆放在这宽敞的房子里。会亲待客,以及平素的一切活动,均在这间房子里进行。只有晚间睡觉才进居室。而且,居室里以蚊帐相分离。

乔迁的崖罕新造的竹楼就是这样的格局。

前来祝贺的男女老少有 150 余人。我们被看成特殊的客人,可以随意走动和参观。

上午 9 时,屠宰手开始杀猪宰牛。下午 1 时,庆祝活动开始。先由两个人抬着牛头,4 个人抬着牛腿,鱼贯进入室内空空、净洁无染的新楼。牛头、牛腿摆放在屋子中央,同时燃放鞭炮,以此敬天、敬地、敬祖宗,以求驱邪避灾保安宁。

随后,便是家物的搬迁和摆放。

这一切就绪后,客室内摆放 15 张方桌。每张桌上都有两座用芭蕉叶做成的圆形塔,上面插有象征吉祥的鸡蛋花。塔下各有一碗酒。这是为在酒宴前祭祖、祭天准备的。桌上供人食用的有用芭蕉叶包裹的糯米,有熟鸡、蔬菜、番茄酱、果酱和剁生牛肉等。

宴前,150 余宾客和主人,分男女席坐在 15 张方桌的周围。老年人坐在同一侧的红毡上,青年人则坐在对面的一侧。主人和老年人率先摘下塔上的鸡蛋花,在酒碗里沾上净洁的酒,对天地撣酒,以示对天、对祖的敬重之意。

接着,便是拴线。老年人手里拿着白线,坐在红毡上,男青年跪在地上,先伸出右手搭在桌上,接受老人拴线,之后是左手。女青年也以同样的方式让老人把白线拴在双手腕上。

温和的主人崖罕对我们说:"这是傣族的传统习俗。拴线是把青年人的灵魂和这新造的房子拴在一起,祝愿我们长命百岁,长居久安。"

拴线之后,酒宴开始。被请来的两名年轻的赞哈(歌手),一男一女,用扇子遮住自己的面孔,开始用傣语傣调对唱。主人介绍说,他们唱的是旧调新词,现编现唱。大意是告诉人们房子是什么时候造的,来之是何等不易,要尊重劳动,要感谢共产党。他说,赞哈在演唱中,看到来聚会的人很多,也编唱民族和睦之歌。即人和人之间,只有经常相会,才能相互了解,相互尊重;才能相助相济,相依为命……

我们还发现,在这间宽敞的客室中的十根柱子上,贴有 10 张 15 厘米见方的红纸,上面印有傣族文字。红纸下面,插有甘枝和芭蕉叶。

我们询问了主人。主人说:"这也是我们傣族的传统习俗。红纸上印的是经文,是驱邪避灾,象征吉祥的。甘枝象征着男性,芭蕉叶象征着女性,是祝愿我们一家男女老幼和睦幸福的。"

已是深夜 11 时了。歌声未止,酒宴正酣。我们次晨还要沿澜沧江顺流而下,去橄榄坝采访那里的傣族人民赶摆(赶集)的盛况,只好向主人谢别。

出得门来,倍感清爽。西双版纳的夏夜,显得格外宁静。那渺渺天宇,耿耿星河里的繁星在闪烁,仿佛天公也在为傣家的乔迁祝福……

傣族文化的传播者——小和尚

在西双版纳的大街上,我们每天都看到大大小小,有时是三五成群的身披袈裟的小和尚。而且我们发现,他们是很受社会尊重的。于是,在我的脑海里,又形成了一个新的采访题目:这里的和尚为何这么多? 又为何受到社会的尊重?

一天上午,我和《中国青年报》一位 60 岁的老大姐,乘隙来到景洪县曼听路曼听缅寺。在这座幽静的寺院里,我们碰到了一位名叫帕温,年已 20 岁的小和尚。他很温文尔雅,略带腼腆,却礼貌、热情。他首先为我们每人倒了一杯茶。于是,我们轻松地谈起来。

这座寺院里,有 2 个佛爷、10 个和尚。大的 20 岁,小的只有 12 岁。帕温是 14 岁出家入寺的。一般傣族男孩 12 岁即可自愿入寺,做和尚的年限不限,什么时候还俗,要根据自己的意愿。总之,出寺、入寺均无约束。

"你们每天的生活是怎么安排的?"

帕温说,早上 8 时开始读傣族经文,直到上午 10 时。下午读经文的时间是 2 时到 5 时。5 时开始打扫卫生,用膳。晚 7 时要在缅寺里跪着念经,直到 9 时。回到住处后,稍事休息,便背诵经文到 11 时。午夜零点习武,练傣拳至次晨 2 时休息。

"这就是我们每天的生活。"

从这一天的时间安排上看,绝大部分都是读经文。那么,经文包括哪些内容,读经文又意味着什么呢?

我们从帕温的介绍中了解到,经文是傣族文化、科学知识的总括。它含有傣族的文学、历史、天文、历法、法学、心理学、医药学和自然科学等方面的知识。

这样,我们就理解了为什么在这一天的时间里,把最好的时光,最多的时间都用于读经文。我们也就进一步懂得了,读经文是在继承和传播傣族的文化和科学。

这时,我们又想到了另一个问题:"那么,你们学不学习汉文呢?"

"我们在寺里,主要是读傣族经文。"帕温说,"也允许学汉文。那要到社会上办的小学去学。"他告诉我们,寺里有 4 个小和尚除在寺里读经文外,每天都要到曼景兰小学去学汉文。时间是上午 8 时到 11 时,下午 2 时 30 分到 5 时。

帕温还告诉我们,小和尚入寺后,不准吃狗肉,不准饮酒,不准结婚,这三戒，只有还俗后才能开。他说："我们刚一入寺叫吆姆，两年后叫阿吆，一般要到20岁以后才能晋升为佛爷。"他已年满20了，距佛爷之位为时不远了。但这要经历多少艰辛的岁月，耗尽多少心血呀！

"那么，你准备什么时候还俗呢？"

"我不准备还俗了，我要一辈子当和尚。"

"为什么呢？"

帕温毫不迟疑地说："我感到傣族经文就是傣族文化的全部。它包含的内容是那么繁多，只靠几年的工夫是学不透的。我要用这一生的时间，把它继承下来，传播出去。"

多么可贵的民族精神啊！

在采访之后，我们就地做了一点小小的考证。我们从中发现，西双版纳的傣泐文产生于公元1277年（傣历639年）。傣泐文的产生，推动了西双版纳文学、艺术、医学和科学技术的发展。傣族人民在这段历史的长河里，用自己的文字在贝叶和绵纸上写下了优美的神话、传统、故事、寓言、谚语、诗歌和小说（均见于经书上），写下了自己的历史和斗争经历，记下了对神学、心理学、语言学、医药学、天文、历法以及生产规律的研究成果，形成了贝叶经。

通过采访和考证，我们才真正理解了在西双版纳，小和尚为什么备受尊重。我们也进而对西双版纳的和尚产生了由衷的敬意。因为，他们是傣族人民中最有文化的人，是傣族文化光荣的继承与传播者。

泼水与丢包

我们这次到西双版纳的一项重要活动内容是，参加并采访傣历新年的庆祝活动。这也是我们此次采访中的最后一项内容。

在来到西双版纳之前，我们和内地人一样，只知道傣族有泼水节，而不晓得有傣历新年。通过采访，我们弄清了所谓泼水节，实际是傣历新年。傣族人民在一年中有3个重要的传统节日，即开门节、关门节和傣历新年。泼水，只不过是傣历新年庆祝活动中的一个项目。在傣族的节日中,根本没有泼水节这一说。

那么,傣历新年是什么时间呢?

这个节日,一般是在傣历 6 月下旬或 7 月初,即公历 4 月中旬。今年 4 月 13 日至 15 日,是傣历 1350 年新年。

我们采访团的"顾问"、《西双版纳报》那位傣族兄弟,在节日到来之前就向我们做了介绍。一般来说,傣历新年共 3 天(有时 4 天),第一天为除夕,傣语叫"腕多桑勘",要举行划龙船、放高升和丢包活动。第二天为空日,傣语叫"腕脑",这一天既不属于旧年,也不属于新年,人们可在家里静静地休息或上山打猎。第三天为元旦,傣语叫"麦帕雅晚玛",即"日子之王到来的一天",人们要在佛寺的院子里用沙子堆成三五座金塔,并围塔而跪,听和尚诵读经文,预祝在新的一年里五谷丰登,人丁兴旺。中午,要由妇女担水为佛洗尘。浴佛之后,便是泼水活动,人们相互泼水祝贺。下午,未婚青年男女便集会在广场或绿色开阔地上,举行寻婚配偶的丢包活动。

我们采访团兴趣盎然地参加并采访了这 3 天的庆祝活动。

4 月 15 日,西双版纳的傣族人民新年庆祝活动进入高潮。州府所在地的景洪县,各族人民在各个金佛寺里听完经文之后,几乎倾城而出,有的提着水桶,有的端着搪瓷盆,也还有的手拿搪瓷杯,涌入街头、广场、公园。消防车也全部出动,为人们提供水源,机关、企业、商店、学校也都门户大开,供人取水。

身着银灰色傣族上衣,头上扎着水红色头巾的傣族小伙子,以及身着色彩鲜艳的长筒裙,头上插着鲜花的傣族姑娘,先是用鲜花和树枝轻轻地掸水,为佛洗尘,随后便是喜庆满怀地互相追逐,嬉戏泼洒。一桶桶、一盆盆圣洁之水,洒在人们的头上、身上,满街、满园到处都形成了染着七色光的彩虹……

我们采访团的人,无论男女,也无论老少,都忘记了自己是这项活动的采访者,提桶携盆,赤脚露背地加入了傣族人民这一年一度的泼水庆祝活动。

　　我在被泼了一身水之后，便钻进汽车里，拿起相机，打开车窗，摄下了一个又一个泼水的场面。正在这时，我突然发现一对熟悉的面孔，他们正在西双版纳傣族自治州州府门前的椰子树下，用鲜花沾水互相掸洒。那不正是昨天在曼听公园那片绿色草地上丢包寻偶的一对吗！

　　那是4月14日下午，细雨纷纷。

　　不计其数的中外游人和欢腾的傣族青年，不顾纷落的细雨，从四面八方涌入笋塔所在的曼听公园。几十名头扎水红色头巾，身着艳丽服饰的傣家未婚青年男女，在枝叶繁茂的空心树围绕下的一片绿色草地上，正欲进行丢包寻偶活动。

　　丢包，不仅是傣族青年喜爱的娱乐、体育活动，也是他们选择对象、寻觅知音的传统方式。每当傣历新年到来之际，未婚的傣家姑娘就精心制作一种菱形的花布包，包内装有棉籽，四个角缀有缨须，正中缝有一根60厘米长的提绳。有的包上还绣有各种花纹，姑娘们把理想与愿望都绣进了包里。

　　我们采访团的人，挤进了围观圈。

　　20几名盛装的傣族姑娘如下凡的天女一样，飘然舞动，婀娜多姿。她们一个个手里提着花色不一的布包，把一双双目光投向20余米外的生龙活虎般的傣族小伙子。她们在寻觅，在选择……

　　只见一个姑娘（女青年的首领）做了个手势，众姑娘便毫无目标地把手中的花布包掷向对面的小伙子。小伙子们接包后，也毫无目标地把包掷回。这种对掷持续了好长一段时间。他们在对掷过程中，有时一方未接到，便主动向对方赠送一束鲜花或纪念品。"咔嚓！咔嚓！"站在里圈的数以百计的摄影者，摄下了一个又一个妙趣横生的镜头。

　　大约30分钟后，男女青年们在对掷过程中选准了自己的意中人。于是，女青年们便有目标地把包掷给对方。我们发现，有的男青年兴奋已极地把包接住了，有的则未接。身旁的一位傣族老人告诉我："接住的，说明他也喜欢她；未接的，说明他还未中意。"

　　这时，我注意到了这丢包场中一位并未引起他人注目的小伙子。他头扎一条水红色头巾，个头高高的，双腿很长，两道浓黑的眉毛下有一双明亮的眼睛。他并不像同伴那样奔来跑去,显得十分沉稳。几个姑娘争相把包掷给他,但他却均未理睬,两眼一直注视着姑娘的一方……

这时,我发现姑娘的一方,有一位落落大方,头戴一顶与众不同的大沿草帽的姑娘。她没有争着去掷手里的包,一双又黑又亮,显得十分有神的眼睛在凝视着对方。她仿佛在观察、考验她所选中的人。我细细打量,她那十分可体的橘黄色贴身连衣裙,越发使她显得体态丰满,身段修长而苗条。

众家姑娘手中的包已经丢尽了。这时,她才提起手中绣有红绿花纹的菱形布包,气度非凡地、稳稳地掷向一直在等待中的那位浓眉大眼的小伙子。那小伙子像迎接美丽的天使一样,张开双臂,欣喜地接住了等待许久的这一最后掷过来的包。他手捧布包,幸福满怀地、稳稳地走向了她。她也喜上眉梢地伸出双手,在等着他,迎接他。随即,他们手挽着手,并肩来到笋塔后一株大榕树下。

“那么多姑娘向你丢包,为何不睬?”

“你为何要最后一个丢包?”

他们只是甜蜜地互问,谁也不作答。然而,热烈地拥抱回答了他们一切……

4月15日下午,我们记协采访团结束了这次西双版纳之行的全部采访活动。我们怀着依依不舍的心情,告别了这座欢腾未息的黎明之城(景洪为傣语,译成汉语即黎明之城)。一路上,我们的汽车被西双版纳的水泼洒得犹如雨注。我们虽然踏上了归途,但在短短的数日采访中,我们的心、我们的情,都和西双版纳傣族人民的心和情连在了一起。

当我们的车经过景洪郊外的澜沧江大桥时,清澈的澜沧江水,又一桶桶、一盆盆地泼洒在汽车上。

泼吧,喜庆的傣族人民!

让这圣洁之水,洗却人们心灵上的污垢!

让这圣洁之水,滋润着西双版纳各族人民永远年轻!

1988.5

家和事兴
JIAHESHIXING

我和我的一家

我的故乡是黑龙江省五常市（原为县）。

我的一家，世世代代都是"春耕夏锄秋后收"的农民。唯独到了我这一代，无意中改变了"世代农家"的历史。

新中国诞生后的第三年——1952年，松江省人民政府发出了在全省统一招生的告示。面对着招生通知，我的脑海里仿佛出现了爹娘不顾风雨的洗礼，在农田里劳作的情景……此刻，我强烈地感到：靠爹娘"头顶烈日迎酷暑，脚踏冰雪战严寒"来供养一个农家子弟寄读于城里，多么不易呀！于是，我毫不犹豫地报了名，应了考——早点工作，养活爹娘。

发榜那一天，我忐忑不安地在榜上寻觅。我终于发现了"赵殿君"三个字，我情不自禁地喊出："我被录取了！"

不久，我便接到录取通知：我被分配到伊春林业干部学校。

我应试录取的喜讯，很快传到了我的故乡——距离五常县城只有8公里的赵连生屯（俗称四道岗），家人听了兴奋不已，不知所措；乡亲听了手舞足蹈，互相转告……

这年雪花飘零的10月，我怀着依依不舍的心情，告别了初二未读完的五常一中，告别了养育我16载的故乡，告别了对我寄托着无限期望的爹娘……与众多的不曾相识、与我同时应试录取的伙伴，第一次登上火车，也是第一次跨越松花江，夜以继日地穿山越岭，奔赴红松的故乡——伊春。

到了伊春之后，我们得知，伊春林业干部学校的校址在南岔。我们在伊春经过校日小息和专业分班之后，便来到南岔，很快便开始了本该是漫长而紧张的学习和实习的生活。可是,伊春是新中国成立后才开始全面开发和建设的林区,需要"补充"的方面很多。但最需要补充的是人——干部。1953年5月,伊春林业管理局决定,在林干校选出一批优秀生,尽快充实到各个林业局去。我被首批选中,提前出校,来到伊春林业管理局双子河机械所分局……

走上工作岗位后,我在努力钻研自身业务、认真完成自身工作的同时,没有放弃在五常一中读书时所蒙生的有朝一日去做一个"新闻记者"的夙愿。我充分利用一切可以利用的时间,悄悄地学习写作指南,掌握写作的基本要领;学习成语词典,努力积累词汇。同时,找来报纸,分析新闻、解剖新闻、掌握新闻的层次、结构,提炼出新闻的主题……特别是《伊春日报》创刊后,我便开始实践,写起新闻稿……

时光如流水。转瞬,6年林业工作的史页掀过去了。

生活中,难以让人预测的是,"意愿"中的事,竟然成为现实。

在新中国成立10周年的前夕——1959年5月,我竟然被调到创办不久的伊春日报社,成为一名专业新闻记者。

对此,我既感到突然,也感到很自然:此前,我所解剖、阅读过的报纸,不就是我步入新闻队伍的"引路人"吗? 此后,我所写给《伊春日报》的稿件,不就是我步入新闻队伍的"介绍人"吗!

当时,在伊春日报社我是个新手,也是年龄最小者。外出采访,跟着老师跑,跟着老师学。看老师怎样采访,怎样发问。在写作时,看老师如何提炼、确立新闻的主题;如何确立一条新闻的层次、结构;如何根据新闻主题的需要和层次结构的安排,选取新闻素材;在怎样的情况下,进行深入地补充采访……

时光如流水。大约半年之后,我被"放单飞"了。我也看出,作为一名专业的新闻记者,必须具备独立采访、独立写作的能力。所以,我很愿意锻炼自己,在锻炼中提高自己。从这时起,我便开始独往独来,马不停蹄,夜以继日。当然,根据需要,有时也与他人合作,同来同往,乐趣多多……

时光如流水。在伊春日报社 6 年多的时光里,伊春林业管理局分布于小兴安岭南坡的十几个林业局的山场上,都留下了我的脚印……

1960 年 3 月 29 日,是我终生不忘的日子。在这一天,我光荣地在党旗下宣誓入党了。我悄悄地下定决心:拼尽全力,为党的新闻事业干一辈子。

我真没有想到:在新闻采访写作这条路上,我活动的地域越来越宽,采访的路途也越来越长了。1965 年 11 月,我再度接到调令——被调入社址设在哈尔滨,报道范围涵盖辽宁、吉林、黑龙江和内蒙古自治区的东北林业报社。从此,在长白山下、在大小兴安岭的伐木山场上,都留下了我采访的足迹……

然而,没过多久——1968 年春,省里的调令送达东北林业总局(《东北林业报》的领导机关),要求东北林业报社的赵殿君(还有另外二人),交接工作后,到黑龙江日报社报到……

《黑龙江日报》是党报——黑龙江省委机关报,颇具权威性。因而,对编采人员的业务素质,特别是政治素质要求极高。我很有自觉性,在前两家报社,我都是"后来人"。而且,我是年岁最小者之一。我知道,进入这家报社的大门,我该怎么办。

前两家报社的实践告诉我:一名优秀的记者,最忌讳的是"夸夸其谈,华而不实",而最需要的是"真真切切地钻研,踏踏实实地采访,认认真真地写作"。

从此,我也成为黑龙江日报社老一代眼中的编辑、高级记者、《黑龙江日报》的老干部、党组成员,成为年轻记者们十分尊敬和爱戴的老师。而老一代新闻人当中的优秀者,则成为我学习的榜样、追赶的标兵乃至竞争的对手……

在《黑龙江日报》所面对的这片广阔的天地里,我一如既往,更加勤奋,马不停蹄,独往独来(采访)。1973 年 3 月,我受资深且德高望重的老总编赵扬的委派,来到雪花飘洒的我省最北部的孙吴山区,采访了在茅兰河畔部队落户的上海知青,写了长篇通讯——《茅兰河畔一代风舞》。

　　在这篇通讯中,我选写了 3 个典型人物:山中"小乡邮"、山中"育花人"、山中女支书。其中,山中"育花人"张国娟所在的生产队,虽然只有 6 户新迁来的农民,却有 11 个原是 1～5 年级的学生。摆在刚刚被选为教师的只有 18 岁女青年张国娟面前的困难是:第一,没有教室,没有桌椅,到哪里去上课;第二,没有黑板,没有粉笔,什么教具都没有,怎么上课;第三,11 个学生,5 个年级,1 个教师,怎么教?

　　这一切,都没有难倒她,她和孩子们自己动手,在知青食堂埋下木桩,钉上木板,高为桌、低为椅,找来油毡纸挂在墙上当黑板。5 个年级,她只好分开讲、分开教,逐一做辅导……

　　这一年,她光荣地加入了共青团,并被评选为孙吴县的模范教师。

　　这篇通讯在《黑龙江日报》发表后,张国娟被华东师范大学选中,以工农兵学员招录。毕业后,被分配到中国纺织工业大学。

　　廉政建设,是政教记者采访的重中之重。我先后采访了省里确认的 3 位厅局级领导干部廉政典型中的两位:一是 1989 年夏,我采访了时任绥化地委书记的刘学斌,通讯的题目是"他在廉政档案里填写了什么";二是 1989 年初秋,我采访了时任齐齐哈尔市市长的刘霖季,通讯的题目是"新市长过五关"。这两个廉政典型报道,在社会上反响很大,评说很好。不久后,刘学斌被中央调到海南省任省委常委、省纪委书记……

　　在廉政建设方面,我还先后采访了几位社会声誉很高,群众反响很好的县级领导干部。

　　其中之一是:

　　1982 年冬,我来到铁力,采访了经过抗日战争洗礼的时任铁力县县委副书记,年已 60 有余的老干部高文修。通讯的题目是"老书记"。

　　他到铁力后,办公室人员带他去看住房的路上,老高问:"在我之前,有没有申请要房子的?"回答是:"有是有,可人家看后都摇头不要。"

　　原来,这套房子是 6 住户平房的一头,而且房屋原是个臭水沟子,公厕又紧靠着门窗。

　　而老高看后却觉得很好:"这比抗战时的'青纱帐'和'茅窝棚'阔多

了。如实没人争,我就搬来吧!"

这时,老高的爱人——县银行行长(共产党员),当年在胶东山区与侵华日军殊死搏斗的战友周培芳也得知,银行已为他们计划建造一处独门独院、宽敞明亮的住宅。而且,地号已选好,方料也已备齐……

周培芳对此安排很惊讶。她对"主管"说:"咱们银行不是还有不少职工住房都没解决吗?把这笔钱用在给职工建房上吧!再说,老高也决不会允许。"

老高得知后说:"你做得很对,我们现在不是有房住吗。你对他们说,要把这笔钱用在给职工群众建房子上!"

其中之二是:

1983 年,我采访了德都县人大常委会主任,时年已 54 岁的李春棠。这位老干部、老党员,最令人敬佩的是,在即将离休之际:

并未因为"房子"而丢掉"传统";

并未因为"孩子"而抛弃"党性";

并未因为"关系"而放弃"原则"。

在经历了一系列的"家庭"与"社会问题"的"洗礼"之后,老李颇有一种清新之感。他壮志不已,表示在离职之前,要把全部精力奉献给中华民族为之奋斗的宏伟大业,奉献给伟大、光荣、正确的党!

其中之三是:

1989 年 2 月,不曾谋面的尚志市委书记李广福被介绍给记者。

看他体貌,黝黑粗壮,如工似农,没有一点官身官架,给人的第一印象是:他很纯朴。听他说话,音韵和缓,语气温和,没有一点官腔官调,给人的第二印象是:他很热情。那么,他给人的第三乃至更深层次的印象是什么呢?

他在就任市委书记后的工作笔记上为自己立下了"约法三章":

在社会分工中——我是人民的勤务员;

在日常生活里——我是一般的老百姓;

在人际关系上——我是普通的一分子。

那么，在实际生活中呢？请看：

在靠近城郭的居民区内，有他的住屋；在上下班的自行车长河里，有他的身影；在元宝屯的农户家，有他的笑声；在拒礼、拒贿的名单上，有他的名字……

这一切，难道不是李广福给人的第三乃至更深层次的印象吗？

我作为党报的一名老干部、政教高级记者，一直没有忘记宣传在职的领导干部是如何关心、爱护那些已经离退休在家，对党、对国家、对人民有贡献的老同志的。在这方面，我曾经写过两篇通讯：一是《不可遗忘的角落》，一是《不了请》。这两篇通讯的主人公，以其令人敬佩、令人动情的行动告诉现职在身的同志：每个人都有退休的一天，他们的今天，就是你们的明天。那么，今天的你该怎么做？

政法战绩，也是政教记者采访的重要领域。1986 年来，我花费了很长一段时间，采访了刚刚落网的出生于我省，作案于我省，又从我省潜逃，由公安部通缉全国缉拿的犯罪嫌疑人——张氏三兄弟，"作案—潜逃—再作案—再潜逃—最后被捕"的全过程。采访后，我写了一篇题为"一百四十个日夜"，长达 17 000 字的纪实性报告文学。发表后，在社会上引起了前所未有的震动和反响……

1995 年夏末秋初，我和年轻的同伴，也是我的高徒董时、刘淑滨，采访了驻军某部的一位"英雄"人物——林正书。他无限热爱党、热爱祖国、热爱人民、热爱部队、热爱故乡。为此，他付出了一切，乃至付出了宝贵的生命。采访后，我们写了一篇题为"洒向人间都是情"的长篇通讯，荣获黑龙江省首届新闻奖特别奖。

这里，我就不再有选择地列举我在漫长的记者生涯中，所留下的篇章。总之，从 1959 年拿起记者的笔开始，我在全省党的建设、政权建设、司法领域以及文教、卫生、妇女、共青团等广泛的上层建筑领域，都留下了采访的足迹，写出了不计其数的篇章。1990 年，黑龙江人民出版社为我出版了 43 万字的赵殿君通讯集——《足迹》。时任省委常委、省人大常委会主任、宣传部部长的戚贵元为本书撰写了题为"乐为中华鼓与呼"的序言。

我的专业技术职称,也由 1982 年评定的中级职称"编辑"晋升为副高级职称"主任记者",乃至 1994 年晋升为"高级记者"。

我如果作为社会上其他方面的成员,到 1996 年初,也许就"息职回家"了。因为这一年的 1 月 16 日,是我 60 岁的生日。然而,我的记者生涯并没有就此止步。时任社长的老友贾士详说:"你也来个'息职''不息笔'吧……"

这样,印有我这个记者足迹的路,就一直在延伸着,我成为终身专家记者……

再说说我的一家。

1952 年,刚到 50 岁的父母,始终不渝地牢记着祖辈留给他们的"种好地,看好孩子"的遗训,勤勤恳恳地"耕地",认认真真地"看孩子"。可是听说"统一招生"儿子被录取了,不免高兴之中有"后顾":若是跟孩子走,这地谁种啊……

当时,刚满 20 岁,时任村妇联主任的爱人姚凤霞,同样是高兴之中有"忧虑":若是跟着去伊春,这地……

还有入党……

1958 年冬,爹娘、妻子和女儿带着对故乡的留恋之情,很无奈地离开了世代耕耘的土地,来到了伊春……

岁月如梭。时隔 11 年,妻子带着年过 60 的爹娘和两个儿子、三个女儿,于 1969 年 11 月迁至哈尔滨。妻子的档案落在了黑龙江日报社。她早已是一名厨师长了,并且在这里入了党。大女儿赵黎鹃进入哈一中。毕业后,被分配到哈飞集团,先在车间,后到厂党委任党委书记。20 世纪 90 年代调到省纪委办公厅工作,后任主任。继而,又被调派到省政府办公厅任纪检书记,为党组成员。长子赵黎明,任某管理集团董事局副主席、北京天使智慧投资有限公司董事长。次子赵春明,一直投身并奉献于全国老年新闻宣传工作,现任老年日报社副社长。二女儿与三女儿也都各有其所,各履其职。爱孙赵路毕业于哈尔滨理工大学管理专业,后考取英国格拉斯大学 MBA 入学资格,曾就职于黑龙江省金海岸投资担保有限公司、中关村金融投资创新促进会,现正筹划自我创业项目。

这就是我和我的一家。

2012 年 3 月 18 日夜

根深树正亦须防月影斜

赵殿君通讯集续《君闻声涯》,是我在记者生涯中出版的第二本书。我想结合我在长达 40 年的记者生涯中的"所见、所闻、所感",写一个既小亦大、感受颇深的题目:根深树正亦须防月影斜。

40 年来,特别是进入 20 世纪七八十年代之后,我先后深入采访了多位层级不同的清正廉洁的党员领导干部,以及与之相悖并坠入腐败深渊而不能自拔的层级不同的人。

他们的不同经历,在这个世界上留下了怎样的足迹? 他的不同经历,又告诉了我们什么呢? 当然,前者所能留下的是人人所期盼、所乐见、所赞美的清正廉洁的足迹;而后者,留下的则是与之相悖、人人痛恨的腐败堕落的足迹。他们的不同行为,从正反两个方面告诉我们:根深树正亦须防月影斜。

1982 年,我采访了铁力县县委副书记,68 岁的老干部高文修。

其中,有这样一段情节:

一天,在呼兰河畔的一条乡间小路上,走着几位谈笑风生的干部。那位长者,须发皆白,精神矍铄地走在前头。

走着走着,那位长者忽问身旁的一位干部:"刚才在老乡家吃饭,钱和粮票付了没有?"

"哎呀! 忙活忘了。"那干部说,"我记上账,明天再付吧。"

"不行。"那位长者认真地说,"这要隔一夜呀!"他当即掏出粮票和钱,让那位干部送到村里。

这位长者,就是来自于泰山脚下的铁力县县委副书记高文修。

……

这似乎是件微不足道的小事。可是,在全党全民齐心反腐的今天,老高的此举此为,对我们的广大党员特别是党员领导干部,难道不是一面镜子吗? 大事暂且莫谈,类似的"小事",你做得怎样?

老高是铁力县年龄最长、资历最深的老干部。70 多年前中华大地燃起抗日烽火的时候,他加入了抗日的行列。他和战友们穿着自己动手织的土布衣裤,吃着地瓜叶子,夜以继日地驰骋于绵延的胶东山区。抗日的风火冶炼了他的灵魂,艰苦的岁月锻造了他的意志。在他被战火烧得破损的笔记本上有这样的记载:"我要为中华民族的解放和崛起奋斗终生……"

抗战胜利后,老高仍"转战南北",从关内到关外,历任县委副书记、县长、县委书记达 30 余年。他始终保持和坚持发扬党的艰苦朴素、艰苦奋斗的优良传统。他到铁力县的那年冬天,办公室的人带他去看房子。路上,老高问:"在我之前,有没有申请要房子的?"

"有是有。可是,人家看后都摇头不要。"

原来,这套房子(草泥房)是 6 住户的一头,一直空着。房基地是个臭水池子,公厕又紧贴着这套房子的门窗。室内,墙壁上挂满了水珠,窗子不断发出"嗡嗡"的声响,可谓"飞雪窗中入,北风檐下吹……"

老高看后很满足:"这比抗战时的青纱帐和茅窝棚强多了。"他说,"若是没人争,我就搬来吧!"

老高在这里一住 18 年。在以后的几次调房中,有上下水和洗漱间的房子,也没牵动他的心……

他,难道不向往更现代一些的生活吗?

老高在工作笔记中有这样的记载:"我也是人。而且,是很向往美好生活的人。特别是像我这种经历过苦难的人,我何尝不想在这和平的年月里,住进现代的高楼大厦! 可是,我的周围,那些与我风雨共度 18 载的邻家——他们何时才有乔迁之喜呀……"

胸有宏图乾坤大,心无私念天地宽。

不作风波在世上,但留清白在人间。

这不就是一位可敬可爱的老党员、老干部思想情操的写照和内心世界的揭示吗? 我想,我们的党员、党员领导干部,如果都能像老高那样胸怀宏图大志,心有人民大众,那么有中国特色的社会主义和富庶的小康之家,必然会早日展现于世人面前。1989 年 8 月,我采访了省里确定的 3 个厅局级党员领导干部廉政典型之一的齐齐哈尔市市长刘霏季。

老刘是 1988 年 2 月上任的。

当时,给鹤城人民带来了无尽的欢乐与种种向往,也为鹤城人民带来了无尽的希望与缕缕忧思。

在这种形势下,新市长怎样才能洗却人们心头的忧思,而给人以希望和信心呢?

一位老工人道出了鹤城人民的心声:那就要看他能不能过好一些领导干部都难以越过的那些"关卡"了。

"房子关""妻子关""孩子关"和"条子关",老刘都闯过了。用钱送礼的"票子关",居然也横在了老刘的面前。

一天,一个原来就认识老刘的女青年找到了他,要求他帮忙把自己的爱人调到一个工厂去。老刘对她说:"你应该告诉你爱人,要安心于原来的工作单位,只要好好干,在哪里都是有出息的。"

几天后,老刘竟收到了这个女青年的一封信。信中写道:"刘市长,我手头还有一个 1 500 元的存折,你如果有什么用场,可随时取用……"

老刘看罢,摇头一笑。

不久,这个女青年又来了。老刘说:"你是个上进的女青年,怎么也干起'用票子'的事情来? 莫非你也认为我们的社会完全变成了离开金钱就不能转的社会了?"

"我就是想试试,是不是所有的领导干部都那样黑。这封信,可以说是块'试金石'吧!"她十分坦率地说,"有些正常的事,按正常渠道去办就办不了。而不正常的事情，只要用上钱，却一办就成……"

"这就是我们目前社会中的腐败现象之一。也正是需要我们共同来抵制的。"老刘说，"如果我们人人都对其深恶痛绝，却又都去'纵火添柴'，那腐败何时才能清除啊！"

那女青年说："您的所作所为，正是我们所希望、所企盼、所乐见的。我们感谢您！"

现在看来，这何止是女青年一个人的希望和企盼！这是我们全民族的希望和企盼。

在票子问题上，对于一个执掌大权的领导干部来说，难道就只有"收不收"的考验吗？

一次，老刘从讷河县检查工作回来，身边人员带回一些豆乳粉。老刘发现后很不高兴："怎么从下面往回带东西？交钱了吗"

"没交呢。"

老刘当即问清价格，如数掏出 54 元钱交给了身边人员，严肃地说："这笔钱，要一分不少地交给讷河。今后下乡，什么也不许往回带！"

老刘的这些经历，生动地告诉我们：对于一个领导干部来说，在"票子"问题上，有两个方面的考验：一个是不该收的收不收，一个是该往外掏的掏不掏。

诸位现职在身的领导同志，你在"票子"问题上，是否也经历过老刘那样的考验？那么，你做得怎样啊？

老刘以其清廉的行为，洗却了鹤城人民心头的缕缕忧思，给了鹤城人民以无限的希望和信心。

根深树正亦须防月影斜。

难道不是如此吗？工人出身的老刘，在工厂经历了艰难困苦的洗礼和考验，锻造了共产党员的坚强意志，铸就了伟大工人阶级的灵魂，树立起正确对待人生存价值和意义的无产阶级的人生观。因而，他根深树正，飙风摇不动，浊浪掀不倒。

同是 1989 年，我也曾采访过时任齐齐哈尔市主要负责人，后被提到副省级领导干部,继而又被调任某省的一位领导。

　　他在当时可谓是年富力强的高级领导干部。他学生出身,大学文化。步入社会之后,当过基层干部。身世本来不错,可是在漫长的人生旅途中,他还没有走出多远,竟然坠入腐败的深渊而不能自拔……

　　人们不禁要问:"他怎么会这样?"一言以蔽之:"根虽好,却不深,不深则不牢,固然也就'根不深,干不正,月影斜'。"

　　他从家门进校门,又从校门踏入社会之门,且平步青云而上。虽然,在他的人生旅途中,没有经受过大风大浪的洗礼,没有经历过严酷的考验和锤炼,因而也就没有形成对人生存的价值和意义的正确观念,没有树立起正确的人生观。

　　还有一位,出身于农家,从小放过牛、种过田……后来一步步走出田头,当上了干部。继而进了城,职务也在步步提升。地级市的市长、省会城市市委书记的椅子他都坐过。后来,他戴着省级领导干部的头衔,跨进了国家机关的大门……但没有多久,又竟然销声匿迹……

　　这出身于农家,饱经农村风雨洗礼,后来又经历过从农村到城市大转折锤炼的农家子弟,为什么做了"高官"之后,竟忘记了自己过去是个什么都不敢想,什么都不敢为的放牛娃,在不见刀光剑影的战场上倒下了?一言以蔽之:根虽好,却不牢。在金钱的诱惑下,在秀风的熏陶下,倒下了……

　　"根不深,树不正,月影斜。"这是他们的必然结果。

　　这几次采访,虽已过去十几年甚至 20 余年,但采访后所滋生的余思,至今仍萦绕于脑际:我们的党员,特别是党员领导干部,在改革开放和社会主义市场经济的大环境下,为什么不能像老高、老刘那样,经受住洗礼和考验?为什么不能像他们那样廉洁自律?有的甚至是收入颇丰,待遇颇高的高级领导干部,在"票子"面前,在房子面前,在美女面前……就那么轻易地倒下了,这难道不值得我们深思吗?

　　试想,我们的党员,特别是党员领导干部,若都能像老高、老刘那样面对人生,那样根深树正,那样胸怀大志,那样心无私念,我们的国家、我们的民族将会是怎样?反之,又将会是怎样……

后 记

一个人从他学会走路开始，就会留下足迹。当然，那是纯净的童迹。随后，所留下的则是清纯的少年、青年的足迹。这均是自然现象。继而，离开校门走向社会之后，人们观察他们所留下的足迹，则是涵盖思想、意识、观念和行为、目的的行动。从这个时候开始，人们观察一个人的足迹，则从原来的自然现象转为社会现象了。

任何一个人，在一生中，不管怎样摆布自己，终要留下一道足迹。它提示给人们的是：你在把自己的思想、意识、观念付之于行动时，你会在你的人生里程中，留下一道怎样的足迹？这就是作者将其一生中所写下的"衣生肖"汇集成册出版，并冠以"足迹"之名，奉献给社会，奉献给"你、我、他"的宗旨所在。

衷心希望《足迹》首先成为一面镜子。它所展示的各类人物，对我们都是一种启迪……

至于现在的我，按照国家的规定，人退休了，但大脑和手是不会退休的……

在即将结束这篇"后记"的写作之际，我要首先感谢黑龙江人民出版社再次为我出版《足迹》的续集《君闻声涯》。真诚地感谢1990年出版《足迹》时，担任本书责任编辑的现任黑龙江人民出版社社长的龚江红同志的支持与鼓励；感谢原任黑龙江人民出版社社长冯东海同志，对当年《足迹》一书的出版印刷所给予的全力支持；感谢本书的责任编辑，现任黑龙江人民出版社文史编辑室主任孙国志同志；感谢哈尔滨报达人印务有限公司的同志,为《足迹》续集《君闻声涯》的出版印刷所做出的奉献。

再次谢谢!

作　者

2012 年 2 月 4 日夜

后记余笔

尊敬的读者，"后记余笔"这一词，在过去不仅大家未曾见过，就是我自己也未曾听说过。然而，今天竟又出于我的笔下。

所谓"后记余笔"，就是作者感到应该向读者特别交代、说明的话，在"后记"中并没有写进去，需要在这里做一特别交代。

在编选这本续集的稿件过程中，我把"各级领导干部如何真正地踏踏实实地当好人民公仆"，"各级领导干部如何认真地接待处理好人民群众来信来访，使他（她）们倍加关切却又长期得不到解决的问题切实得到解决"，"党的各级领导干部如何真诚地关心那些已经离休、退休的对党、对人民有贡献的老同志，如何关心那些已逝者的遗属……"以及"在职的已临近退休年龄的领导者，如何正确对待和处理好来自家属、亲属所提出的各种不该办的'要求''期望'……"等方面的稿件，作为编选的侧重点。所以，把编选入 1990 年出版的《足迹》中的长篇通讯：《我是人民的勤务员》《他为党赢得了信任》《不可遗忘的角落》和《离职之前》等 4 篇通讯再度选出，编入续集再版。

这就是"余笔"所要补述的内容。

真诚地期望尊敬的读者支持与欢迎。

谢谢！

作　者
2012 年 2 月 12 日夜